师姐不是随便的人

未名湖听书　著

作家出版社

这是我和师姐的爱情故事，送给那些曾在睡前聆听调频电台《零点夜话》的男生们，在他们饱受生活炙烤的日子，在挫折压抑的深夜，还有笑的勇气。

一

师姐语录：喝酒能证明是不是男人，你们还留着第一性征还有什么用啊?

《诗经》说："少女怀春，吉士诱之。"反过来也一样，少男怀春，急女也诱之。

师姐胡蝶眼瞅着就奔三十了，明摆着急女一个。凭她的条件，早就应该傍个来EMBA镀金的中青年财俊，保底的也应该是西非或中东某酋长的儿子，怎么也想不通她自打和我认识以后，居然会频频对我秋波暗送、夹桃带李。

不过放眼吕导门下，这也不算是诡异，我这几个师兄师姐不知道是待价而沽，还是无视礼法，都是同居而不婚。导师吕品说，这叫无照驾驶。大师兄余杭生继续推论说，老婆是有照的，是私车；情人是没照的，是走私车；小姐不用领照，是公交车；容量大点就是空中客车……所以，《婚姻法》是《交规》。

我在电影院门口等胡蝶师姐的时候，脑子里想的都是"交通"问题。她那么暧昧地约我，由不得我不想。我不断告诫自己不要无事生非，结果却是想入非非。

谁让这位师姐是女人中的极品呢，而且身心两方面都是。

先说身体——

一次她盛装出席导师的生日宴会，大家就觉得白花花一片，忽然进了包间。

导师为之跌杯，师母为之变色。

师兄们惊呼："哇，你今天看起来好……"

"性感?"不，比起师姐本人用的这词就太没质感了。

师姐说："肥沃！"只有土地才是肥沃的。只有土地才仰面朝天，等待犁铧和种子。

至于心理——

师兄们说：Open!

对这个英文词的训诂是这样的：它是一个形声字。O是形旁，一个套子，Pen是声旁，同时也会意为男人的笔。所以胡蝶师姐走到哪里只需要这两样。所谓月亮走我也走，太阳走我也走；白人走我也走，黑人走我也走。

中文系的男生们继承了中国文人的混血基因：淫人志士，兼而有之。在创造了辉煌的风雅诗骚的同时，从没荒废浅斟低唱、轻薄放荡。这些关于师姐的段子，到底是师兄们的如实描述呢，还是基于酸葡萄心理的妖魔化?

我不知道。我只知道胡蝶师姐对我其实很照顾。"迎新"的时候我和她一起帮着新生拿东西。

"这个学校，好人不少，直路不多。"师姐说。她用粉红的手绢扇着，时而将乳沟里积聚的汗水揩出来。我没意识到我在看那里，直到她用香气嚣张的手绢拍了我的脑门。

"非礼勿视！别跟你那些禽兽师兄一样。"她圆润的杏眼瞪人时很饱满。

最常和她见面的场合是方老爷子的全系必修课，一门只适合托尔斯泰、泰戈尔、苏东坡或者曹雪芹开的课，叫《文学与人生》。这课讲得如同三伏天的韭菜。由于我系近亲繁殖的传统，系里一大半的教员都是他的学生，所以他的学生们为了哄老头子开心，就勒令自己的学生前来做“课托”。我们吕导是他的首座弟子，所以作为吕导的徒弟、方老的徒孙，我们不是一般的“课托”，我们个个都是前南领袖——铁托！

方老太爷每次都要个不大不小的教室，造成一种挤爆教室的盛况。不明就里的教务经常劝他换最大的阶梯教室，他总是谦谦君子般地婉拒，这又使他平添了一条美德，那叫“低调”。师兄夏喜冕说别看老方课讲得尿，但若干年后一定会名留史册。我问，凭什么？他说，凭老方和伏明霞同样神乎其技的跳水神功，在任期间世界一流的中文系一跃而成国内二流。

我气道：“那还名留史册？”

“靠，我说的是占着茅坑不拉屎——屎册。”他娟秀地写了个“屎”字。

我把这事跟师姐说，她撇了撇肉感的嘴唇：“怎么说呢？说占一个茅坑不拉屎，他说便秘；占两个不拉，说是练韧带呢；占三个不拉，就是模仿北京西站啦。不过，你可别惹他。我们既然是徒孙，装孙子也是分内之事。透漏你个内幕消息。”她告诉我，下学期系里要换届，目前我们吕导、白寿辉和熊士高都有可能成为新的系主任。由于是敏感时期，帮着吕导讨好老方还来不及呢。“是吗？那我们吕导好像有点劣势啊！”我说。因为我知道，白寿辉是校内人文领域仅有的两个国家级“京华学者”之一，文字学大师唐稻畦的嫡传。熊士高是民国时京华大学校长的孙子，目前风头正盛的学术超男，实力与偶像的结合，智慧与美貌的化身。

师姐诡秘地笑了笑：“那你说我们的系主任是靠专家推荐，网络投票还是校领导画圈？”

那毫无疑问，当然是画圈了。领导画圈最牛了。在地图上画一个，就成了特区，画五个就去申办奥运会，中文系系主任自然也得画圈。

“所以……白寿辉和熊士高都没有机会?”我诧异道。

“也不能说没有，但吕导最大的竞争对手还是方老爷子。”师姐说。

“啊？方老爷子已经坐得太久了，能连任三届吗?”

“按制度是不允许的，但现在不是讲究‘以人为本’吗？只要群众泣不成声地强烈要求方老留任，学校何苦和咱们系的老老小小作对?”

“要求老方留任？还泣不成声？谁那么屁精啊?”

师姐环顾四周，低声说：“系里弄了个百人联名的挽留信，除了熊士高等几个人之外，都署了名，白寿辉都不得不落笔，吕导署在第一个，而且还是他面呈校领导。”

“这你怎么都知道?”我问。

师姐耸了耸肩膀，做无可奈何状。

我稍一寻思就觉得自己问得傻。师姐和吕导的关系可非比寻常，听说师姐是经吕导“发现”从江苏一学校“破格”保送到京华大学读研究生的。从来都是京华大学那些不争气的学生被保送到其他学校，少有被外校“回灌”的例子。

同门的师兄们似乎对师姐神秘的背景以及她和吕导的密切关系又艳羡又妒忌，总想方设法挤对她，但往往是被强悍的师姐打得抱头鼠窜。后来他们忽然发现，师姐在亲近我，就如同找到了绝顶高手的命门一样，对我进行疯狂的战术骚扰。

有好几次同门聚会师姐确实替我喝了好多酒。师兄们都知道我一喝酒，脸就红得跟扒猪脸似的，但他们每次总编派理由灌我。师姐很仗义，毫不留情地揭穿他们的说辞。

“今天小熊生日嘛，不喝歪了对不起你老娘。”师兄甲说。

“你那天从你妈肚子里爬出来就是因为喝高了?”师姐说。

“今天小熊理了新发型，庆祝一下嘛。”师兄乙说。

“哪比得上你切阑尾隆重啊，来来给你庆祝一下。”师姐说。

“今天小熊最后一个到的，该罚酒啊。”师兄丙说。

“我第一个到的，那份奖励不要了，把小熊的酒免了。”师姐说。

“今天小熊气色不错啊，桃花朵朵，预祝一下。”师兄丁说。

“喝成残红满地，桃花运你赔得起啊？”师姐说。

师兄们黔驴技穷的时候就这样说：“小熊，是男人就把这酒喝了。”

师姐就骂道：“放屁，喝酒能证明是不是男人，你们还留着第一性征有什么用啊？”

他们就全低着头，扑哧扑哧地笑作一团。

当然，也有师姐不来的时候，师兄反而没有灌我的动力了。胡蝶师姐就像万有引力，师兄们说来说去话题总会指向她。

他们说，她今晚上没来肯定是“出车”去了。

什么出车？我不明白。

咳，该给你补上这门必修课了。你胡蝶师姐老厉害了，从硕士时候开始就和一个男人那啥了。商业精英，如假包换的。长得像张东健，身材像吴彦祖，座驾像保时捷，床上像贝克汉姆。上了博士以后，更是过从甚密了。她宿舍的灯晚上基本没亮过几次，可为学校省老电了，但能量守恒，这边省电，那边在商业精英的小别墅里通宵达旦。旁边宿舍有人看见，一次她行色匆匆地往楼下走。忽然拎的箱子盖开了，哗啦一下撒出一楼梯的东西。哎呀妈呀，都是进口套子啊。人家皱了皱眉，自言自语说：“懒得收拾，回宿舍再拿一箱吧。”

我问：“这些都是谣言吧？”

师兄连连摇手，谁敢拿她YY。一不小心就成了贾瑞大叔了。

“那个人叫什么？”

“哼，不用问，肯定姓黄。姓黄的喜欢包车啊。黄包车嘛。”

师兄们说不要打胡蝶师姐的主意，庄子可以梦蝶，你只能梦遗，想多了对身体不好。但我有时躺在床上思春恍惚时，脑子里常常浮现她。我觉得自己已经发育得如箭在弦了。真他妈奇怪了，我长得也不丑，也没有缺边少角的，已经直博了，从没有过艳遇，还是完璧呢。

完璧，这是我对自己的美誉，嘴损的大内叫我“处长”，或者天天憋得团团乱转的“走地鸡”。本科生提到我们，总在博士前冠以“老”字。还从没干柴烈火呢，就要老木寒云了吗？不过，没准儿我还能在深秋的果园子里撞见一个被遗落的大个儿水蜜桃呢。至少，现在看来，胡蝶师姐对我似乎很温婉呢。

在一个冬日阴昏的午后，我穿着一条三角裤暖暖地蜷在被窝里。在梦里觉得她的身体像充气娃娃，摩擦的时候发出塑料特有的声音。如火如荼的春梦忽然被手机声打断，心理和生理都很不爽。

“谁?”我恼了。

“你师姐，怎么啦，尿床被人看见了?”

一听是她，我立刻从欲火熊熊中跳出来，感到自己太猥琐，好像被她撞见正拿她照片幻想一样。我有点怕她。她让我和她去“水木年华”搬些花。

买花就是买花，怎么是搬呢？她说她要买几十公斤呢。我问，干吗，砍柴啊？她故作轻蔑地哼了一声：“到时候……你就知道了。”

我们把三百块钱的玫瑰运到她的宿舍。

“怎么谢你?”她把羽绒服脱下来，里面穿的肉色织纱背心非常紧身。

我急忙扭过头：“这点小事，谢什么。”

“这样吧，我教你开车。”

“开车，呵呵——啊！开车!”

我猛然想起师兄们说的“出车”，该不会是这个意思吧。

“这点小事，啊什么？男孩子总要面对的。”她神情很坦荡。真的，是坦荡不是放荡。我虽然慌张，但还是能分别的。那口气就像扫舞盲似的。

晚上在MSN上，我看见了她也在线上。她当天的用户名叫“金风玉露一相逢”。我看着她的头像图标，忽然感到她似乎也在看着我。我同屋说：“嘿，咱师姐怎么忽然也假纯了。”

过了片刻，她终于忍不住了：“明天晚上你来吧。记得刷牙洗澡啊。”

"我买了明天晚上的电影票。"

"《情人》？正好我也买了。一起看。Foreplay。"

"……"

我当时的心态就像后花园的小姐碰上书生，好一阵子的半推半就。我兴奋，终于人生中领到我那份面包；我又害怕，她是武林高手，我只是功夫片影迷，会不会太丢人？我犹豫，我的第一次给了她这样的人，亏不亏啊。她很好，可是师兄们嘴上的黄包车总让我觉得跌份。就好像北方农舍屋檐下的玉米串子又加上我这么一个棒子。就好像南方窗口上挂腊鱼的铁丝再串上我这么一条干沟鱼。

但男孩总是在后悔之前干完了所有傻事，毕竟欲望战胜了一切。我还用所剩不多的钱专门去买了一条雪白的CK内裤，并且打算事后保存起来。

现在我就在电影院门口。有人轻轻拍了拍我的肩膀，是胡蝶师姐。她今天打扮得很淑女啊，连头发都拉直了，而且梳成两条辫子，还戴了洛可可图案的发箍。

"师姐，你这样很像去试镜。演哪一出啊？"

"怀旧电影嘛，一会儿看我像不像那个年代的西贡少女啊。"

虽然不是一起买的票，座号隔着老远，但师姐几句话就把我邻座的那个学生搞定，我们俩终于坐在一起。但女人很奇怪啊，她看着看着就很入戏了，也顾不上跟我嘀咕了。今夜我的大戏在后头呢，这让我根本无法记住电影的情节。我脑子里一直在把广电总局剪掉的胶片不断放映着。

出了电影院。来到她楼前。我不好意思说上去。她竟然也没提上楼的事。

"晚上天气怎么突然冷起来了。"我说，"我看我先回去吧。"

"记得下次事前不要看这么败火的电影。"她说。

我一个人怅然若失地走到湖边。冰冻得很厚。这怎么怪我呢？侮辱啊，侮辱！被这样一个女人给耍了。我心里一下子把师兄们调侃她的外号都想起来了，但我又不信她真的是存心耍我。唉，或许可以归结为一个美学问题。她被电影熏陶了，而电影被我践踏了，是我不对。

我不应该看电影的时候满脑子都是二级片场景。我应该好好看，深刻领会《情人》的主旨。然后跟她探讨电影语言、叙事技巧、画面调度、人物塑造、杜拉斯的恋父情结。外围清扫干净了之后，她或许自己会说："来吧，谈谈性爱。"明明在我看来很"撮火"的电影，在她看来很"败火"呢？

快到宿舍楼门口的时候，看见路灯下站着一个人。不是她是谁！我尴尬地笑了笑，但我没有停留，想直接回宿舍去。刚刚给自己做通了思想工作，一看见她，阶级仇恨又上来了。胯下之辱啊！已然大动，但竟然未遂。她一把抓住我。

"对不起，女人就是一阵一阵的。继续吧。"她说。

"哦，不了吧。我觉得……你还是做我师姐吧。"我说不清楚心里是恼羞成怒还是临阵恐慌。

"你不跟我走，我就拽着你。"

我害怕我认识的人上完自习回来看到。更何况，我其实根本就没有死心。

我再次来到她宿舍楼前。门卡划开楼门的声音，平时再熟悉不过了，这次让我一哆嗦。

进了宿舍。哇，灯一开，看见满屋子满地的玫瑰花瓣。

地上是红的，床上是白的。

"我俩今晚上像拍《橘子红了》。"

"来吧，随便你雨疏风骤，还是绿肥红瘦。"

我忽然注意到她的脸有些白。她说可能在我宿舍楼前等得太久了，可是她的声音有些抖，很反常啊。她把灯关掉。

"一片黑，衣服放哪里看不见。"我说。

"就扔到地上吧。反正都是花瓣。"她说。

我仍然留着内衣内裤不敢褪掉，平平整整地躺在床上。

她很香，但她也像木乃伊一样躺在那边。我们中间的空隙难道是给别人留的？

“师姐，你怎么……”

“你是男人，可以……主动些啊。”

可是我还不是男人呢。

她为什么这么木？今天兴趣不佳？不会啊，显然屋子里事先布置了一番的。买花看来也是事先蓄谋的。对我没感觉？那干吗叫我来？况且我觉得她对我应该有好感的。刚才在路灯下面甚至看出她眼神有点哀怨。她平时面对我师兄们的眼神里有一首歌——“若是那豺狼来了，迎接它的有猎枪。”

忽然她的指尖碰到我的手。很凉。我抓住了她的手。我青春期之后第一次把一个女人的手握全了，凝脂，真的就像一块凝脂。光滑，又有些韧劲。此刻凉凉的，或许是我的手太烫了。我把她的手换给左手，右手战战兢兢地伸向她。对着陆地点完全没有任何概念。那里软软的、凉凉的。

“这是什么？”我问。

她没有出声，连呼吸都屏住了，可叫噤若寒蝉了。

我把手全落实了，觉得手心被填满了，而且还不足以覆盖。隔着薄薄的内衣，也能感觉到那里是蓬勃的地方。忽然，她猛地侧起身子一把将我搂在怀里。那一刹那，好像她身上有无数的触角将我穿透。我感到她也开始变得灼热了。我们就这样僵硬而兴奋地拥抱着，不知过了多久……

在她怀里，我更明白她的丰腴和强势，我好像一根火腿被裹进墨西哥肉卷。她战战兢兢地把手放到我下面。我感到很尴尬，或许是害羞。我也将我的手伸向她的下面，忽然手指好像踩空了，陷了进去——指尖传来的是一种何其奇异的触觉。我低低地惊叫了一声。这一声好像也把她惊醒了。她倏地抽身挪开。我们中间又可以躺下一个人了。

“我不明白。”我说。我本以为，她今天晚上会像警幻仙子对贾宝玉来一番“新手上路”的辅导呢，没想到却跟我一样手忙脚乱的。“你怎么好像跟我一样嫩?”我抱怨道。

“我本来就跟你一样嫩。”

“你不会还是……”

“我就是一个处女。”

我腾地坐了起来。我不知道该笑，还是该骂娘。“to be a virgin，呵呵……”我在黑暗中苦笑着，“本以为是个剩女，没想到一不留神，我的妈呀我撞上个圣女。我以后不叫你师姐了，叫你玛利亚得了。”我要开灯找我的衣服。

“不要开灯。”她急忙说，“我不是涮你，我真的喜欢你——我不是你听说的那样。”

“不是听说啊，我都睡到这里了，还是听说吗?”

昏暗中，她拥着被子也坐了起来，圆润的肩头上披着冰凉的一片月光。

“除了我自己，你是唯一一个躺过这张床的。”她说。

“什么？可是你不是有个……”

“知道你迟早会问的。”她说。

看来，平时风风火火的师姐，其实完全明白别人是怎么把她妖魔化的，她似乎对今晚将要发生的一切都早有心理准备。

那男人不姓黄，但有钱是真的。他们是在一个素食杂志举办的招待会上碰到的。那次只有他们两个认真地填写杂志发给嘉宾的读者调查表。因为他俩都是这份杂志的铁杆，更巧的是他俩竟然是同一天生日。

他今年四十。

两人很谈得来。她快人快语，脑子也灵光。每次见面，她都觉得时间过得太快。有一天晚上在他的别墅按照陆羽茶经的法子煮茶，等喝完茶，已经过了子夜。“我也一直没说要走。他也没说要送我。”就那样，在茶室里两个人坐着。

“那时候，我觉得……我觉得他如果提出那个要求，我也不会反对。”但他忽然告诉师姐他的一个隐私。他三十岁的时候就得了睾丸癌。发现得早，用化疗控制住了，但“鸽子卵”从此只剩两颗豌豆那么大。老婆带着孩子和一大笔财产去加拿大了。他就一个人，而且终年要注射雄性激素。

“啊，他是个没有……”我觉得这真是不可思议。

“你不要这么说。”

“没有你的出现，他是不是早就自杀了?”

“你太低估他了，也太高估我了。他是想过，但那是我遇见他很早以前的事了。恰恰相反，他现在常常做临终关怀组织的义工呢。你要是有想不开的朋友倒是可以让他开导开导。”她拽了拽我耳朵，“这就是‘黄包车’的谜底了。”她说。

“那你爱他吗?”

“差一点就爱上了。”

“差了哪一点?‘太’字那一点?”

“放屁。我们的境界还无法理解他。别为你自己那颗小土豆沾沾自喜了。”

本来我还觉得自己很猥琐，因为来的意图是这么卑微，就是想在一个随便的人身上结束处男的生涯。好像这样做对方没有任何代价。但听她这么高山仰止地描述那个人，我心里相当不是滋味儿。我摸着黑找我的黑毛衣。

“小屁孩，你爱我吗?”她问。

“我觉得你已经曾经沧海了。我这个小水泡子，你就别让我荡漾了。”

“喏，我们的衣服都绞在一起了。我还就喜欢清清浅浅的小水泡子。”她说。

“爱”就一个字，连着一堆事。所以，是不能轻易说出口的。

那天晚上，我一肚子的五味杂陈，悄悄掩上门，心想我什么都没带走，什么也没留下。那当然是最好不过了。可实际上却偏不如此。

我得承认，这件隐秘的半截子事儿弄得我神思恍惚。尤其害怕在路上，咣当一下子撞见她。说啥呢？那天晚上我好像什么都没做，又好像什么都做了。

她的皮肤，给我的感觉是那么深刻，那么持久。她的手很滑很腻，她的乳房很满很劲。甚至我感受到的她的手指，只要在睡前一想起来，表皮上的每一丝神经都好像被神秘的火焰烙伤了一样，不断传导着一波波奇妙的感觉。

难怪古人苦口婆心地劝诫男女授受不亲。肌肤之亲，尽管是如此肤浅的亲昵，都会让人的心理发生这么离奇的变化。人类大概是皮肤最为饥渴、但又对皮肤的接触最为提防的动物了，而中国人更是对皮肤桎梏得最严厉的族类，因而中国人的皮肤也最饥渴。从这个角度说，我那天晚上的行为至少有一半是皮肤饥渴造成的，这是一种中国人的通病，只不过在我身上表现出症状而已。我自然是错了，但罪责有限。

不管师姐是什么样的人，我并非是因为爱她而去找她的。

这样的目的虽然龌龊，但比双方都有所付出之后，我再扯谎说爱她要正直一些。我迅速积聚着这种起点卑鄙但终点高尚的勇气，希望能尽快碰到师姐。

本来在这个园子里，遇见师姐大概总是两三天里定会发生的一件事，然而，过了一个礼拜，都没有撞见。

难道这件事让师姐在乎了？跑哪里疗伤去了？但就在这段心七上八下的日子里，聂小鱼突然又出现在我的生活里。就像皓月当空，一扫心中的乱云飞渡。

那天晚上，我正在宿舍里和李玄下围棋。

李玄和他哥哥李白除了姓李之外，几乎看不出什么共同点。他下棋的布局就像他的五官一样工整，定式就像讣告一样周密，别人和他下棋开局总是要落下风，但他最怕战斗。每当对手鱼死网破，祭出无理手，他精巧的鼻尖就冒出一层细汗，急了的时候，他细长的手指拈出几粒棋子往棋盘上一撂：“脏谱，谁和你下这肥豚打滚儿的臭棋?”

正下着呢，突然听见宿舍外有人叫：“小熊，丫的躲哪儿打闷炮去了，赶紧过来喝酒。”

内力如此深厚的人不是大内，又会是谁。

大内名叫芮藏锋。和我从本科到硕士都是同学。因为觉得“西班牙语真他妈美丽”，跑到西语系读博士去了。他老爸是中南海里出入的人。我们常戏称他老爸为“上书房行走”，或曰“行走大人”。大内的老爸或许一辈子谨言慎行，到了儿子这里完全倒行逆施。大内一米八的个儿，貌秀，长发，但出口成“脏”，像不离粗口的金城武。李白因其粗悍，称其为芮酷，后升级为内裤。大内虽然是1980年出生的，但总往老人堆里拱，动不动就说：“那些无脑儿老嚷嚷什么八〇后，把尿后吧。”

“什么日子，又吃喝?”我问。

“嚼口咸菜还挑个屁日子?”他径直过来，大手在棋盘上一划拉，“常昊都被打成长嚎了，你们还玩这种取悦日韩民族的游戏?”

我们宿舍里，几张凳子拼在一起，摆了几包花生、豆腐干、咸鱼，两瓶小二锅头。

“行走大人啥时候在主席新年团拜的时候，给咱们兄弟几个安排一张桌，让咱们也吃顿国宴。”李白说。

“靠，昨儿还被生拉着陪吃了一顿呢。什么烤酿螃蟹、樱桃萝卜……说了多少次了，也就北京中高档馆子的水准，你们随便卖点精卖点血就能撮一顿了。”大内说。

就这当儿，听见门外一个人问：“楚国雄在吗?”

叫我的那个是我老乡，叫米四淑；旁边的那个女孩，皎洁清新，昼如花，夜如月，不就是聂小鱼吗？

我知道屋里认识聂小鱼的绝不止我一个。去年迎新的时候，她一出现，就有无数男生要带她去宿舍。这也是高年级学长进行师妹普查最重要的场合。我讪讪地被隔在几重人外，但她的长相却让人一见难忘。

白净净的一张小脸，发如墨、眉如烟、瞳如漆。眉头轻轻蹙着，眼眸如水。“她站在那里，旁人如同草木。她轻移莲步，整个世界都成布景。”据说这是他们班一次上课前，一个男生勇敢地在黑板上写给她的献诗。我想这个男孩说出了很多人的感觉，也包括我。

“啊，是你啊，进来坐。”我站起来，走到门口。里面的人立刻各自整理衣冠，摆出自认为最帅的pose。

“不用啦，我跟你商量件事儿。”米四淑说。

她把我拉到一旁。原来她俩都选了熊士高的“当代艺术媒介”这门课，作为期末作业。熊老师要求她们不要自己凭空玄想，炮制出一篇毫无意义的论文，他让学生自己设计一个跟实践相关的审美实验。

米四淑和聂小鱼分在一组，她们设计的实验叫“合影留念”。她俩要分别化装成梦露和林黛玉的样子，在公共场所要求和陌生人合影，对方只能二选一，看看最后各自能得到多少合影。

“挺好玩的，那你们跟我商量什么？”我虽然觉得这个实验有点netive，不过竟然有这么好的一个机会跟聂小鱼接触，实在没有理由推托。

“显然啊，缺一个拍照的啊。”米四淑说。

她们选的地方是个酒吧

出了京华大学西门往北走不远。圆明园南墙外。难怪名字叫“灰烬”。也真够唯物的。盖房子就怕火，即使不取天一生水的深意，也没这么咒自己的。

两人似乎事先跟酒吧打好了招呼，更了衣之后，就出来了。还真不含糊，不知道两人在哪里鼓弄来一身行头。米四淑本来眼睛不大，身材也一般。尤其是两个颧骨很高，就如我另一个老乡唐黄秋说的，好像三星堆出土的面具，脸上长手柄。但戴上金黄假发、描着大黑眼圈、涂着厚厚的粉底、嘟着两条香肠嘴唇、箍上一件紧身风骚的白色百褶裙之后，还真是性感不可方物。

聂小鱼穿着粉色的长裙、水绿的短衿、戴着蝴蝶髻假发、别着两件朴素的珠花，她没描眉敷粉，因为她的神情本来就有几分忧郁几分古典。

酒吧里的人打起了口哨。

我轻轻鼓掌："哇，好专业！"

米四淑给了我一张表格，里面有性别、年龄、人种等参项。

"小鱼，你说你俩今晚谁能获得合影次数多？"我问。

她浅浅笑了笑，摇了摇头。什么意思呢？不知道？无所谓？毋庸置疑？还是不想回答？

看上去这个女孩今晚上情绪不高啊。

"别愣着，进来人了，快去问。"米四淑说。

我的工作就是进来个人，就上去拦住，说明我们在做一个研究，让他们选择两个人中的一个合影。我用易拍得咔嚓一下，然后把照片送给合影者，并在表格上做记录。

我本来以为找聂小鱼合影的人肯定有压倒性优势，米四淑真是不大明智，自找的相形见绌。但结果真是让我大吃一惊，米四淑获得的合影次数一直保持领先。

不论中国人、黑人还是白人，普遍都这么感性。感性这东西，十有八九瞄着性感。这真是个美感不如性感的年代。

不过，聂小鱼似乎并不在乎这种比照。她只有合影的时候才强制自己脸上的肌肉呈现出一种特别表层的笑容，大多数时候好像一直都在走神中。

米四淑就很投入，很快意地跟各种肤色的合影者构思pose。她还跟waiter要了一个落地扇，吹起她的裙子，她频频做出梦露那个用双手压住裙摆飘飘的经典姿势。

这时候，进来两个男人，看样子不是韩国人就是日本人。我看见他们背后的T恤上有一幅地图，上面画着两个小岛，下面写着一行字，不大，“来看海者生；来钓鱼者沉”。原来是两个民族主义的小日本。

两个人似乎看到了先前别人的举动，也跑过来要合影。我跑过去把她俩拉到一边低声说，这两人是日粹分子。

“那就不跟他们合呗。”聂小鱼淡淡地说。

“哪有那么便宜，我要合，看我的吧。”米四淑说。

米四淑笑嘻嘻地把两个日本人拉到一左一右，我数一、二、三！她忽然伸出舌头，两只手同时伸出中指。我把照片给了两个日本人。他们本来狎媚的表情忽然凝固下来。他们嘴里咕咕哝哝一番，估计没什么好话。忽然其中的一个转过头把照片狠狠摔在米四淑脸上。

米四淑正在那里洋洋得意呢，没提防，被照片清脆地拍个正着。

“操，妈的，你有毛病啊？”米四淑咆哮道。

“不要脸！”那家伙用天津味普通话骂道。

米四淑立刻脱下高跟鞋扑上去。聂小鱼愣在那里，小脸发白。

我从小到大基本都是挨打的主儿，从来不敢主动挑衅。不过连同行的女生都出手了，我也不由得恶向胆边生。

这俩日本人看来深受家风熏陶，压根儿就没有好男不跟女斗的意识，一使劲就把米四淑推出老远，让她狠狠地坐了一个大屁蹲。

米四淑一时爬不起来了，大声叫：“小日本打人啦！”

只剩我以一敌二，立刻就被这俩家伙扣住胳膊。

酒吧里的人开始围拢过来，waitor也上来了。就这当口，就看见一个人抄起一庞然大物，咣的一声砸在其中一人头上，两个日本人惊吓间立刻松开了我。

原来是一个黄头发的小伙子，手里拎着一把吉他。“我不能容忍你欺负女人，尤其是我的偶像Marilin。”他说。

其他围观的人也开始嚷嚷：“你们在这耍流氓啊，小心我报警。”

“报什么警，再犯他爷爷的毛病，就让他们尝尝晚清十大酷刑。”

……

两个日本人见状不妙，又看了看我，悻悻而去。

米四淑揉着屁股走了过来。

“谢谢你，大侠怎么称呼?”米四淑问。

“我叫顾爱德。喜爱的爱，道德的德。”他说。

“哇，起名的人太有才了。不过，你不太像中国人啊。”米四淑说。

这显然是明知故问嘛。

“我妈妈是中国人，爸爸是法国人，家在美国。我在旁边观察好一会儿了，我觉得你们这个调查还真挺有意思的。”他说。

“是啊，出来之前没卜一卦，真扫兴，碰上这么俩东洋浪人。”米四淑说。

“以前只见你嘴厉害，没想到动手也这么凶。以后我要敬而远之了。”聂小鱼说。

“这可就错了，她厉害，你恰好躲在她的羽翼下求平安啊。”我说。

“看你们把我说的，我成了猛禽啦。而且再厉害的女生也需要保护，要不是今天顾……什么来着，我们可糗大了。”说话的时候，不断地用眼睛扫顾爱德。

“其实，我也是第一次打人。”

“真的?”

这可真让我们大吃一惊。

出手这么猛，就算加入洪兴都有个混的。顾爱德提起那把吉他：“要是真有经验，我决不会拿这把纪念版吉他砸人的。”

顾爱德今年刚来京华大学。他跟“灰烬”的老板阿甘关系不错，阿甘请他到这里做歌手。

顾爱德也想通过这个地儿，多结交些人物。水不在深，有龙则灵。这个酒吧不是小鱼小虾搔首弄姿的音乐地摊。相反，这个酒吧跟京华大学校内的“麦田”和“天光云影沙龙”构成了这个大学最重要的文化圈。除了摇滚和民谣的牛人时常在这里飘过之外，那些搞电影、话剧、艺术的前卫分子也在这里偶尔冒冒泡。老板阿甘是在德国拿的博士，学校通过熊士高游说了好几年才把他请回国在社会学系做教授。他在学界和户外运动界成名一样早，酒吧里到处都能看见他跋涉地球各处的存照和搜罗来的奇风异物。对这个人，我都是片言只语从大内那里听到的，大内崇拜的人我觉得都是非仙即道的高人，但我想即便如此，他们这儿的咖啡也不会跟街客或可乐那么便宜吧。

偶像是很贵的，前卫是很费的，就像李白同学说的，人民币就像一个“篦子”，币多币少，就好像齿缝的宽与窄，把人民篦出不同的批次，也就是社会阶层。

我们几个找了张桌子坐下，要了两瓶百威。聊了一会儿，顾爱德说：“你们先坐，该我上场了。”

“我能不能点歌？”米四淑说。

顾爱德愣了片刻，大概他觉得点歌这种事只应该发生在《知心爱人》回荡的夜总会。

不过他立刻谦和地问，想听什么？

“Hotel California，我还没听过现场版的呢。”米四淑说。

“我想听Tonight，I celebrate my love for you。”一直情绪低落的聂小鱼突然高声说。

顾爱德伸了伸舌头：“你们是认真的吗？”

“是不是有点俗？”米四淑说。

“哦——还好，不过——我不一定唱得好。”

我对摇滚乐几乎一无所知，也就是能说出崔健、黑豹、唐朝几个大牌的名字，算是地道的滚盲，对流行音乐差不多也是“流盲”的水平。

顾爱德的吉他弹得真不赖，一双手上下翻飞，像两只互相追逐的鸽子。

米四淑跟着吉他的节奏抖着肩膀，“这段SOLO真有功夫啊”。

聂小鱼有点落寞，看着我也有点百无聊赖，就说：“记得去年迎新的时候，我还看见你呢。小米说你已经是博士了，我还真不大相信，你比我高这么多年级。”

“是吗，其实也没高很多，我本科完了读的是直博，相当于大五——迎新的时候人很多。”

“可是你是第一个跟我说话的。”

“是吗？我就记得你是一个人来的，好像没有家人陪，这真是很少见啊。”

她轻轻叹了口气：“你们博士跟导师是不是很密切啊？”

“比本科当然近多了，像师母的生日，导师不一定记得，师姐肯定得记着。”我说。忽然间师姐的杏核眼、白膀子随着“师姐”这俩字在我脑海里蹦了出来。

“那多好啊。还不知道今后我跟谁呢？”

“我们导师就很好啊，你要是成了我师妹，肯定万千宠爱集一身。”

“可惜我喜欢现代文学。”

“那跟熊士高啊，他学问好，还是偶像型学者。”

“他？还不知道毕业时怎样呢，到那时候估计他周围的人都围成千层饼了吧。”

正说着话，忽然见大内、李玄从外面进来。

大内果然是夜生活老练的人，在忽明忽暗的酒吧里立刻就看见了米四淑的金黄色假发。

“嗬，离远了看还以为你顶了张大鸡蛋饼呢。”大内对米四淑说，然后就坐在我们一桌。“呦，大德今天怎么了，唱这种大路货？”

看来，大内跟顾爱德也熟。

“你要不愿意听，我给你支一招，把鼻毛拧成两股，塞耳朵眼里。”米四淑说。

嗨，大内和金城武的差别可能也就是鼻毛太长了。他只要两三天没剪，就如同插着两管毛笔一样。

“这是米四淑点的。”聂小鱼说。

“哦，我说呢，那些摇滚菜鸟才如数家珍的‘经典’，大德唱得还这么认真。原来是献歌呢。不过怎么说呢，这歌选得有点离谱。”大内诡秘地笑了笑。

“怎么了？”聂小鱼问。

米四淑假装不予理睬，但显然在侧耳倾听。

“听不出来吗？I saw a shimmering light / my head grew heavy and my sight grew dim，这是吸毒之后的反应；I had to stop for the night / there she stood in the doorway，这说的是个妓女。”

米四淑本来很享受顾爱德在台上为她深情款款，但没想到碰上口无遮拦的大内，真好像苍蝇和咖啡一起进了肚子，一阵阵地恶心。

我当时特不知好歹，还问大内：“你这也太武断了，站在门口的就是妓女吗？”

“she got a lot of pretty， pretty boys / she calls friends，这不是阅人无数吗？some dance to remember / some dance to forget，这是上过就忘。”

这样一来，这是一首描写瘾君子遭遇小镇妓女的歌曲，确凿无疑了。米四淑把假发捋下来，摔在桌子上，溅了大内一身的“天蝎宫”，气冲冲地走了。

我看在眼里，不禁摇头叹息，多贵的鸡尾酒啊，成了干洗剂了。

聂小鱼正要起身去追，旁边一直沉静的李玄忽然平静地说：“你还是别跟出去，除非你想做便携式电灯泡。”

果然，台上的顾爱德说了声excuse me，便蹿下来，追出去了。

“你们喝的什么呀，跟牛反刍出来的东西似的。”大内说。

“还说呢，你一来就造口业，暴殄天物不说，小鱼点的歌也没听了。”我说。

我感到脚被人踢了一下，力气不大，应该是聂小鱼。

“你点什么了?”大内问。

她摇了摇头，敷衍道：“你一闹，我都忘了。”她显然不想让大内对她点的歌进行过度阐释。

“嘿，怎么成了我闹了，难道米四淑听一首献给妓女的歌，我们还在旁边做如痴如醉状，这不是皇帝的新衣吗?”大内说。

“小孩说真话可以叫童言无忌，你这个岁数了，只能说有口无脑。”李玄说。

李玄的话总是平静而有杀伤力，真像是伺机而出、例不虚发的小李飞刀。大内跟谁都能掰个没完，就是不跟李玄顶嘴。

酒吧的老板阿甘刚从健身房回来，穿着一件断袖的灰色阿迪T恤，汗水从青色的发茬、胡茬往外冒，汗湿的衣服粘在身上，鼓胀的肌肉轮廓鲜明如同雕刻。他让我们到二楼去看看他的德国朋友送的一块古蟒化石，据说还有脚。

我本来是想看看，可是小鱼似乎兴致不高，说要回去。我对高人的崇拜立刻就让位给惊鸿一瞥的暗恋。今晚可是有史以来和聂小鱼最近且最持久的交往了。这使我心情很好，美中不足的是她似乎一晚上都心事重重的样子。到底是因为什么？根据对我国伟大的诗词传统的总结，凡青春少女一副才下眉头却上心头的样子，一定是暗恋的典型症状。我的神哪，小鱼小鱼，你的一颗小心已经别有怀抱了吗？我就像在岸上对你爱溺着迷、却又不通水性的熊，对你的爱慕就是我的深渊。

本来想借护送的机会试探试探她是不是真的心有所属，可偏偏冰雪聪明的李玄说也要和我俩一起回学校，他是不是故意加塞儿啊。而且我的宿舍近，我先到了。李玄对我说：“我送小鱼回宿舍楼，你先上去吧。”我真想把他那好看的鼻子拧下来寄给杰克逊。

二

师姐语录：别发誓。誓言都有保质期。而且中国货的保质期还要除以二。

自从那天晚上未遂之后，我已经很久没有看见师姐了，直到导师吕品的生日。

导师吕品的生日正巧在“一二·九”。据说吕导的老爸就是在这一天，作为地下党到国立女师鼓动学生游行的时候泡到后来的老婆的。

大师兄余杭生说，吕导高兴的时候喜欢唱歌，尤其是又红又专、血光四射的那种。大师兄见证了导师从万利达时代到钱柜时代的K歌历程。最受不了的是师母，说每次生日都过得“苦大仇深、刀光血影”。

往常都是师姐胡蝶张罗安排吃喝玩乐的整个日程。

这次还会是她吗？可是有好一阵子都没见她了。

果然，头天她打我手机。

我看着来电显示，眼晕了半天。最后还是咬了咬牙，接了。

“衰熊，你敢不接。”她声音依然薯片那么脆，听起来挺high。

"谁不接了。我在厕所一听见手机响，都没顾上就跑回来了。"

"咳，服了你了。下边总没利索的时候。我电话来告诉你们明天的安排。"

早听说导师新买了一套房子。

这次生日Party，就去吕导的新居。路上，司文琅他们就说，这可是套豪宅。据说站在阳台上就能看见燕京八景之一的"西山晴雪"。小区的庭院是专门请日本造园名手鸟居山长设计的。门童还去英国培训过。

"还英国培训过！是拿着英国风光相册看了一个礼拜吧。"夏喜冕说。

"有人说曾经有两波人去蒙牛养殖基地参观。第一波人一来，所有的公牛全吓跑了，边跑边说，他们是××中医男科的，跑这儿找牛鞭来了。第二波一来，所有的母牛全吓跑了，边跑边说，他们是搞房地产的，吃完牛鞭还要吹牛×呢。"方光临说。

"喂，注意点，车里还有女性呢。"夏喜冕假惺惺地提醒。

"得了吧，你们这几个开车下道、说话下流的淫贼，打嗝放屁何曾注意过场合。"师姐一边开车，一边说。

"哎哟，胡蝶是从来不解我的一番苦心哪。"夏喜冕说。

"我解——解剖了你得了。小熊，你帮我把领子扣上，我腾不出手。"

我愣了一下。

"快点啊，空调的热气吹到我脖子，我这几天扁桃体正发炎呢。"

我伸手过去帮她把细绒衣高领上的白梅花形的扣子扣上。

"嘿，小熊，我们可都看着你呢，手可别不老实。"夏喜冕说。

司文琅、方光临装作不动声色，尤显得不怀好意。

"手不老实看得住，心里猥琐可是看不住。亏你也能想到那去。"师姐说。

"胡蝶，让人换辆卫星导航、自动驾驶的，干啥都不耽误。"夏喜冕说。

这显然是在暗示胡蝶开的这辆车是南宫的。在俗世的眼光里，一个女人能随便开一个男人的车，就跟随便上一个男人的床差不多了。

但我在想，这几个师兄也太不知好歹了。吕导这个新居前不挨村、后不着店，压根儿就不是给没车人住的地方。师姐不借辆车来，难道我们几个打车来？

“车就是一个铁皮盒子，把你这堆肉搬到你想去的地方。你要是老想在车里干那个啥，万一碰上一急刹车，你一丝不挂飞前面车里算怎么回事？”师姐说。

一路上，几个师兄不断重复这种挑衅然后被扁的过程，但似乎永远乐此不疲。

师姐似乎早已千锤百炼、针插不进、水泼不进，给人的感觉似乎在斗嘴上她从没有底线。对几个师兄的家底丑闻也是了如指掌。她就像一个手拿皮鞭的卖艺人，看着几只猴子在她面前上蹿下跳，时不时出手抽一下。看着几个师兄的情状，真让我频频想起那句名言：天性贱，君子以犯贱不息。

四十多分钟后就到了传说中的“西山美阁”。

师兄余杭生发短信说别人都已经到了。

吕导拄着一根高尔夫球杆，站在门口，注视着我们把车停好。

饭后喝茶的时候，师兄们和吕导肆无忌惮地海侃。还频频提到所谓的A计划，听着听着我大致明白了。A计划就是：吕导特别栽培一些得力的师兄师姐，推荐到全国的名校去。就如同周王分封诸侯，或者秦始皇设立天下的郡县。师兄余杭生、童子公等是A字的两条大腿。司文琅、胡蝶等将来坐在A字中间那一横上，他们成了学术界的小生花旦，如同大腿上带花边刺绣的丝袜。可以想见，吕导将来会坐在巨大的A字尖顶上。

“什么叫学术地位？”吕导颇为得意地说，“说白了，就跟当年后宫一样，母以子贵，子以母贵。将来你们成了腕，我就是大师，再牛×点就是太师；反过来，如果将来我成了大师，你们自然而然就是高足，或者高腿、高腰、高胸。我将来如果在三万英尺的天上，依据升仙传染定律，你们也能飘到一万五。”

我估计我在这A计划里没什么功能，也就没什么位置。不过吕导对学生在表面上都是一视同仁的，绝不会干出二桃三士的事情。吕导一晚上都挺高兴的。而且令我们瞠目的是，一改往日苦大仇深的风格，用自家的KTV设备给我们唱了一首《老鼠爱大米》。

我们问，您老人家怎么“晚节不保”？

吕导说，连校长都改了曲风，真的该与时俱进了。

不过在临走前，师姐和吕导走进了花房，把门关上。隔着玻璃，看见吕导平静的表情忽然充满了惊讶，然后连连摆手，似乎师姐做了特别糊涂的事情。

这可太少见了。

吕导一直说近几届学生中，师姐胡蝶是最精明出众的。往往是他一想到了，她就能说出来；他一说出来，她已经在想怎么做出来。吕导说，有了胡蝶，就好像有了一只可以飞出去的手。

师姐似乎早有准备，镇定地跟吕导继续讲着。渐渐地，吕导皱着的眉头熨平了，开始微微颔首，接着灰暗的眼神放射出新的光彩来，最后阴霾尽扫。他一双肥胖白皙的小手似乎熬过了寒冬的雀儿，又开始活跃地比划起来。

回来时，师姐把其他人放在学校西门。

“小熊，陪我走一趟。”我正要也跟着下去的时候，师姐对我说。其他人狡诈地朝我努了努嘴：“去吧，小熊，你师姐找你肯定有好事。”

车一路向北。

明月里，微雪飘飘。

“师姐，咱们去哪里啊？”

“瞎紧张什么？我能吃了你啊，还真把自己当成开胃菜了。”

“不是，我就是问问。你不愿意说你就把我拉着走呗，反正坐车总比开车的舒服。”

“我是去还车的。”

“去南宫仁那里？”我问，心里忽然忐忑起来，好像生怕他知道我骂过他似的。

我问师姐，在吕导家她和吕导为什么事争得那么剑拔弩张。师姐的回答让我大吃一惊。原来吕导是要把师姐当枪使呢。师姐在教育频道的《世纪重访》栏目做策划，吕导盘算着弄一期《世纪忏悔》的节目，让一些老学者反思反思“文革”。

“这有什么不好啊？反思历史也是创造精神财富啊。”我说。

“呦，这么有见地！二十年前怎么不反思？那时候‘文革’的伤口还冒热气呢。现在随便哪个‘文青’都知道《牛棚杂忆》了，你还反思啥劲。”

“那吕导是什么意思？”

“假如你‘文革’的时候把张三揪出来当成封资修给批死了，现在我请张三的儿子来反思‘文革’，你说会出现什么情况？”

“这个——冤有头债有主，恐怕我要倒霉了。”

“那你说方老爷子‘文革’的时候是‘井冈山派’的虎将，把地质学家楚木匀搜集的古生物学标本全给了锅炉房做蜂窝煤了，楚大师一怒登天去了，他儿子如果逮着个公开发表言论的机会会怎么样？”师姐说。

“方令陶原来还在山头上混过的，那真是多行不义必自毙。我支持楚大师的儿子揭老底。”

“我不支持。”

我很诧异地看着她，觉得这是为民除害的事情，她为什么要阻止呢？

“知道什么叫投鼠忌器吗？你让楚木匀的儿子出来，那就把方令陶的怒火全引到白寿辉身上了。”

“为什么？”

“楚木匀被抄家的时候，楚大师的儿子还小呢，他知道的事都是他姐姐和姐夫告诉的。他姐夫是谁啊？就是咱们系的白寿辉啊。这要是把老方惹毛了，白寿辉绝难全身而退。你要知道，老方在‘文革’时兴风作浪，‘文革’后还吃吗吗香，没点手段早被撵到资料室去了。”

“那你可真替白老师着想啊，为什么啊？”

“我替他着想？犯得着吗？他看上去闲云野鹤世外高人一样，实际上恰恰是极端在乎自己的利益，他认准了常在河边走、没有不湿鞋的老理，所以不论系里是人当道还是鬼掌权，他都躲得远远的。这样对自己才安全啊。默认就是帮凶，这种人不值得浪费我的同情心——只不过，他如果被撵走了，中文系唯一的全国重点学科也就跟着跑了。到时候就算吕导当上系主任，也是一穷二白，纯粹要裸奔了。所以我拼命劝他换一个人爆料。所幸老方当年还真是储存了不少冤家，我们的选择可够丰富的。”

“哦——绕来绕去，都是在替吕导运筹帷幄呢，可是吕导干吗要搞方令陶呢？那不是他老师吗？而且吕导还搞联名挽留什么的。”

“老师怎么了？厕所再臭，你能让别人替你上？领导再累，你也不愿别人替你当。吕导这次志在必得，一石二鸟、诸葛献哭连续播出，你等着看好戏吧。”

咳，我长叹一声。想这个曾经风华冠绝的大学，现在是金玉其外、败絮其中。平日里风传耳语，说某某系某某人，某年某月干了龌龊的某事，我只当听笑话，听段子，好像很远很远。可是听了师姐刚才的话，气宇轩昂的吕导原来也是这样风传耳语中描述的牛鬼蛇神，这种感受有点像一种隐形的侮辱，被烙铁烫上一个标记，印在身体深处。这就是我的导师！我有种想把什么东西从身体里掏出来扔掉的感觉。更奇怪的是，师姐还镇定自若地帮吕导筹划得如此天衣无缝。这种权欲熏心的事情，她怎么不起鸡皮疙瘩呢？

“嘿，你什么眼神看我啊？”师姐发现了我的神情不对。

“我现在眼里已经没神了。”我说。

师姐用手抚了抚我的头："可怜见的，老实孩子。你别在心里毁我了，说出来吧。"

"做人也不能这么没标准啊。"

"你听明白喽，我有标准，但不教条。现实生活很多时候不是做最好的选择，而是避免最差的选择而已，你想扭转乾坤，可你是阿基米德吗？方令陶又不是什么好鸟，别人打也是打，自己打也是打，方令陶、白寿辉、吕导三选一，你怎么选啊？"

"不还有熊士高嘛。"

"你傻啊，一群乌鸦选美，能选一白衣飘飘的吗？"

"要是我，就选一白乌鸦。"

"对了，这就是你！我喜欢。但马克思那句话怎么说来着，愤青的任务是诅咒世界，但更重要的是改变世界。我不高尚，但我有力量；你圣洁，可你是肌无力。"

"马克思没说过这种话。"我忍不住笑了。

"那就是孔子说的。反正俺就知道这两个名人。"师姐故意用东北腔说。

"如今的学者怎么都这样呢？这中国的学术还怎么做呢？"我叹息。人生不满百，常怀千岁忧，这种忧思既是范仲淹大师千年垂训的结果，也带着对自己前途烟雨迷蒙的无奈。大内经常说我，有志不在身高，有种不在卵包，有眼不在心上，有才不够风骚。他是坚信学问应该"知之不如好之，好之不如乐之"的，像我这种皱着眉头、嚼着黄连啃书的人，都是他经常戏谑的对象，"文以载盗，学以助娼，达则虐人，穷则自虐。"

"咳。你干吗那么在意这些人啊？他们实际上又不是学者，只不过是有学问的粗人。他们也不是做学问，而是在搞学问。从心理上来说还是五六十年代工农人格的延续。做学问就像搞生产。你不一样啊？你不能因为人行道上有牛马拉撒，就不走吧？"

"龙生龙，凤生凤，老鼠的儿子会打洞。老师都这样，我们还能做好学问吗？”我说。

“我没说我能做好，我也不想做那玩意，但你能。”师姐说，语气特坚定。

“你又开我的玩笑。”

“我什么时候和你不是认真的？”她突然瞪了我一眼。

我不敢说话了。

“可我都不知道我为什么适合。”

“因为你认死理啊。”

“你怎么知道？我可是老觉得自己瞻前顾后，畏畏缩缩呢。”

“那是在床上——至于别的地方，”师姐剜了我一眼，“倔着呢。”

听了师姐的话，一种浩然之气不由得直往上顶。平时在宿舍里，说某某立志做学问，往往都夹杂着讽刺和调笑的味道，就好像吃生鱼片必蘸点芥末一样。若某个漂亮女孩在试探你未来的打算，你这么一说，她一定如鲠在喉，即便你魅力指数实在太高，无法抗拒，她也必定在决定爱上你的时候，带着一种殉道的悲壮不得不接受你这二乎的理想。

所以师姐这么清晰地看待我这种志向，而且还如此坚信我有这种潜质，实在让我大吃一惊，大喜过望。

“可是，做学问的路太漫长了。我都不知道我能不能一直撑下去。”

师姐忽然眼神冰凉地看了看我：“爱一个人的路也很漫长，你觉得我能不能一直撑下去？”

我愣了，那层窗户纸此时像一张电网，我好像被推着去突破它，但心里却不由自主地极力抗拒着。“你——不需要去等别人，多少人在——追你呢。”

师姐忽然往路边并道，迅速刹车停下。

“少装蒜，你给我下来。择日不如撞日，今天非把你办了。”她说。

我俩此时站在一座高高的立交桥上。天上一轮毛月亮三心二意地照耀着南城千街万巷。

“你知道这辆车叫什么名字吗?”她问。

“著名的‘别摸我’，宝马啊，你也太侮辱我的智商了。”

“这是Humboldt设计的一款，叫Resolute。”

“那不是‘坚决’的意思吗?”

“哼，知道就好。”她又把我的肩膀一扳，让我朝南面远处看去。“正前方，你知道那是什么吗?”

夜幕里一个包着脚手架和隔离网的城楼兀立在那里。但我不知道那是哪个古迹在维修。

“那是永定门。”她说，“咱俩坐在‘坚决’车里，来到‘永定’门前，你说这是不是天意要我们决定一件事情?”

我说不出话，觉得胸腔里一颗心跳得七扭八歪。那不是情窦初开时的心如鹿撞，不是那种纯然的美妙感觉，而是混乱、畏惧、尴尬、惊喜夹杂在一起的感觉。

她在手袋里拿出一根眉笔，用手在自己的胸口和旁边的路灯杆之间比了比，然后在上面画了一个心形。她转过身对我说：“我来告诉你我的决定吧。今天我告诉你，我爱你。爱是不能随便说出口的，我不想让你没想清楚之前给我任何回答。我就等你三年吧。三年后你还是顽石不化，我可就没义务继续启迪你了。”

微雪落在师姐青青的眉毛和睫毛上。她白皙的脸颊不知是因为寒意还是因为内心也在悸动，泛着淡淡的红晕。不能不说，那片刻之间，我也感到有些心神摇荡。我忽然想说那三个字，师姐用手指按住我的嘴唇。“别说出来，你还没准备好。我不稀罕一个随时会都会过期的承诺。”

三

师姐语录：手不老实看得住，心里猥琐可是看不住。

一个冬阴漠漠的午后。我呆呆地对着窗子，认真地琢磨着胡蝶师姐那天晚上的话。她给我的期约就像她的身体一样真实，一样势大力沉。不是小女生那种和风细雨的，被男孩清早一股凶猛的小便就冲得一干二净的那种。

但我内心恰恰向往着雏菊一样的某个女生。

或许是小鱼？纤弱、简单、青涩。

男人永远梦想着水做的女孩，只要没经历过的，就始终是一生不灭的觊觎。

我遭遇的事情似乎很不符合我关于爱情的向往。

我期待隔墙闻香的蕴藉，但没想到忽然蔷薇扑鼻。

我期待轻柔婉转的序曲，却忽然直奔惊涛骇浪的主旋律。

我想先喝杯淡淡的苦丁，入口的却是浓酽的高汤。

我曾以为恋爱都先扯扯星座，没想到一开始就短兵相接。

我设想中的女孩，肉里是细细的骨头。乳房是壳里的花朵，经我的双手轻轻一摸，就如同鸡雏一样跳脱绽开。

但胡蝶却完全不需要我来开启。

她是强烈的正午，一下子劈开我脑子里虚幻的月色朦胧。

她是在正午燃烧的罂粟田，对我释放着毫不掩饰的诱惑。

我每个夜晚在被窝的春梦里洒向她的暴风骤雨越多，每个清晨醒来就越觉得自己需要爱一个清汤寡水、清热败火的女孩。

所以，我知道我并没有爱上胡蝶师姐，但她的期限就好像一夜之间长到我背上的壳。

大内忽然进来了。“又一个人发傻呢。吃点乌鸡白凤丸调理一下。”

我没理他。

他笑嘻嘻地说：“告诉你两个消息。”

“得了吧。又来耍我。是不是有一个好消息一个坏消息，好消息我不知道是啥，可是坏消息肯定是‘那个好消息是假的’？”

“呵呵，哥们今天换套路了。我是来劝你寒假跟我一起参加一个活动。”

“去巴塞罗那看什么冠军杯决赛之类的活动就别动员我了，除非你掏钱。”

“准备掏钱求我带着去的人多了去了。我这次是给你找了个别人给钱的活动。”

大内说的这个给钱的活动，是一个研究所的寒假社会调查，这个研究所据大内说很不得了，叫汉容经济研究所，号称要做中国的罗马俱乐部。

“你不知道汉容的头儿范利中吗？”大内问。

“听说过，搞经济学的。名气很大。”

“名气大，脾气更大，人称暴龙。当年在经济学院跟金易宁拍桌子摔板凳，最后被金派老少给撵出去了。”

“跟金易宁斗，那还不是以卵击石。人家中央有人儿。”我是听说过，金易宁统治着经济学院，他六十岁的时候，门生们给他编了一本纪念文集。在食堂门口免费赠送。人活着就出纪念文集好像不符合语法，也很不吉利，不过里面好多张金老和各个领导、名流握手的照片，被人戏称为握手书。后来也物尽其用，大多成了手纸。

“中央才不理他呢。尤其是什么‘下岗利国论’‘穷人仇富论’出来以后。要知道就算立志要做御用文人，也不能做千夫所指的人。谁激起民愤，最后就得吃民粪。老金只是一直故作神秘，好像‘上头有人儿’似的。其实早被打进冷宫，都闲出蜘蛛网了。”

“范利中怎么跑到汉容研究所去了？”

“他被拜金门徒撵走以后，跑到纳斯达克帮中国企业做上市。回来搞汉容研究所，据说背后有个境外的大财团撑着。他在私下里说不出五年，全世界将没有人再看国务院的白皮书，取而代之的是《汉容报告》。”

“有这么牛吗？”

“可怜之人必有可恨之处，可怕之人必有可敬之处。这厮的脾气不是白大的。你还记得几年前罗马俱乐部的报告不是把中国人忽悠得一愣一愣的。我想一个专业的研究机构肯定会比那些隔岸观火的老外做得更像样。”

刚成立的汉容研究所要开展一次国民娱乐审美素质调查，叫“孑民计划”。好像蔡元培说过“以美育代宗教”。这个计划要招募大学生在北京、广州、上海、成都四地开展。大内说，面试将会很严格。这和以往学校里招募的那些个社会调查团，完全不一样，因为不是国家的钱，所以是不能乱花的，每一分都要用得清清楚楚。

“哦，那我们能去得成吗？”我有点心里打鼓。

“这种事情，舍我其谁啊。不过如果有熟人在里面事先打探一下也好。”大内说。

“谁啊？”

“你师姐胡蝶就在里面，而且好像还是这个项目的主管呢。”

难怪这个礼拜都没见师姐了。“她怎么掺和到这个事情里的？”我纳闷。

“她没跟你说过？”

“她干吗跟我说？我们相交也不深。”我努力掩饰着。

“呵呵，你想交得深，先得有那么长啊。你这个师姐可是鸭子长角——非同凡鸟。一个地方院校的竟然能保送到这里来读研。据说当年你导师和老方为这个事情跑得特勤，让人不禁怀疑是不是这两人的私生子。”

“你别胡诌了。我师姐哪儿得罪你了。”

“当然不可能是私生子了。这年头私生子都是烧钱的，哪能送钱呢。你导师和老方自那以后，各自买了套房子。这钱怎么来的就有点说不清楚。后来听人说你师姐的老爸原来是江苏一个大民营钢铁公司的老总，这钱怎么来的就清楚了。”

吕导贪财这事情，我是早知道的。原来他让我们一起攒什么《温州望族》，操作方法有点像报纸杂志开辟版面收取广告费。温州的大小富豪们只要给了钱，吕导就把他们的族谱家谱好好梳理一番，能往历史名人身上贴的就贴，能挂的就挂，实在攀不上关系，就“先祖方正，先妣贞烈，仁义乡里，忠孝传家”云云，把些个养猪打铁的人说得跟颜之推、朱晦庵似的，但像大内说的欣然受贿，我还真有点不信。更不信的是，行贿的是师姐。她虽然说不上疾恶如仇，但大是大非的尺度，我是自叹不如的。

“或许是别人推荐的呢。我师姐很能干的。”

“也有可能，熊士高也被聘为汉容的兼职高级研究员，没准儿是大熊把你师姐弄过去的呢。总之你帮我打听打听，能让芮先生有兴趣的事情不多。”

其实还没等我打听呢，师姐就先找我说了。

“我看招募海报已经在学校里到处张贴了，怎么一点风声都没透露给我？你们保密工作可真好啊。”我说。

“那是。不过，我没跟你说是因为我已经替你报了名了。”

“为什么？你怎么知道我会去？”

“有志于学的人，怎么能放过这个调查和学习的好机会。”

“我还不了解什么调查内容呢。”

“哎哟喂，你还摆什么大牌啊。整个调查计划早在半年前就由国内社会学、美学、传媒学的牛人们开始讨论了。我旁听了好多次讨论，知道这次调查绝不是国内其他所谓的课题，都是他妈的上坟供假酒，忽悠他爹呢。我知道这些人是想干点正经事的，熊士高、甘子瑕都是京大的，由他们参与的事情能是扯淡吗？你不是说不想像其他搞古代文学的人那样，只读死人的书吗？水桶有尖站不稳，你是屁股有尖，闲不住，我就替你报了。你不去也行，我把你名字画掉就是了。”

“别别别，我想去，但听说面试很严格。”

“我给你开了绿灯，不用面试。”

“那怎么行，我一定要面试，如果真通不过，就说明我不合格，那我岂不是滥竽充数。”

“呦呦呦……行了，我对你也是有判断的，你要是烂泥扶不上墙，就算你混过了面试关，我也把你给揪出来。”

“反正我要面试。”

“好。不过范利中喜欢给年轻人进行挫折教育。你也长得挺欠抽的。”

汉容还真是有钱。在闹市中把一个完整的三进的四合院租了下来，就连两边的汉白玉门墩、紫铜门钮门环、须弥座三攒斗拱影壁等等，也一丝不苟。

传说中的范利中坐在镂雕蟠龙红木椅子里。他穿着黑色圆领对襟团松褂子，白白瘦削的脸下面还留了一撮山羊胡。桌子上青花笔筒里卷轴如鞭，毛笔如戟。屋子中间的铜鲵里冉冉升起一股沉香。我有几秒钟的恍惚，还以为自己穿越小说看多了，不小心跑到养心殿里来了。怎么搞得跟乾隆点状元似的？

我临进来前把羽绒服脱下来，里面的黑色条纹衬衫，师姐说显得比较挺拔。

可是等了好久，范利中一直在那里看字帖。

“请问我问题吧。”我鼓足勇气问了一句。

“笑话——问题？我不知道的东西，你会知道？”

“我是说关于我……”

“谁care？”

“嗯……那为什么要我来面试呢？”

“想看看你会不会吓到？”

我毕竟做好了心理准备，不过范利中似乎并不凶恶，只是有点无聊。

“不过，你的申请，我还是捏着鼻子看下去了。”他顺手从一堆之中抽出了一张。

“真的那么差劲吗？”我有点不服气。

“是很差劲。不过你很幸运，其他的人更差劲。没问题，小伙子，你一会儿去秘书那里领详细的调查提纲。”他说。

说完，范大师忽然站起来，摊开一张纸，抽出一支毛笔，润足了墨，开始写起来。

我等了片刻，只好说：“范老师，我的面试结束了吗？”

“不错，长得挺全的。应该能做个调查员。”

“那我走了。”

“等会儿，我送你一幅字。”

“我？”

“对啊，我这些天看那些申请，真他妈害死我了。就像《聊斋》里那个老僧，一篇篇阅后只觉得臭味扑鼻，弄得我五脏紊乱，头疼恶心下气如雷。现在的大学教育怎么比我们那时候还差。”

写好后，拎起来，递给我。一个“质”字。

“你不能马上卷，还湿着呢，你就这么拿着走一段。”

我心里苦笑，但还得说“谢谢。”

就在我开门时，忽然听见身后范利中问：“这字怎么样啊？”

我看了看字，抬起头：“挺黑的。”

暴龙笑了笑，靠在椅子里，朝我摆了摆手。

我就出来了。

我刚从里面出来，师姐就迎上来。“他没犯病吧？咦——你拿的什么，他想干吗啊？”

“他送我一幅字，还挺大方的。”我说。

“大方个屁，他怎么不把墙上挂的字画给你一幅。写的什么——质，啥意思？”

“好像子曾经曰过‘质胜文则野，文胜质则史’，他觉得我比较直率质朴吧。”

“呦呦，你还‘野’？”师姐做不屑状，“我看他是成心要你呢。”

正这时，阿甘和熊士高也进了院子。

“昨天很晚才看见面试名单上有你，老范没吓着你吧？”阿甘跟我打招呼，厚厚的手掌在我肩上拍了拍。

忽然我看见门洞外面走进来一个女孩。

雪白的过膝羽绒服，带着垂绦的青柠色线帽。

干净得像花蕊上的雪。

果然是小鱼。

她竟然没有看见我似的，直奔熊士高。

“你先去我办公室等等，草案在电脑桌面上，你先自己看看我做的改动。”熊士高说。

她点了点头，带着笑意，忽然看见了我。

“你？是要参加孑民计划？”

“对。你呢？”

“来这里帮帮熊老师的忙。”

“哦。”

然后她就转身离开。

熊士高和师姐聊四个团队人员搭配的问题，我说了声，先走了。

没走几步，师姐从后面追上来，一把将那幅字扯下来，揉巴揉巴扔垃圾箱里了。

我吓了一跳，没来得及阻拦："干吗？这也算作品啊。"

"拎这么大一'质'字出去，人还以为你给地下当铺做广告呢，城管非把你逮起来。"

"你不是还有事要忙吗?"我说。

"我先把你送回去，路上风沙挺大的。"

虽然师姐身上的香水和高涨的兴致弥漫在我周围，可是刚才小鱼擦肩而过的那一丝清香一直盘旋在我脑海里。如果她这次也去广州该有多好。我报的是广州团队。那里离老家近些，调查完成后，时间如果允许还能回家看看老爹老娘。我们在同行的路上或许会有很多机会。但或许也是别的男生的机会呢。在茫茫人海里，她被很多追羡者围在中间。而我不知站在几层以外呢。自卑感莫名其妙地突袭我。我只能在心里妄想着，如果小鱼能像师姐那样看穿我伟大的志向和纯良的品质该有多好。

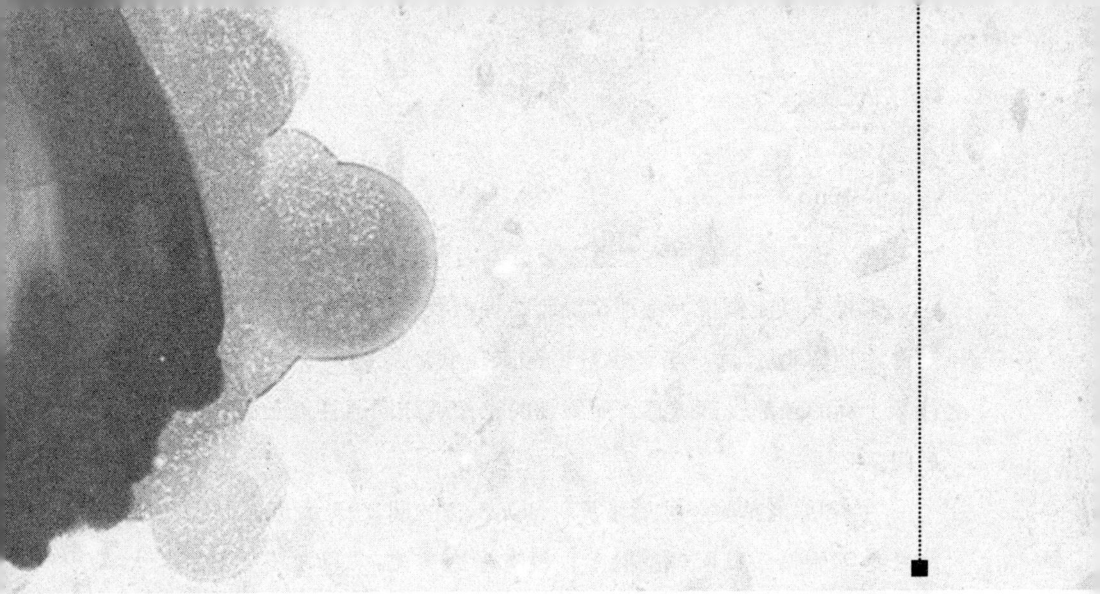

插播　小鱼的故事一

熊语录：你们的爱情结的是果实，我的爱情变成了结石。

一年里月亮要圆满很多次。但大多数情况下，满月的清光全浪费在落寞的夜行人身上了。

我和楚国雄、李玄从“灰烬”里出来。一路上说话走路都神不守舍，楚国雄回了宿舍楼之后，李玄忽然对我说：“反正现在躺床上肯定睡不着，不如再走走。”

我知道，李玄曾是熊士高的学生，而且大概是最喜欢的学生了。据说，这位秀美惊艳的师兄交作业时从来不用打印稿，都是在泥金云笺上直接写蝇头小楷，还是繁体。这些美丽的字迹飘逸、纤秀，如同薰香的烟，细细袅娜的影子。他是学校BBS文学版的版主，他总结说中国现代文学史可以归拢出一句话：“夫人老爱与钱矛盾”，是版上流传的名言。夫是郁达夫，人是周作人、周树人，老是老舍，爱是张爱玲，与是曹禺，钱是钱钟书，矛盾当然是茅盾了。让大内听到了，“夫人老爱与钱矛盾，咳！整部中国现代文学史不就是一败家娘们嘛，这话在理儿!”

有人说，熊士高这么器重李玄，是因为他俩有些像。

都那么风流倜傥，都那么颓废彷徨。我无法按捺自己对熊士高的好奇，所以似乎就对李玄也好奇起来。我就像蜘蛛一样，对所有通往熊士高的丝都极其敏感，而眼前的李玄就如同通往熊士高的隐秘的后门。

“你和熊老师是不是属于那种知无不言的朋友?”我问。

他那张精致而阴郁的脸上，没有丝毫惊诧：“只要不要对别人太好奇，你就会和他保持很好的关系。”我不明白他话里的意思。难道他看穿了我的心思，警告我，还是告诉我他和熊士高属于君子之交淡如水呢。我知道他又在搞微言大义了。这个人太城府，我同宿舍的白诗朗曾经发下毒誓要追他，但和他一起看了几部极其沉闷的法国片之后，就吓得再也不敢觊觎这位花样男了，还对他哥哥李白说：“你是狼人，你弟弟是雨人。”我想他不是自闭，或许是太自恋了。

在一个路口，我们要各自走向各自的宿舍楼。

他忽然说：“告诉我邮箱，我给你发一篇东西。”

“什么东西?”

“你想知道却没好意思问我的。”

这人有时候云山雾罩，有时候忽然咄咄逼人。

我想反问他，我有什么不好意思的，但一看他的眼睛，就知道：他的确知道我想知道什么。

回了宿舍，我打开电脑。果然看见他发的邮件早在列表里了。

有点心慌意乱。就好像偷偷翻过山墙，溜进一个人的心灵后花园。关于熊士高，他会告诉我什么呢?

“这是一个人给我讲过的熊士高的事情，一篇永远也不会发表的回忆。关于熊士高，这篇说得不能再好，也不能再坏了。你可以选择不看。因为你可能由此更喜欢，或者更厌恶他了。如果你看了，不论如何，我想你都不会再让它流传了。”

三十年前考进京华大学，最先碰到的同学就是熊士高。

我的第一感觉就是他简直就是一头天生的种猪。

我立刻联想起了老家山村里那头著名的“老包”。

老包有显赫神秘的身世。

据它的主人二诸葛说：

他家的那头翘耳小白母猪天生丽质难自弃。

到了思春年纪，但对同村的歪瓜裂枣总提不起兴趣。

直到某一天隔着村边竹丛望见了一头巨大的黑野猪。

野猪对这头细皮嫩肉的翘耳娇娃似乎也相当痴迷。

于是它们立刻开始了这段感情。

超越了种族。

超越了肤色。

此后，大黑曾多次潜到村边竹林用奇怪的声音召唤小白幽会。

后来小白怀孕了。

二诸葛就把院门封上，不让小白出去私会情郎了。

大黑不顾危险，趁着晚上，竟然痴情切切地破篱而入。

二诸葛每天早上修篱笆，不胜其烦。

又不敢和大黑正面冲突。

最后找到了细姜。

这个瘦得像把刀的家伙游手好闲，是村人眼中的废物。

但对飞禽走兽，他是个阎王。

几个月后，小白带着六只猪娃在院子里转悠。

它们头上的屋檐下就吊着大黑的几颗獠牙和一对蹄子。

不过细姜也好不到哪里去。

他的肛门当天被疯狂的大黑戳得稀烂。

连医生都不知道是不是要在他后背上另开一个口算了。

老包是大黑六只遗腹子里唯一的一头公猪。

它颇得父风。

肩胛很高，像牛。

色如乌钢。

额头一条白芯，让二诸葛想起京剧里包拯的脸谱。

老包的艺名就是这么来的。

它从来没有猪的恐惧。

它却享尽了猪的幸福。

它被二诸葛供养着。

唯一的工作就是“养精蓄锐”。

作为十里八乡最著名的种猪，它的身价很高。

乡亲们总想让自家的母猪免费地得到老包的雨露。

于是一趁二诸葛不留神，就抓把好糠引诱老包。

不过老包很有身份，从来不为这种“潜规则”所动。

老包的种子是如此优良，甚至县里的畜牧局的技术员都来借用。

自打从县里回来后，老包忽然对那事不再感兴趣了。

是年纪大了，力不从心了？

还是被心存嫉妒的畜牧局给净身了？

或是被用得太狠，需要调整恢复？

还是看破红尘，悟了色戒？

某天夜里二诸葛和老婆盘算干脆趁老包还有膘的时候，杀了卖肉算了。

但就是那夜老包离家出走了。

再也没有人发现过。

后来我读了《野性的呼唤》，猜想可能它去认祖了。

或者像王小波说的，老包不是因为基因里的乡愁而归去，而是为了心灵的自由而出走。

我每每把年少时老包的故事当做一个罕见而真实的传奇。

所以我把熊士高比作老包，并没有丝毫的贬低。

恰相反，那时没有男生不羡慕他的。

他是萤火虫，站在哪里都闪光。

他家世显赫，爷爷曾是京华大学的校长，爸爸是京华大学的名教授。

家底殷厚。二十岁生日那天，他姑姑送他的礼物是一块玉握，据说是汉文帝拿过的。

他强健英俊。当年国内的首席小生在校内和学生联欢的时候都自叹不如。

他家学深厚。法国和德国人来访的时候，学校外事办要请他去同传。我留学弗莱堡期间，他去德国看我，和我们系主任聊了几句，人家就欣赏不已，狂动员他来做合作研究，那时他还只是个博士呢。

他身体健硕。冲凉的时候，同学都见过。

他天生多情，现在的话讲，情商很高，各种类型女生，几乎通杀，只要他投桃，没有不报李的。

所以当时我们说他是部队后勤发军服的。

不知道有多少男人被他派了军帽。

用现在的话讲，他绝对算是公种人物。

就像老包。

他在这方面是大公无私的。他身边带来带去的女生和女人很多。

我很用功，不屑于像章卫东等人那样无聊。他们按照图书馆编目方法给这些她们编号，还做提要。

但一个女孩还是让我印象深刻。

那个女孩叫艾蕊。

她当时在《香雪》里演过主角。

我觉得她像菊花蕊上的雪一样，清凛干净。

在熊士高宿舍碰到她，真的很震惊。

当时不兴要签名。

我盯着她半天，跟口吃一样：你……你就是……

大熊走出来将她揽在怀里。

“活佛，你也思凡了？”他取笑我。

我看着那么单纯的一个女孩也成为他的一道甜点，那才叫义愤填膺。

我问过大熊，难道一点负罪感都没有？

负罪？我很喜欢她们——每一个。为什么负罪？

那怎么可能？喜欢每一个，你见过一个尿眼撒出几股尿的吗？

你不承认每个女孩都有她可爱的地方吗？

可是你不可能和每个女孩生活一辈子。

谁说她们要和我一辈子？

我看艾蕊那么单纯，眼神里难道不是要和你天长地久？

单纯的人看人容易单纯。

我看你就一点也不单纯。

他故作惊讶地笑道：其实我才单纯哪，除了爱情，我别的都不考虑。

我心想，可是你要是能分清什么是纯真的爱情，什么是性激素分泌过量，那才见鬼呢。

直到现在，我依然认为爱情只要产生就一定会持久，就像被镌刻在心里一样，只要记得殷勤拂拭灰尘，总会崭新如初。

不过，大熊却说："流水不腐，户枢不蠹。只有旧去新来，才能永葆真爱。爱情很美好，但美好的东西必然短暂。昙花很美，只有做成标本才能久存。你喜欢标本？焰火很美，但只有拍成相片才能永恒。你喜欢看照片？"

其实大熊为人的确不错。

不像贵胄子弟那样一脸纨绔相，好似天天顶着一条花内裤。

也不像书香门第的秀才，如同窖藏的白菜，白是白，但带着馊味。

他私生活"糜烂"，但从来不在我们面前口淫。

他举止得体，但喝酒的时候从来不怕飙高，天热时也和我们一样脱到露点。

毕业时的散伙饭，通常都是有哭有笑有打有闹的。

就好像几出大戏放在一个台子上演。

大家很快就注意到了大熊和梁咏旗一直没露面。

这场合不能没有大熊和梁咏旗。

就好像红烧肉里没了大肉和糖浆一样。

梁咏旗是班上无可争议的头牌美女，当之无愧的"红高粱"。

她长得像一棵小白菜。

一说话，即使不笑，两弯细眉也带着喜气，但这是个表象。

很多男生都误以为这个女孩容易得手。

但我很明白一个道理：路边的桃树，低处是不可能剩下熟果子的。

梁咏旗看似温柔可亲，实际上必定心气很高。

无数男生掉进这个陷阱死不悔改。

多少年后，见到已为人母的红高粱，这些男人还总是偷偷约她吃“面对面”。

为了什么呢？

对她的爱还在保鲜？

还是已经跟她无关，只是跟形而上的“爱”有关？

然而当时被我认为和百慕大之谜同样奇怪的是，大熊从来没有动过她。

所以我们常说大熊人性未泯，并且让他发扬下去。

就在那天晚上我们错了。

四十多男男女女。

吃得饱了又饿，饿了又饱；喝得倒了又醒，醒了又倒。

似乎再不转移一下注意力，就有可能干出有伤风化的事情。

班长还存有一点清醒。

他建议我们去寻找大熊和梁咏旗。

我们当时也没有人提出这个问题：谁说他俩当天晚上在一起呢？

我们就相互扶着，一边吐一边走一边唱。

在古典的京华大学里，我们碰上好几拨跟我们一样的。

那时候，没有酒吧，没有蹦迪，没有KTV。

我们没有才艺，我们只靠肢体发泄。

不知是谁带着我们竟然来到了瞬园里的一栋小别墅前。

这个中西合璧的建筑是大熊家的房子。

他家为了他上学方便，专为他一人腾出这地方。

隔着雕花镂空院门，看见别墅房门开了。

先出来一个白裙子女生。

不是梁咏旗是谁？

接着跟出一个男的。

看身形就知道是大熊。

哇！

这才叫暗渡陈仓呢。

浩瀚的太空中不要以为距离最远的两颗星星关系最远。

“既然你想要，为什么不让我帮你？”大熊愤懑地问。

那些醉醺醺的一听这话立刻醒了七八分。

“你不行。”她说。

说得这么冷，这么绝。

这更让我们大吃一惊。

什么不行？我们很疑惑。

大熊是匹种猪啊，被一棵小白菜鄙视为“不行”。

“为什么他行，我就不行？”大熊问。

天哪！难道世界上还有比大熊更大的熊？

那难道是“大能”？

这时候从院子的梨树下慢慢走来一个人。

原来这个人一直等在那里。

“因为你没了谁都行，而我没她不行。就这么简单。”那个人说话了。

听声音，我听出来了。

这个人其实就是大熊的朋友，甚至是最好的朋友之一。

陈嘉笙。

这个人后来都被我们偷偷称为“大能”。

这家伙的确能量非凡，学的是“高能物理”。

本来以为他将来的前途是去罗布泊造原子弹，但实际上他留在了北京。

二十年后成了院士。

但当时他和大熊怎么比呢？

我们只能用龟兔赛跑的典故解释这个现象。

“大熊，我不是因为要留京才决定跟他在一起的。”梁咏旗说。

“那你为什么？”

“我要我自己选择，不要被人选择。”

梁咏旗说完，一把抓着陈嘉笙的胳膊坚决地朝外走去。

一推门，见门外围着黑压压一匝人。

梁咏旗啊了一声，靠在陈嘉笙的身上。

不过立刻看出来是我们。

她平静地扫了我们一眼，和他走了。

大熊从里面跟出来，看见我们，惊讶了片刻，马上笑嘻嘻地说：正要去和你们喝个痛快呢，没想到这两人给我发喜帖。真利索……呵呵……

谁看不出他糖浆般的笑容下面裹着满舌根的黄连水？

我当时就断定，大熊让红高粱给闪了。

现在的话叫晃点。

这一晃点之间，才能让我看出人的真性格。

大熊对女生来说曾经多么强大，不可抗拒。

然而当猛兽动了真情的时候就是自己最危险的时候。

就像金刚的命运。

而一个女生就在这攸关的时刻，给了他一句致命的拒绝。

老子说：柔弱胜刚强。

我一辈子都忘不了，女人在拒绝的一刹那是何其强大，何其冷酷。或许我今后的选择跟这个阴影也有关系。

毕业之后，我这个皖南乡村来的穷小子却成了班里唯一一个出国的人，万里迢迢去了德国追随马克斯·韦伯的道路，钻研社会学。而他却不想出国，真是天大的遗憾。

那是个邓丽君都被视为淫词艳曲的年代。

很难想象他姑姑在香港有上市公司是什么意思。

但他留在了学校。

他爸爸是本系的宗师。

他留在这里，仍然是一颗被人护佑的珠子。

他的课从来都是最叫座的。

一半人是为了听。

一半人是为了看。

他就那么逍遥放任着。

仿佛一朵巨大绚烂的焰火，绽开，凋落。

他的房间依然芳踪来去，他的床依然朝云暮雨。

“世上再好的东西也有个够，你对女人就没有腻歪的时候？”我问他。

“你是建议我换男人试试？呵呵。”

“猪嘴！一个老爷们儿就算不想著书立说，天天做女人的补药，也太没出息。”

“呵呵，听着像宝钗的口气。宝姐姐，我就算为女人变成药渣也心甘情愿。”

“你大概真是叼着通灵宝玉生的，可惜没有第二个曹雪芹写你啊。”

“那……我老的时候自己写自己吧。”

“你这厮，下面的笔提不起来了，才想起来拿上面的笔。”

“这个黄段子有点意思。我那是管钢笔，不会软，只会锈。呵呵。”

“贾宝玉可不滥情。”我说。

他好像忽然被扎了一下。

我也忽然意识到是不是戳到他命门上了。

“我也不滥情。”他扭过头看着餐馆窗外熙攘的人流。

楼下音像店放着许巍的歌：

……

曾让你心疼的姑娘

如今已悄然无踪影

爱情总让你渴望又感到烦恼

曾让你遍体鳞伤

……

他就跟着唱了起来。这是他这几年K歌时最喜欢的《曾经的你》。

然而他每次只唱上半段。

我说，你应该唱下去，因为下面才是男人的歌：

每一刻难过的时候

就独自看一看大海

总想起身边走在路上的朋友

有多少正在醒来

让我们干了这杯酒

好男儿胸怀像大海

经历了人生百态世间的冷暖

这笑容温暖纯真

"但是你知道吗？伤心事让人上瘾。憧憬未来却需要更大的勇气。"他说。

"去找一个好女孩，生个孩子吧。不要考虑狗屁的爱情，爱情是你的肾结石。"我说。

"是啊，你们的爱情结的是果实，我的爱情变成了结石。爱情就是我每天早上起来时感到的饥饿，那是我无法保证能戒掉的。”

他依然那么潇潇洒洒地生活。

只有撞见梁咏旗带着儿子在学校里遛弯，或是陈嘉笙的科研团队不断上新闻的时候，他才会从樽前把酒、花间晚照的幻境中清醒片刻。

“你说，在她眼里，我是不是比她老公越来越不如了。”他问我。

我无论何时都不会放弃鼓励朋友的：“你是比体力、实力还是魅力？”

大熊如今的确很火的。因为他的确是个魅力非凡的人，越到中年就越有人气。

他跟著名的美女主播许格菲搭配的读书谈话节目《我为书狂》创造了读书节目的收视纪录。

如果能办到现在，也不会让“百家讲坛”独大。

“我觉得我就是灰尘，能借着风飞得很高，可终究敌不过一块指甲大的鹅卵石。”他说。

“还是瞄着你的情敌哪。既然情人已经成了陌路人，又何必按照陌路人的标准要求自己。”我说。

但这种情痴不知道何时才悟到情障。

看完这篇长长的文章后，我靠在床栏上只是发愣。我后来问李玄，是不是文学的味道太浓了。他说，这是在海外一个留学生特别群体的圈子网站里发过的，挂了一天之后作者就自己删了。那个网上都是一些熟客，都是写自己的亲身经历，不挂小说。

我就好像探险家铩羽而归，失望透顶之时，忽然在回家路上掉进印加人填满黄金的地洞。

当然，对我来说，真正的黄金就是关于他的一切。

对于他，我从来都是从讲台下面对面地看着。他身后，他所经历的过去就像一个漫长空旷的黑夜。这篇文章，就好像让我从很久以前找到了时间荒野上他的身影。

我就如同从他背后，顺着他的道路走过来。就如同触不到的恋人，我会从他心灵的后门走进去吗?

从那致命的失恋以后，他和那些女人交往，难道只是为了肉体上的需要吗？这么想，我感到有点绝望。

可是，忽然间又感到窃喜。这么说，他跟许格菲之间也只是肉体关系？

上个礼拜，经过瞬园的时候，我忽然看见他和一个女人从一辆红色欧宝车里缠绵而出，开了大门，进了屋。

我每次去图书馆和从图书馆回来，都故意绕一下，从他家门前经过。

我不是想让他看到我，只是想看到他。不论他穿着正装步履轩昂，还是健身归来蒸腾着汗气，或是穿着睡衣在庭院里徘徊，但实际上却很少看见。

不知道是我太规律，还是他太不规律。

他主持的《我为书狂》我是每期必看的。我从没有意识到他和许格菲会有那种关系。因为节目里他看上去风格很理性，实在让我看不出和许格菲有任何复杂的交流。

原来，我从没想过熊士高和许格菲有这种可能。两个人似乎风马牛不相及啊，他是大学教授，一个品位很高的知识分子；而她是艺人，一个在浮华混乱的娱乐圈里钻营的女人，他们怎么可能相互欣赏、情投意合呢？当再看到《我为书狂》，忽然发现原来两人似乎淡如清水的眼神忽然变得秋波荡漾，原本庄重得体的对话，忽然变得款摆暧昧、弦音不断。我简直不忍卒视。或许一切都没变，只是我的眼睛变了。

那天晚上，当我看见他们拥着，他的手穿过她的腋下，她的手扣在他的腰间。

我感到自己好像一件被抽去衣架的衣服，扁扁地贴在墙上。

学期最后一次课上，熊士高问我为什么没有提出调查的方案。

此前我上他的课超积极。虽然我是个新生，但他肯定对我有印象。不知道故意怠慢他的课算不算一种报复？我难道是在向他暗示，我不再care他的课了？

“实在想不出好的方案。”我半低着头说。

我没有抬头去看他的表情，我想他一定是愣了片刻。

“那你只好加入别人的小组去配合人家了。”他说。

于是，我和米四淑分在一组。也好，她很能张罗，至少能顺利地结这门课。

不过那天在“灰烬”，我实在没什么兴致，估计一看就一脸的冷漠，许多人就不愿跟我合影了。这可能多少会影响这个调查的准确性。

整晚都那么失落。失落的时候，我就越发斤斤计较。合影次数不如米四淑多。顾爱德喜欢梦露的样子。大内是个自大狂。李玄是个自恋狂。唯一对我正眼凝望的只有楚国雄。这可不是我往常的待遇啊。这个师兄在入学的时候见过，此后只是偶尔碰到。第一次听他的名字还以为是吨位很大的那种，只能说他爸妈当初的愿望太美好了。他虽不魁梧，但也长得很结实，一头天生的卷发，总是毛茸茸的两腮和一对大耳朵，都博士了，看着还有一丝男孩的那种淳朴和腼腆。或许这种内在的东西，反而比外表更让人记忆深刻呢。

但无论如何，在我心里对这些男孩子都没有什么去爱的冲动。曾经在天台山的路上听一个僧人说过，每个人都有三种年龄。一种是身体的年龄，一种是心理的年龄，还有一种是灵魂的年龄。我想我的心里肯定住着一个特别老的灵魂。当然按照对弗洛伊德一知半解的米四淑的说法，就是小时候缺少家庭温暖的女孩容易早熟早恋。但我其实至今为止还没有恋爱过。但或许只是不想被别人知道，自己这么大了竟然没有过初恋，所以每当有人问，我就讳莫如深地保持微笑。初恋就像女生最早的一盒粉底，或一支唇膏。如果到大学的时候才有，实在有些老土。

但更不想让同学知道的是，我从小到大真的缺少家庭温暖。

感恩节到了。

我得去玛雅家。

玛雅住在繁园的一栋二层小楼里。

我开门的时候，她已经收拾得整整齐齐坐在烤炉旁等着我。

她那天看来心情非常好。

刻意披着一条崭新的Burberry围巾，头发梳得光亮可鉴，还别着一个橘黄色的发卡。

“玛雅，你今天真漂亮。”

“那当然。除了年龄什么都没有变。美人永远是美人。”

那是。玛雅当年的美丽可以在很多老教授的回忆文字里找到或隐或现的记述。

凡是来她家看到她年轻时照片的人，都会被她的美所震惊。

同学们常说那是因为她是个中美混血儿，混血儿漂亮是很正常的。

但我知道，那不是关键。

关键是那种兰心蕙性的风韵。

感恩节对她来说比圣诞节还重要。

她要我和她去仁华园食堂门口，给晚上吃饭的学生赠火鸡肉。

其实很多学生对这个老太太是很熟悉的。

打饭的时候，玛雅有时会推着轮椅，直接冲到最前面，把饭盒当的一声放在窗口，然后把饭卡啪地拍在饭盒上，大声对学生说：“帮我打一两饭，两个半份菜，一荤一素。”

很多学生讨厌她插队，很多学生反感她蛮横无理。

甚至那些脾气火暴的学生会骂她“倚老卖老”“神经病”。

但她也不跟任何人对骂，只等别人骂完以后，就说：“骂够了没有，帮我打饭吧。”

如果对方翻着白眼走了，她就会对下一个同学再说一次。

时间长了，人们就熟悉了，还给她起了一个外号：“刚太”。

只有那些新生和外校人才会对玛雅的行为瞠目结舌。

只要食堂里我们听见有人大喊“走开，老太婆”。

我们就在心里偷偷笑道：哦，玛雅抓到了一只菜鸟。

我是有一次看见她在一大堆人身后等着洗碗。

水槽对坐轮椅的人来说太高了。

我就走过去说，我可以替她洗。

她看了看我，好像在对我的洗碗资格进行审查。

“嗯，就交给你做吧。得比刷你自己的饭盒要干净。”她说。

洗完后，她问我：“下午有课吗?”

我说，正好没有。

“那好，你可以推我回家。”

我当时没有一点抵触。其一，这个任何时候都衣着光洁得体的老太太年轻的时候一定相当漂亮。其二，不论别人如何愤怒鄙夷或嘲笑，她始终都凝静如松柏，那轮椅俨然就是她的王座。

我对她其实非常好奇。

我推着她去了她家。

我才知道原来她的来头真的不小。

她父亲是美国有名的地理学家，也是京华大学园林的总设计师，一手建立了京大的地理系。

京大建校最初的资金中也有一部分是玛雅的父亲筹来的。

可以说，没有她父亲，根本就没有京大的今天。

她的颐指气使真的并不过分。

但后来才知道，她的颐指气使其实跟她的家世没有什么关系。

她从来都不是个有恃无恐的人。

学生们很快把一篮子的火鸡肉抢光。

我推着玛雅回去。

忽然玛雅大声说："你来了怎么不进去？又忘带钥匙了？"

我抬头一看，门口站着一个男人。

竟然是熊士高。

熊士高也有些惊讶："小鱼，怎么是你。玛雅，她就是你说的那个女孩？"

"原来你们也认识。"玛雅说，"那再好不过了。感恩节，家人团聚的日子，既然我们都这么投缘，看来本就应该是一家人的。来吧，进去，我还有广式烤火鸡和南瓜汤呢。"

玛雅的爸爸是美国人，妈妈是中国人。

她的生活方式是典型的中西合璧。

过春节的时候比一般的中国人还中国。

过感恩节的时候比一般的美国人还美国。

她取出一套银光闪闪的餐具，在我和熊士高面前排开。

一只丰胸肥臀的大火鸡黄澄澄地坐在大瓷盘上。

四周放着一圈五寸盘子。

里面放着草莓酱、土豆泥、栗子、奶酪、玉米酪、山芋、蛋黄酱……

五颜六色，就跟壁炉盘那架唱片机里流淌出来的温暖老爵士乐一样。

"这些东西你吃得完吗？"我问她。

她好像忽然被惊醒了似的，幽幽地说："本来应该还有人在这里吃晚餐的。"

然后，玛雅就双手握在一起，低下头，像在祈祷，但大滴大滴的眼泪，簌簌而下。

我知道，今天的晚餐，本来还应该有别人的。

玛雅生在这栋楼里。

结婚也在这里。

她的丈夫是留学回来的建筑学博士，在清华任教。

“文革”开始后，校长知道她家的特殊背景，一直极力呵护，但校长被斗倒了以后，覆巢之下，岂有完卵？

一天午夜，她丈夫的同事突然偷偷跑来告诉她，她丈夫被学生从教学主楼上扔下来，人已经没救了，让她赶快逃吧。因为这些红卫兵坚信她家窝藏着和美帝国主义秘密联络的证据。玛雅等人走了以后，并没有收拾行装准备逃跑。

她从阁楼爬上房顶，然后一头跳下来。

没死。

但失去了下半身和三个月的胎儿。

她曾经说：“小鱼，有个学生曾经质问我，‘我又没欠你什么，凭什么听你使唤？’你说你们有没有欠我的？”

我说，有的。我若是你，我会要求得更多。

“但是，你误会了。我其实从来没有觉得我应该向你们讨账。虽然我已经被命运的不公毁掉了大半个身体和岁月，但我也从来不愿意让过去变成我的包袱和监狱。我只是想做一只预警的猫头鹰。如果一场运动再次披着别的外衣到来，谁会成为下一个受害者？在你们看来我面目可憎，我歇斯底里，但比起历史的歇斯底里，我这算得了什么？”

“我知道，你是在拿自己当成一剂苦药，刺激我们的良心。”

“是啊。真理，她是个反复无常的妓女。只有同情心是黑暗中我们唯一在手的油灯。”

此时看着她伤痛椎心的样子，我也不禁泪水喋涌。

熊士高端起红酒，一饮而尽，他轻轻抿着嘴唇，似乎这酒有些苦涩。

玛雅忽然又破涕为笑："我想他们父子俩应该已经吃饱了，走开了。现在轮到我们放开享用了。"说着，她把火鸡肉、南瓜饼弄了一大堆在熊士高和我的盘子里，而她脸上的泪水还没顾得上擦呢。

熊士高也立刻一扫颓废的神情，兴奋地说他在主持电视节目时的故事。

"'我为书狂'确实不错，除了那个女主持人。她笑的声音你不觉得有点两岸猿声啼不住的感觉吗？"玛雅说。

熊士高笑嘻嘻地说："你也学会这么挖苦人了，格菲同志人品、素质都是可圈可点啊。"

我心里对熊士高很不满，那个许格菲明明是他现在的相好，为什么还同志同志的，难道是不想让玛雅知道他们的关系？

"是啊，你和她在一起一年了吧。"玛雅说。

"是。"

"还会换下一个吗？"

"我已经不指望能找到完美的女人了。"

"不，孩子，真正值得爱的女人不是女神。"

"是的，玛雅，我知道。我也真正爱过。"

"不，你没有。你那只是执迷。她，你所谓真正爱过的那个，我在学校里见过很多次。我很认真地观察过。她并不是你跟我说的那样。只是你把她想象成那个样子。"

"难道她是我虚构出来的？"

"她对你没信心，选择了别人，这是一定的。否则她最终也会变成，你的女友'之一'。"

毫无疑问，这对我而言实在是一次出乎意料的遭遇。

我并不知道，原来一直暗暗帮助玛雅的人竟然是熊士高。

玛雅在"文革"之后的日子也很悲惨。

工农兵学员抢占了她的房子，她只好在湖北岸一间小平房里凄惨度日。

熊士高一直争取了十年才彻底让这栋家传别墅物归原主。

熊士高还用自己的钱尽可能按照玛雅的老照片恢复了别墅的装修，还安装了电梯和无障碍通道、洗手间等等，甚至家具都按照玛雅坐轮椅的高度重新定做。

“你怎么对她这么好？”我在从玛雅家回来的路上问他。

“你对她也很好啊。她不是跟你说要让你搬来和她一起住吗？”

“我起初觉得她有些可怜，而且我也很好奇。”

“她的确是奇绝的女子，她的美丽和坚强，是这个大学的骄傲，也提示着它的耻辱。”

“你什么时候认识玛雅的？”

“我没出生时。”他说。

“真的？什么意思呢？”

“我妈妈和她可是闺密，我妈说玛雅经常来弹琴给我进行胎教。”

“原来是世交。那她那段苦日子，为什么不向你家求助呢？”

“她极要强的。而且怕连累我们，不过所幸我终于还是做了我该做的。她对我的帮助倒是没有什么顾忌。”熊士高看了看我，笑着说，“玛雅父亲的一大堆手稿和通信，需要整理。你英文、文史底子都好，就参加整理小组吧。”

我很高兴他有这个提议。

我觉得玛雅感恩节夜晚的话似乎让他流水剥蚀的心开始干爽起来。

虽然我不知道，许格菲和他到底到了什么程度，但我相信玛雅的话，许格菲并不适合他。

我内心深处又开始有所觊觎了。

我会是在他心上第一个刻字的人吗？

玛雅父亲和丈夫的遗稿都放在汉容研究所他的办公室里。

我心怀鬼胎地问过他："为什么不放在你自己家里，还安全些？"

那样，我就有机会去他那栋海棠、梨树、枫香、白桦扶疏的小楼了。

对我来说，那里一定呵护着他最隐秘的世界。

阁楼上红木相框里他儿时纯净的黑白照片，少年时的风筝，青花瓷的笔山和镇纸，香榧衣柜里的大衣和雪白的围巾，床边斜挂的紫竹笛子，滚到床下的黑胶木唱片，阳台上他昨夜抖搂的烟灰……

在摊满暗黄卷子的巨大桌面旁边，我有时会这样无休止地想象他家里的物什摆设。

就好像真的被那么布置一样。

他说，我家里比哪里都乱，有时住了几天的人，我还不知道姓甚名谁呢。

许格菲是不是他只记得身体不记得名字的人呢？

我知道我这么想，带着一种阴暗的侥幸，可是立刻就转变成一种失望，我在期盼什么？我期盼的不也是许格菲一样的经历吗？我要成为他心中那条湍流里无足轻重的一粒沙子吗？

我确实常常自问，但不论怎样在灵魂里劈头盖脸地斥责自己，只要隔着玻璃窗看见他一袭伦敦雾风衣从影壁后面出现，我的心就挣脱了所有绑缚。

只要他披着薄薄的雪花一开门，呢子的味道、风的味道、他身上特别的香味，让一切自我告诫都灰飞烟灭。

但我很清楚我和他之间的距离，很多时候，谈话只能戛然于我最想试探之处。所以我就像一头鹿，忐忑地看着河水，热切地希望走近，又忌惮湖边的危险。

米四淑早就发现了我对熊士高非同一般的眼神，但幸好她认为这只是某种畸形人格泛化的情感需要，这种对中年男人的好奇会随着年龄的增长而克服。我反击她，老说这个畸形那个畸形，那你和老外打得火热，是不是心理返祖现象啊，喜欢体毛浓密，像安哥拉长毛兔那种。

她哪里知道，这是家教惨淡的后果。据说生了儿子的父亲，会变得比以前顽固和暴躁，生了女儿的父亲，会变得比以前耐心和温柔。但自我记事起，父亲在我的生活里淡漠得像假币上的水印。

他说他做城市规划的工作很忙，因为中国的城市都在搞面子工程。他说他规划的工作很累，因为不懂规划的官员们总是喜欢把最佳方案改成最糟方案。

妈妈似乎从来不因为他和我们聚少离多跟他争吵。那可不是忍耐和贤淑。后来当我成熟到能够判断伪装的时候，我明白了妈妈每次听着爸爸说要出差云云的时候，脸上的笑意并不亲切，而是洞若观火却绝不说破的神情。毫无疑问，爸爸完全看得出妈妈伪善的笑意和收拾行装时的细致。甚至他们从不曾忘记在送出门的时候例行公事地说："在家里你们娘俩好好的。""你一个人在外面多注意身体。"他每次旷日持久的出差归来之后都会给我和妈妈带礼物，绝不会有一次疏漏。妈妈会照例给他做一次极其丰盛的饭菜，尽管他基本不怎么吃，好像是用来供神的。短暂的几天之后，他又开始连日在单位加班。然后，又是出差。

我和他没去过奶奶家。我曾经怀疑，奶奶爷爷是否知道我和妈妈的存在。妈妈很少带我去姥姥家。那是在沪西的一个小镇里。姥姥似乎早和妈妈心照不宣了，也很少提爷爷奶奶。

妈妈是话剧团的演员。当我上了高中住校以后，她更是如释重负全身心地投入演出事业，她教了我做几道最简单的菜以后，就没有再给我做过饭了。

一个中秋节。爸爸妈妈分别发短信说加班，不回来了。我一个人黑着灯，坐在窗下，看着月亮陷在凌乱的桂花树枝里，好像秋树冰凉的心脏。然后就看见爸爸的车停在楼下，没有熄火，车里有一个女人，但显然不是妈妈，我睁大了眼睛，甚至看得见她抚摸爸爸脸颊的手指涂着艳丽的彩甲。

从那天起，我知道“出差”和“加班”的意思了。我想他早已另有了自己的家。他似乎很明白，妈妈绝不会去找他的单位和同事核实他是否真在出差。他似乎也不担心妈妈猜到他说出差的时候，他正在这个城市牵着另一只画着彩甲的手。他们俩似乎都投鼠忌器似的达成了隐秘的妥协。

我其实一直想问问他们两个，到底隐瞒着什么。但每次话到嘴边，勇气就像弹簧被拉到极限而不可避免地收回去一样，随着我跟他们俩越来越冷淡，或许以后连这点好奇都消磨殆尽了。但就在我在汉容研究所给熊士高做学生助理的某个晚上，贝姨突然给我打电话，说爸爸在广州住院了。

贝姨就是那个中秋之夜和爸爸在一起的女人。我本来对这个女人也没有什么仇恨。就像侵入我们这个早就名存实亡的家庭不能叫第三者，我甚至还隐隐地感到报复的快感。有一次忽然接到她的电话，问我要不要信乐团演唱会的门票，而且是免费的。从那次起，我就和她成了朋友。她让我叫她贝姨。原来贝姨是浦江体育馆的经理。弄几张演唱会的门票实在太容易了。

和同学看完之后，她和爸爸还请我去体育馆里的餐厅吃夜宵。她当然不如妈妈漂亮，但女人的温柔和风情是最好的化妆。毕竟人不只是看的。更重要的是，人是要交往的。毫无疑问，贝姨是一个交往艺术家。有她在时，爸爸的脸庞褪去了那层霜，恢复了本来的清秀和灵动。我才知道爸爸不是一个乏味严谨的绘图机器。通过她，父亲也会了解一下我和妈妈的情况。

真是一个悖论，有了第三者，我们这个家似乎更像一个家了。

四

师姐语录：水桶有尖站不稳，你是屁股有尖，闲不住。

汉容的组织工作效率很高。这体现了师姐的能力。

出发那天，师姐把她的那只从西西里带回来的真皮行李箱给我做广州之行。

一个台湾朋友告诉我，西西里有两样土特产，一个是皮具，一个是黑手党。

我坚拒："太贵了，我食不甘味、卧不安眠，真成了一包袱。"

"去了广州就知道了，满大街都是，仿得比真的还像。"

"我有一个双肩包就行了，又不是女人，哪有那么多东西要装啊。"

"就你那破牛仔包，小心让城管给拘了。要去半个多月呢，内衣内裤就得一大包了。"

走的时候，还是她开了南宫仁的车把我送到了车站。

我下车说了声谢谢，然后拖了箱子要走。

忽然听见师姐大叫一声："你是不是忘了什么事？"

我回头看见她拿出一支唇膏在嘴唇上轻轻涂了一下。

那一刻，我忽然意识到将有一个月的时间不能和她见面。原来这对我而言本是无所谓的事情。

可现在，似乎有些东西在我心里开始生长。就如同人地深处的力量将晨曦中叶脉里的水慢慢拉出来，形成一滴露珠，满月般的露珠慢慢被拉长如梨子，慢慢成了一条线，直射向大地……

我会终于注人她吗？

命运似乎还没有给我明亮的答案。

但我现在却不自禁地走过去，隔着我俩穿着的两层鸭绒拥抱了她。

“谢谢师姐这么照顾我，我会常给你电话。”

她轻轻在我耳朵上亲了一下。

我感到冰凉发痒，便撤回身体。

“你耳朵还是那么凉，从广州回来会暖和点吗？”风忽然将她的眼睛吹得很细很细，有点凄楚的意味。

“我更怕冷。没准儿觉得那里好就留下了。”

“那里鸟语花香，烧钱烧时间烧身体，随你乐不思蜀，你看你有哪样就烧哪样吧。”说完，她就开车走了。

这次广州组一共二十四个人，副队长黄灿是环境系的一个硕士。正队长是汉容在华南师大请的一位老师，明天我们在广州和他会合。

黄灿拿着名单开始点名。

最后差一个人，“聂小鱼！”

聂小鱼！不会吧，她也来？上次在汉容研究所，她怎么没说呢？我的心跳突然又莫名其妙地加速了。

已经开始检票了，黄灿让众人先上车，自己留下来等人。

我说，我认识她，可以留下来一起等。

终于看见她乱七八糟地冲进了候车室。离老远，她就朝黄灿说：“对不起、对不起，车太堵了。”

黄灿的脸没什么表情，只问了一句：“身份证带了吧？”

她点了点头，头发乱得好像从洗衣机里爬出来的。

我本来想帮她拿点东西，可是发现她只在肩上挎了一个瘪瘪的牛仔包。

“是不是没准备好？”我问。

她看是我，浅浅笑了笑，没有说话。

擦肩而过之际，她轻掠鬓角，清澈的细小的汗滴里散发着一种清凛的香味。

车厢的一头都是我们团队的人。

中午黄灿开始统计盒饭。

“黄头，拉我们到餐车吃吧。不就在隔壁吗？”有人提议。

“什么黄头黄头的，不知道现在正两会吗，黄赌毒要严打，迟早我得让你们给嚷嚷到局子里去。”

打开盒饭，很多人大失所望。还吃在广州呢，瞧这两片叉烧肉，不知什么部位，松得跟卵袋似的。

我对面铺的成果是人大历史系的，他对何灵说：“到了广州以后，我们的肚子可都交代给你了。你别辜负人民对你的信任。”

“行，听说爆肚冯开到广州去了，你们那点毛肚强烈消毒之后也能切两碟。”

“跟你说真的呢。你们广东人讲文化不如苏扬，讲经商不如浙江，讲底蕴不如北京，讲浮华不如上海，讲淳朴不如甘陕，讲暴力不如沈阳，唯一能傲视中国的就是敢吃。如果这都不让我见识——可别怪今后评选宜居城市我没给你们广州机会。”

师大的关天说：“我听一个同学说，现在广州好像有人得一种病，能死人的，而且能传染。”

“是不是通过消化道传染？细菌在火锅里煮三天三夜都不死？一旦人吃到肚子里，三日之内五脏六腑化作一包血水。”何灵借机添油加醋。

吓得成果等人大骂："靠，你丫散布不安定言论。我们也没说要你请客，何苦呢。"

他们越说越离谱。我没了兴趣，忽然想起聂小鱼了。她娇弱的眉眼依然那么招人怜爱。最初认识的那段时间，没有动过脑筋设法去接近她。之后这几次接触，我无法抑制自己对她的强烈感觉。可是每次她对我的微笑，不知道是觉得我已经算是熟人了，还是对半生不熟者的敷衍。我看见她在靠门口的下铺。闭着眼睛。但肯定没有睡。因为表情似乎有些难受。她忽然睁开眼睛。看见我坐在对面，她下意识地用手指顺了顺头发。

"怎么回事？没休息好？"我问。

她下意识地摸了摸脸，然后掏出一个小镜子照了照，"咳，是有些憔悴。"

我连忙说："不是那个意思。我是看你的神情似乎有点不安。"

"你的直觉很准。我本来不打算去广州的。"她说了一半就不说了。

我不好问下去了。

看来，我还没和她处到那个地步。

"是不是也没吃午饭？"

她用细细的中指点了点餐桌上没打开的饭盒，"一点都不饿，你吃了吧，免得浪费。"

"那次的作业后来怎么样？"我问。

"90分。"

"哇，也是高分啊。"

"我知道不是很好。不过熊老师把分数和学习分得很清楚。分数是谋出路的，而学习才是为生活的。"

这时手机突然响了。

是师姐。

才三个小时。

"喂，怎么啦？"我问。

“我跟你说一件事，绝密，你要多加小心。”

“什么啊，小行星要撞击地球?”

“比那严重。我朋友刚给我打电话，说近期不要到广州来。因为那边在流行一种传染病，很厉害。医院和卫生局的人都在封锁消息。”

“那你让汉容叫停广州的计划不就行了吗?”

“哇，你以为我是范利中他妈啊，他正和熊老师为此争执不下呢。再说，这事虽然不是无中生有，但毕竟还不至于坚壁清野。”

“那我该怎么办?”

“我不是防疫学家，我也不知道，不过尽量别往人群复杂的地方去。你们多走走学校、大企业。多发调查问卷，不要跟他们水乳交融，更不要同吃同住。”

“好吧，我要不要跟黄灿和队长说?”

“说了也是白说，他们说不准到老范那里打你小报告呢。你明哲保身吧。”

“好吧。你也多小心。如果真是如此，那北京也有潜在危险啊。”

“学会体贴人啦。我一会儿把广州朋友的电话发给你，我们关系很好，我能帮你的她也能帮你。”

我其实从来都是会体贴人的。关键是要有人来激发。聂小鱼就是这样的女孩。略显苍白的杏仁脸上，一双漫画里才有的饱满的大眼睛。即便微笑时，也似乎泪光点点。

我关了手机，看见她正微笑着看着我：“出了什么大事，要让咱们撤吗?”

“咳，没有，这么大的计划，哪能说停就停。”

三月的广州，赶早的木棉树已经开得张牙舞爪。

去住处的路上，我忽然发现小鱼不见了。

“哎呀，我们丢了一个人，快停车!”我大叫。

黄灿立刻站起来，竖着眼眉对我说：“一个都没少，我早数过了，你别一惊一乍的。”

“聂小鱼不在车上啊。”

“她有事还要跟你请假吗？”

请假？我心里稍微安定了片刻，忽然又跟触底反弹一样蹦了起来，看来她真没把我当熟人。

“灿哥，我们就是关心一下组员嘛。你偷偷批了别人的假，也不通告，万一你有打盹的时候，弄丢了个把人也不是不可能，你不知道这地方人贩子多啊。多一双眼多一层保险。”何灵似乎在帮我打抱不平。

车停下的时候，黄灿对大家说，领队来了，大家鼓掌。

一个短粗身材、皮肤黧黑的中年男人上了大巴：“欢迎大家来到这里，我叫马义豪。”半生不熟的广式普通话。“欢迎”听着像“荒淫”。马义豪，还以为是“马猴”。

不过我们老家的话也好不到哪里，大内就常取笑我把“肉体”说成“露体”、“良心”说成“娘心”。

我们心想，老马看样子跟拉煤烧炭养猪种菜的人差不多，很难相信原来是教艺术的。不过马老师人似乎很热心，主动帮女生拿行李。

先过了一个铁门，也不知是什么单位。门里是一个绿树婆娑的大院子。中间的一个游泳池，早干了，里面落了一层枯枝败叶，散发着霉味。住的地方是一栋橙黄间错的三层小楼。

“靠，颜色这么浪，看上去像个色情场所。”阴德法说。

“想得倒美，上去你就知道了。”何灵冷笑说。

“你是本地人，肯定知道这里原来是干吗的？”成果问。

“原来是干吗的很重要吗？哪块黄土没埋过人哪。”

这话说得几个人背后凉飕飕的。

“嘻嘻，别怕，这里原来是疯人院。”何灵说，“很久以前法国人创办的，不过病人都转移到新院去了。这里据说要改成高尔夫球场。”

“老年痴呆的人才去玩高尔夫球呢。”成果说。

“我们把这种人称为精英。不是疯子有神经病，而是我们神经有病才把一些人叫做疯子。”何灵说。

第二天，马义豪和黄灿召集大家，安排具体的调查活动。马义豪说：“这次调查的主题是公民娱乐，这和我教的课程很有关系。”

“哎呀，豪哥你教啥课啊？”农大的张虎用夸张的东北话问，话里带着一丝大家心照不宣的调侃。

“我教艺术社会学和艺术心理学。毕竟广义的艺术还是大家娱乐的主要内容。”老马说。

“妈呀，豪哥老厉害了。那打麻将、泡澡足疗、找小姐、蹦迪泡吧这些项目，算不算广义艺术啊？要不给大家一人办几张白金卡，俺们也算献身捐躯了，把广州的这些场所体验一遍。”张虎说。

“这些消费没有文化内容，不在这次调查范围之内。”豪哥说。

老马将我们分成三组，每组八个人，分别调查文本艺术、视听艺术和展场艺术。

我和何灵都在文本组。根据事先一些调查公司的调查，阅读小说的人群主要集中在十五到三十五岁之间。所以早在来广州之前，师姐就说，计划主要选定的是十所中学和五所大学。

但是如何在这些地方展开调查呢？

暴龙老范的原则是少花钱，能免费就免费，最好对方倒贴钱。

“汉容不老是神秘兮兮地宣称美国人投资吗？干吗这么抠门？”我问师姐。

“按照老范的说法，在中国这个地方，一说给钱往往还办不成啥事，你必须要想辙整事，最好把本来是你想办的事整成他想办的事，他不但不要你的钱了，还比你用心比你忙活，这岂不更好？这话是骨灰级的名言，我有严重同感。”师姐说。

其实这个观念一转过来，确实也没什么特别。

就像我们要去这些中学，打的旗号不是调查，而是“北京高校精英系列励志讲座”。真是典型的“一鱼两吃”。不但把我们当调查的工具，同时还要瞒天过海，扮演“高校精英”。这系列报告不但不用花钱，还赚钱呢。要收门票的，倒也不贵，但也不能太便宜，否则家长肯定怀疑是不是一堆师专技校的冒充名牌大学生。

但为了能“有针对性地激励学生”，就要事先请同学填写一些问卷。不知不觉地就完成了我们的调查任务。这就是师姐的策划。

大学生要实际多了，所以师姐让京华大学的学生会主席联系广州市学生联，在广州搞几场京广高校“声震南北”校园歌手交流表演。由于都是校园歌手，用不着出场费。演出就在各校礼堂。由于是免费，学生还是很想看看热闹的。再花点钱请两三个半红不紫的三线歌手去捧个场。不过要想获得演出门票，就得填几张问卷。大学生早就习惯这种交换了。记得同班的几个女生好像对这个上瘾。校园里凡有此类填表换礼品的活动，一概不落。大内叫她们“天仙女”，即“填闲女”之谓，从过期雀巢咖啡到残次雪亮日抛眼镜、达芙妮断码凉鞋、变质德芙巧克力、山寨手机等等，真正达到了“填不知耻”的境界。

何灵诡笑着说：“你师姐手段真高啊。你小子今后有福享了。”

“别胡说，她是我师姐，有点warm-hearted，对谁都如此。”

“我可是过来人，她看你那眼神——绝不可能对谁都如此，否则她那两汪秋水早洒干了。”

“什么啊，你哪只眼睛看出她有秋水了？你还过来人，你来大姨妈了还是乳房发育了？”

“哼哼，你别管我来没来大姨妈，你将来跑不出她的手掌心儿。”

“那我也就认命了。男人最终都是妇女儿童用品，哪个女人买不都是买吗？”

“哎哟，够豁达的。那你还老心猿意马的。”

我不敢再跟何灵纠缠下去了。

我逮了个空子问黄灿，聂小鱼什么时候归队。他说那得看情况。我问，看什么情况？她家里有事？黄灿的眼眉，眉头高，眉尾低，所以神情总像不耐烦。不过看来吃东西的时候心情不错，“她爸爸好像在住院”。哦，原来如此。难怪她一直神不守舍，连离开的时候都没和我打招呼。

就这样一个一个中学讲下来。起初，我发现成果、何灵他们讲的都是啥啥思维、叉叉攻略云云，我讲的东西“什么才是好小说”之类的，没有任何实用性啊，还真担心这些东西学生愿意听吗。我问老马，老马毫不犹豫地说：“就按你自己的想法讲，别学他们。别让广州的孩子对中国最好的大学生太失望。”老马平时像汽配厂工人一样，可只要多接触几次，就会发现他就像一块乌黑的土壤，土壤总能生发草木，他总能敞开我的见识。

果然，成果、何灵他们讲应试的东西的时候，学生都如同被霜打了一样，只有坐在他们旁边的父母听得双眼锃亮。而到我讲的时候，发现那些已经开始打蔫的学生渐渐抬起了头，就好像菜园子里的黎明来了。

就这样一个一个中学讲下来。我也越来越自如了。何灵见状也原形毕露，开始肆无忌惮、嬉笑怒骂，自己讲得痛快极了。

一天晚上，黄灿阴沉着脸通知大家开会，要总结一下前一阶段的问题。

“看着吧，丫的要拿我说事了。”何灵说。

我确实也觉得何灵当天在岭南二中的话太过了。一个女生天真地问何灵：“你们京华大学有很多大师，你从他们那里最大的收获是什么啊?”

何灵最最反感的就是乌七八糟的“大师”了。“同学，我先给你解释一下大师的意思。中国古代祭祖宗的时候，会找一个活人坐在那里装祖宗。古人称之为‘尸’。所以你说的大师就是那些坐在那里，让人们磕头作揖的老头子。你们叫大师，我觉得叫‘大尸’更合适，好像学问老大，实际上是连子女都认不全的老糊涂。你可别奔着这些人来京大，你会非常失望的。”

黄灿要打击的是何灵这种，口无遮拦、败坏学校声誉的行为。

何灵当然不是省油的灯，绝不做没嘴的葫芦。

“我们这次主要不就是调查吗？没听说承担招生宣传的任务啊。”何灵故作惊诧地看着其他队员。

“我们对学校都有起码的责任，即使无视责任，也应该有尊重，即使不存尊重，也应该实事求是，不能全凭自己的标准诋毁尊长。”黄灿白皙的一张小脸带着书生的冷峻，薄薄两片嘴唇显得非常果决。

“我还记得有位著名学者在我进入大学的第一次讲座上说过：吾爱吾师但吾更爱真理。虽然他后来的行为完全南辕北辙。但这话是没错的。所以你就别提责任啦尊重啦。关键的问题就是我到底是不是实事求是。我想我们所有人不止一次在学术会议上、在报纸上见识中国目前没有大师的说法，可见这话不是我杜撰的。否则京华大学还建设什么世界一流呢。你有大师自然就是世界一流了。虽然高中生有点幼稚，但也不能骗人家。更何况她问的又不是咱们的党委书记的脸是被谁抓破的这种问题，如果她问的是这，我保证为了保护她纯真的心灵，保护我校高贵的声誉，我一定告诉她：那是他和广大师生共同观赏狮子座流星雨的时候，被小陨石砸的。”

连老马都忍不住，摇了摇头，憨厚地笑了笑。

我知道，何灵说的那位“吾爱吾师但吾更爱真理”的人叫黄罚，因为申报国家级课题署名的事情，被老师的后人告了一状，一个博士生在“天鸭”上说这相当于把老师从坟墓里挖出来用一下，随手扔掉，连坑都懒得填，还把墓碑拿去卖钱。

“既然并非定论，就不要在中学生面前言之凿凿，他们很相信我们的话，我们要考虑这些话对他们今后的影响。”黄灿没有被何灵的戏谑激怒。

“既然本无定论，我当然只能说一家之言。既然说的是今后的影响，那你现在判断好坏岂不是太早？”何灵嘴尖舌快，对方的语言中稍有漏洞，他就立马抓住不放。

"我是副队长，建议是我的责任。真理我们谁都没有把握。但常识大家心里有数。我想我们在场的所有人通过刚才的话，能够理解我的初衷不是言辞上的胜负，而是以后我们行为的分寸。马老师，您说说自己的看法吧。"

马老师沉默了片刻，"我完全赞成黄灿的讲法，真理我们都没有把握，但常识大家心里有数。没关系，这么多人这么长时间，不发生问题不正常，能用勇气和善意去纠正就好。"

其实，旁人也都知道何灵徒以口舌争胜。看来我回到宿舍得好好劝劝这厮。

我们俩各自躺在床上，窗外的月色将铁栏杆的影子投在白墙上，疏枝残叶的影子点缀其间，就好像一段乐谱。

"你没有必要跟别人这么较劲。我真的觉得你有点过啊。"我说。

"我也知道，但我不明白我为什么要去掩饰那些谎言。考上京大并不是校长、学者以及任何人的赏赐，那是我们自己奋斗得来的。京大于我有何恩？她放荡堕落、不自检点，我凭什么要违心美饰，为什么要为尊者讳？"何灵点上支烟，连着吐出三个完整的烟圈。

正这当儿，我手机响了。

不用看号我也知道，一定是师姐。

我边接边往走廊尽头的窗户走。

"听老马说，你这些天很受欢迎嘛。"

"那是。还真快啊，已经过了二十天了。快要进入大学调查了，我就不用上台献丑了。"

"暴龙打算让我到几个地方巡查一下工作，我还真想立刻就杀到广州呢。"

"啊，莫非就是传说中的刺史？我们这边的事你都知道吗？"

"你不知道的，我也知道。"

"那你还来干吗？"

"好小子，我就不能假公济私看看你啊？是不是盯上了某块糖醋排骨？”

师姐常用这道菜肴来形容广东女人。

“吃肉就是吃肉，才不喜欢连着骨头带着筋的呢，不痛快。”

“这还差不多。我刚陪着熊士高去了橄雪禅寺。”

“有境界啊。你俩谁要出家啊？”

“呸，不是出家，是陪熊士高劝一个人还俗呢。”

“跑庙里面劝和尚还俗，这也太欺负人了，明摆着挖宗教界墙脚。”

“这道理就你一小狗熊知道啊，自古宁劝人改嫁不劝人蓄发。熊士高也不愿来啊。可是这个人不是一般人，是京大今年评选的国家级有突出贡献青年人才，简称青突，韩旭，听说过吗？”

“校园广播里似乎捞过一耳朵，是不是据说发现了一只恐龙蛋里有蛋清蛋黄，并且要从里面提取DNA复制活恐龙的那个人？”

“脑残的人才会那么想呢。实际上他本来要发的文章只是说从恐龙蛋的内部结构来分析恐龙与鸟类的关系。但他所在的科研组负责人，也就是生科院的院长为了引发国内外的轰动，非要让韩旭把研究集中在所谓的活组织的分析上，把搞科学等同为科幻。文章发出来之后，被国外同行大肆嘲笑，估计韩旭今后没法在国外权威杂志上发文章了。他心灰意冷就要出家了。”

“他们院长为什么要这样啊？”

“作为国家重点实验室，必须每年至少发两篇国外权威期刊的文章，他们那年差一篇，霸王硬上弓。”

“真是——那为什么要熊老师来呢？”

“韩旭是他堂弟。”

“结果怎么样？”

“结果？结果熊士高和陈晓旭去赏佛花喝禅茶，让我求南宫仁来劝人家。”

“陈晓旭？林妹妹，她信佛？”

“信，而且信得很深呢。对了——本来不想说的，但我还是每天晚上担心。听我朋友梅槑说，她在医院的一个朋友在抢救一个病人的时候，自己也得了一样的病，还有他女儿。据说都已经……医院的人都传说这是一种极其厉害的传染病。现在凡是高烧的病人，医院不让进大楼，就在大门墙根搭了个简易棚子，随便塞给一堆药打发走人。”

“艾滋病厉不厉害，在中国不也掀不起风浪？毛主席说过：再险恶的敌人只要陷入人民群众的汪洋大海，就是自取灭亡。中国人太多了，再厉害的病毒也得被累死。你何必操这心。”

“少在我面前显摆毛主席语录，毛主席死的时候我还哭过呢。你那时候在哪叼奶嘴呢？中国人再多，谁没得过流行感冒？假如这次是能死人的流行感冒呢？”

“你哭过毛主席，那你不是我师姐，都成了师太了。呵呵……不过，如果真是致命的流行感冒，那就在劫难逃了。天天戴着防毒面具也没用啊。那你就让范老板赶紧把我们召回去吧。”

“嗯……我想我是得找个时机，不过我得先跟熊士高商量一下。你啊，一定要洁身自好。”

“我……这你放心好了。”

“好吧，就算放心你，我还不放心那些家伙呢。面试的时候我看有几个鸡鸣狗盗的。”

“你怎知道？”

“谁用眼睛偷偷扫我，我还不知道？这些人肚子里揣着黄鼠狼，一有放风的机会，不去找点鸡毛鸭血才怪。你跟谁住一屋？”

“何灵。他的为人你放心，愤青一般不找鸡。”

“哼。哎呀，跟你越说我越兴奋，不想挂电话了。有没有梦见过我？”

“有啊。”其实没有。

“好了，烂仔。明天还要陪吕导跟中乾集团谈合作的事情。我得早点睡了。”

“干吗啊？”

“老方已经自知无望，说要支持吕导。但作为交换，或者说双赢，吕导也得帮他擦擦屁股。不知道老方以前得了中乾什么好处，所以他这次让吕导一定跟中乾合作电大培训，给中乾招收的学生颁发京大的文凭。”

“啊？系里有这个权力吗？”

“没有啊，所以要在校领导里找个突破口啊。这个吕导似乎已经有谱了。我不掺和这种灰色交易的，你放心吧。我就是去点点菜倒倒茶，调节气氛而已。”

“孑民计划”有条不紊地进行了多日，这是最后一周了。今天是最后一所高校。然而就在我们已经把车开到岭南科技学院门口时，忽然看见十几个校警把不大的校门堵得严严实实。老马前去交涉，对方神神秘秘地告诉他：“让那些外地人就赶紧走吧。喏，前面就是传染病院，这些天得肺炎的全被送这来了。封校是最保守的了，真恨不能用一大玻璃罩给扣上。现在的空气有毒啊。”

晚上，苏立新用蓝牙上网，看到前些天零星闪现的“非典”突然占据了各大社区的主页。

团队立刻召开了临时会议。

何灵建议明天去珠江理工大学暂停，向北京请示是否要终止活动。黄灿还没等老马说话，立刻表态说，现在不但不应该暂停，而且要加快进度，提前完成。

“现在有——瘟疫，会死人的。”何灵说。

“瘟疫？你听到市政府发布疫情报告了吗？你知道谎报疫情的后果吗？”黄灿严肃地问。

“你相信你能等政府送来绸子面烫金字的疫情报告吗？你以为给你发广东省十大杰出青年奖章哪？”

“你不要人身攻击。说话都要有依据，行动就更是如此，更何况是上百人的大课题呢。如果是你我的个人行为，我不反对为了避免万分之一的风险放弃计划，但对大家呢？还有北京那边前期策划团队、后勤保障、出资方等等，我们拿什么解释?”黄灿说。

的确如此，现在我们还不能证明这是一场瘟疫，我们只能说有些担心。但就像害怕狂犬病要找一个没有狗的城市、害怕乙肝就从不和别人一起吃饭一样，的确缺乏说服力。我们的确无法确定这种肺炎传播到什么程度。

“反正我在网上看了已经发现的病例都是从广州出去的。虽然我不知道有多少人中招了，但就已经发现的病例看，这种病相当凶猛，同一节车厢、一趟班机就能沾上。连医生和护士都跟了，我想这已经很能说明问题了。我明天不出去了。”

“那我们要考虑你是否还是我们的队员了。”黄灿说。

这话已经说到了刀剑出鞘的地步了，我们要是再不调停，就要刺刀见红了。

老马说：“明天的行动我们会尽快跟北京敲定。大家现在还要按部就班。”

“我可以很负责任地告诉你，就算你要我滚蛋，你也得按照程序，先给北京打报告。”何灵指着黄灿说完，趿拉着拖鞋转身就走。

“我绝不是为了找乐子开除你，但假如严重影响行动，我可以启动危机程序，不必先请示北京。”黄灿说。

“那随你大小便，还危机？怎么听都觉得像攘外必先安内。”

散会后，几个人跑到我跟何灵宿舍。

“我靠，看岭南科技学院那样子，我真觉得空气有毒啊。”成果说。

“我师姐说她广州一个医院内部的朋友告诉她，医院已经不让那些发烧的人进医院大楼了，就是在门口搭了个临时棚子开点药打发他们走人。”既然小道消息已经浮出海面，我也把师姐透露的消息说出来。

“医院脑子进水啦，这不是把病鸽子都放飞了吗？这些人四处游走岂不成了移动的传染病源?”花嘉第说。

何灵还不说话，看着我们几个冷笑。

“你笑什么？你五毒不侵啊？”范健儒说。

“你怕什么？再厉害的瘟疫，总有人活下来。当不该活的人身体倍棒、吃吗吗香，当乱臣贼子小人得志、放屁油了裤裆，你就等着看天杀地罚吧。一年来，已经有无数凶兆了：飞机跳海、哥哥跳楼、梅姐长瘤、龙脉截流、赵安睡钱、台客排毒、登山碰上雪崩、下海撞沉潜艇……”

“你天天都关心什么玩意啊，想点辙吧。”花嘉第说。

“你要让我想辙，我倒有个点子，那就是装病呗。”何灵说。

他建议我们今晚上冲一下凉，然后光着屁股睡，啥都别盖。第二天保证发烧。但遭到众人抵制，其一是不雅，其二是万一烧了，送医院怕传染非典型肺炎，不送怕烧成典型肺炎。但当晚何灵如法炮制。

第二天早上，团队没有安排。昨晚上何灵说小鱼喜欢熊士高，这个爆料让我惴惴不安。干脆我还是直接打个电话给小鱼好了。也的确很久没联系了，不知道她父亲的病怎么样了。手机上找出了她的号码。看着那个绿色的通话键，运了半天气。差点就放弃了。虽然有一大堆冠冕堂皇的由头，但正是因为自己明白这些由头都是醉翁之意，所以心里就惴惴。电话响了很久，还以为无人接听了呢，忽然那边传来一声怪异的“喂”，声音好像穿过一层层蛛网，绵弱无力。这下不得了，她说她也在发烧。这时候，听见发烧比听见换肾还恐怖。我记住了地点，仿佛被弹簧拽着，奔出了大院，拦了辆Taxi就上去了。

她开门的时候，有那么一刹那我觉得是不是敲错了门。她本来白皙的脸蛋现在泛着淡淡的青色，浅黑的眼窝凹了进去，那双美丽的大眼睛失去了往日矜持的光芒，就连凌乱的头发比平时也软塌了。她似乎要用胳膊抱住门才能站稳，不经意间露出了纤细的锁骨和肩胛。我急忙搀住她的胳膊。柔弱无骨，觉得她身体一种异样的温暖徐徐传来，不知道是她在发热还是我在发热。

“你跟马老师和黄灿说了我要归队吗？自打参加这个团队，一点事情都没做，反而成了一累赘。”

“别说了，先回去吧。这里谁能照顾你啊。”

在路上，她说她父亲去世了。我不会安慰人，不知道该说他老人家一路走好，还是让她节哀顺变，哀哪是那么容易节的呢。

但没想到，刚离开几个小时，俨然城头变幻大王旗了。黄灿拒绝我们入内：“为了楼里面人的安全，宁肯多疑，不能疏忽。”他又对小鱼说：“小鱼，我希望你只是普通的发烧，你好了之后我们欢迎你归队，但现在希望你能理解我们。”

我们被黄头这么给拦在外面，一时间踌躇无计，我不断在心里呵斥自己，要想办法，不要一副熊样，让小鱼瞧不起。忽然间，我想起了师姐告诉我她在广州不是有个朋友吗，或许能帮帮忙。我拨通了那个叫梅槑的电话。这个名也真绝，两个呆子在一起竟然也是梅的意思。

电话拨通了。声音很好听，很女人，很母性。

“哦，是你啊。蝶子再三地叮嘱我。还很少见她这么三八的时候呢。就是手边有个吃奶的，否则我早给你打电话了。”

我就说了我的难处。

“那我先腾个地方给你们住就是了。你们平时吃东西就叫外卖送到门口，非常时期，也少出去。”我们打了车到了她说的那个小区。小区叫什么“恺撒维拉”。幸亏我还从外教那里听了一耳朵，Vila是指古罗马贵族的乡村别墅。这个小区也的确是独门独栋的别墅，坐落在人工的山石和树木间。虽然和中国所有的楼盘一样扭捏做作、夸豪显富，但毫无疑问是个高档社区。我让小鱼留在车里。我去拿钥匙。梅槑出来了，戴着一个紫色口罩，还绣着一个门神。

“家里有孩子，就得多小心。这是钥匙和地址。还有一张银行卡，可以透支一万以内。有急事要我帮忙，千万不要犹豫，我跟蝶子不分彼此。”

“这……这卡就算了吧。不能……”

“我欠蝶子的多了，你要还就还给你师姐吧。”

她给我们提供的避难所实际上很不错。出租车在一个梧桐婆娑的“荷塘粤色”小区停下来。我们按照地址找到了16楼1606。一套三居的房子。里面装修精细、设施俱全。似乎主人刚刚外出似的。完全没有一点空置的迹象。

我先烧上水，然后去找药店买药。

回来的时候，小鱼来开门。

看见她头发湿漉漉的，而且衣服似乎仓促间还没穿好。

“你怎么洗澡了？”

“嗯，这些天——丑死了。”她有点尴尬。

“披头散发也有披头散发的美啊。”

她温暖地笑了笑，似乎暂时从黯淡的情绪中解脱了一些。

你可知道，你在我心里是多么楚楚可爱。

你现在这样半带着病容的样子，似乎完全放弃了矜持和傲气，让我感到我可以义不容辞地呵护你。你的振作让我害怕，你的虚弱让我沉醉。

外卖的饭菜看着不错，一吃味道似乎先天不全，缺盐少醋似的。他们说现在大家早把超市里的盐、醋抢光了，说是能防肺炎，还有板蓝根、甘草、党参、萝卜缨、香菇、大蒜什么的都很难买得到了。

不过，天天和小鱼朝夕相处，吃什么又有何所谓。

她的烧很快就退下去了。

只是我想，父亲去世的伤痛不是几天能轻易化解的。

范健儒北医的同学说，北京实际上感染的人被藏来藏去，天知道有多少。

“何灵还嚷嚷要回北京呢，可能还不如这里安全呢。不是说传染病的烈度跟感染人数成反比吗？广州在转好，北京一定在变糟。”我说。

“但愿你说的是真的。何灵今天早上上吐下泻，如愿以偿住院去了。听说又从医院直接回家了。可是，他如果知道黄头今天已经接到北京的指示暂停活动了，他白把自己冻病了，岂不是要气死？真是欲练此功，必先自宫；练成此功，也可不宫。”

我关了电话。看见小鱼的房门开着，那说明，我是可以过去的。果然她在看电视。她拥着被子看得很认真。专注时的表情像只松鼠。

“你喜欢看《财富传奇》啊？”我问，心里觉得奇怪，她竟然喜欢看这个脑袋上只长脂肪不长头发的俗人白话别人怎么暴富的故事。荷马说过，宁肯做诗人歌颂的英雄，也不做歌颂英雄的诗人。凡是把生财之道说得头头是道的人，肯定干啥啥赔。

“快完了，等后面的节目《我为书狂》。”

“哦，好像有点耳熟，是不是——”

“对啊，就是熊老师主持的节目啊。”她说。

“每期都看吗？”

她点了点头。

“你是冲着节目还是冲着人啊？”

她盯着我：“你这话什么意思啊？”

我自己也品出这话的酸味来了，急忙敷衍说：“听说好多女生特喜欢许格菲，她的粉丝都叫鸽子，你也是啊？”

“没时间看闲书，也没钱买闲书，正好通过这个节目听别人讲讲一些好玩的书。”

我悻悻然回到自己的房间。师姐的电话就来了。她的声音和以往不一样，听着声音就能想见她的严峻，一定是一边说一边用手指敲什么东西：“了不得了。听小道消息说孟学农和卫生部长给撸下来了。”

“那也轮不到你我顶班，你替他们着什么急啊？”

“呆子！他们下台那就说明蒋彦勇的话是真的。”

“蒋彦勇是谁？”

“301医院的医生，我在中央4台帮贾轩传做节目，他收到过蒋发的邮件，说卫生部声称北京只发现十五例，疫情得到了控制，这些都是在糊弄世界卫生组织。为的是让北京从疫区名单里抹掉。”

“世界卫生组织跟中国打过这么长时间交道，为啥还这么好糊弄呢？”

“哇塞，中国人蒙人的本事外国人什么时候能学得来啊！听说世界卫生组织来检查的时候，官僚们把病人弄出来塞到面包车里满大街跑，还自称是游击战，这谁能查出来？现在好了，《时代周刊》先把蒋医生的信刊登出来了。地球人都知道张某人在放屁了。”

“那你们接到了邮件也没播出来啊，你们为什么不能学学美国记者，有一点媒体人的良心。”

“你老母，敢教训我了！你以为我怎么编别人就给我怎么播啊？首先老贾就能揪着我头发把我扔到加沙去。在这种机构头顶上有多少把刀你知道不？破坏社会安定罪听说过吗？脑袋没了，剩下一颗心，那可真叫凉心了。”

“唉，”我只能长叹一声，“这世道怎么觉得活着都这么侥幸。”

“我和熊老师为这事已经跟暴龙彻底撕破脸了。”

“哇，他真的很冷血啊。”

“幸亏四个团队的队长都有一笔经费在手，可以维持一段。梅槑说你搬出来了，为什么？”

我吓了一跳，师姐是不是已经知道了？

“哦，一个同学在外面发烧，黄灿说烧不退不能回宿舍。我只好把她弄这来了。”

“果然是范利中最得意的红人，一个德性。你还真够义气的。”

我没敢接这份殊荣，不知道这算不算“义气”。

“我有个大胆的打算。”

“什么？”

“我要去广州把你接回来。”

“啊？这可是头号疫区。你疯了？”

“所以我才不放心啊。”

“非常时期，大家都一个萝卜一个坑，老老实实呆着最好了，你这样对自己和别人都很危险啊。”

“可是……谁知道这非典猴年马月能变成正典。”她沉默了几秒钟，“我有时忽然很担心假如我俩有谁中招，现在可能就是最后见面的机会了。”

“咳，你想什么呢。”

“你懂个屁，昨天咱们教务的爱人出差去杭州，就在那中招了。医院通知她的时候，我正好就在教务办公室，你要是听她就在你身边哭，真的知道什么叫肝肠寸断了。”

“咳，别说了。无论如何，你一定不要来。机场、火车，现在这些地方听着都起鸡皮疙瘩，你身边谁忍不住了打个喷嚏，都跟扔了一颗毒气手雷一样，你还敢往人堆里扎。”

她沉默了。不知道是不是少有地被我教训了一顿。

一个礼拜之后，忽然从“疯人院”那边传来噩耗，何灵死了，给他注射的那个护士比他早离世一个小时。

范健儒说，他们在楼里面做了一个花圈。除了女生之外，唯一眼泪纵横的是黄灿。

我说为什么不通知我。他说反正既没有遗体也没有遗像，你自己剪一朵小白花寄托一下哀思就可以了，不必穿街过巷来这边了。我的确不大相信，像他这么一个刺儿头，瘟神也不愿意惹的。不知为什么，他平时唇枪舌剑、嬉笑怒骂的样子完全模糊了。只是那么一个时刚时柔、阴阳扑朔的男孩，满眼落寞和感伤的神情。

小鱼忽然说要回北京。我问她为什么。她说就是想回去。我说，那怎么可能？现在北京每天感染的人比广州还多呢。她沉默了一会儿，继续吃饭。

“不对啊，一定有原因。你要是信得过我，就告诉我。”

她就说了，原来是因为《我为书狂》停播的事情。咳，果然是别有幽肠。我酸溜溜地说：“那你打个电话问问熊老师不就得了。”她摇了摇头，好像是说，不好意思。“那我打吧。”我说。她立刻摆了摆手，然后支支吾吾地说，她打过几个，没人接，但一个熟人说他好像发生了点事，虽然具体什么事，人家电话里没说，但可以肯定不是好事。

“我要回北京。坐飞机的人少，我去买机票。”她说。

“你回去能做什么呢？”

“不知道。”

“你当然不知道。可是为了这盲目的举动可能会有生命危险。”

我看着她的眼睛，好像忽然又恢复了以前那个美丽而矜持的师妹的样子。这十几天荷塘粤色的生活忽然像一场戛然而止的电影。再说下去，我估计会有自取其辱的危险。我凭什么阻止她。她完全可以不屑于跟我说她为什么要回去，那是她的私事。并不能因为我爱她我就有权力干涉她。实际上，爱一个人的确也没有理由跟人家要求任何权力。是的，她没有必要因为我爱她而迁就我。

“那好吧，我也跟你一起走。”最后，我说。

“你没必要啊。”她急道。

“就像你回去一样，也没必要。”

我给梅粿打了电话。

“什么，你们要飞回北京？订了票没有？”

“还没呢。”

“订了也得退掉。你们怎么想的？”

“嗯……我是陪一个师妹，她有急事要回去。”

“师妹，这些天和你住一起的是个女孩？”

“是的——不是，我们没有住在一起，这房子不是有三个卧室吗？”

“哦。既然事已至此，我也只能先多嘴了。你师姐正要来接你呢。她自己开车来，估计今天晚上能到。”

“啊？”我简直要晕倒，“她为什么？”

“要给你个惊喜。不过听你的声音好像并不高兴嘛。”

“高兴。可是真太疯狂了。”

“自己开车比坐飞机感染的几率小多了。顺便问一下，那女孩喜欢你吗?”

这还叫“顺便”问啊?

“我——怎么可能呢，她是我师妹。”

“蝶子还是你师姐呢。那女孩最好别喜欢你，因为她最后肯定失败。还不如知难而退呢。”

这个梅槑不愧是我师姐的闺密啊，风格也真够飒的。已经晚上九点多了。我在屋子里局促不安，楼下每有车灯射入，或者低沉的马达声，我都感到师姐随时都会破门而入。干脆打电话先“投案自首”算了。

“怎么想起主动打我电话了?”电话里传来师姐的声音，还能听到旁边汽车鸣笛的声音，肯定在路上。

“看看你在哪里。”

“在哪里？在学校里找乐子呗。”

“别骗我了。你已经开到广州市区了吧。”

“哦？哪个八婆多嘴——啊，一定是梅槑。这妮子自打产崽后上下都不严实了。是，我正在加油站呢。半个小时就到。你要是在干什么阿猫阿狗的事，赶紧处理现场，免得我去了整顿你。”

“不多说了。你一定很辛苦。我给你煮点方便面吧。”

“无事献殷勤，我怎么觉得有点不祥啊。”

实际上是十分钟，门铃就响了。我开了门。师姐一身米黄色长外套，里面是乳白色刺绣宝姿小西服。石榴红的嘴唇，薄薄的两片，就让她一身显得很浓烈。她好像完全没有长途跋涉的疲惫。头发都那么顺爽，还散发着香味。

“你好快啊。”我说，然后哆哆嗦嗦地指了指小鱼，“这也是团队的，生病了之后黄灿不让进大楼，只好搬到这里。”

小鱼有点卑怯地打招呼说：“师姐好，幸亏你朋友帮忙，否则我只能住旅店了。这些天小熊一直照顾我。”

我要是此时能念个咒语土遁而去有多好。然而让我吃惊的是，师姐似乎全无不快。她拉着小鱼的手：“咳，原本咱们就认识的，我还当是谁呢。熊老师前些天还专门嘱咐我来看看你呢。没想到也在这儿。”两个人叽里咕噜地说话，似乎瞬间就没我什么事了。两个人关着门在里面。我只好在自己屋里端着一本陈平原的书云里雾里地看着。

师姐推门进来了。

“你不先去洗个澡吗?”我问。

“我刚才电话里骗你呢。我不是在加油站，是在一个洗浴中心里。”

“去那里干吗?”

“我要是灰头土脸俩大眼袋黑眼圈出现在门口，你还不知道有啥别的花花想法呢。”

我干涩地笑了笑，“我——想回北京”。

“你不想回我也会把你拉回去的。小鱼都跟我说了。让我歇息两天再说吧。”

“你一进屋就好像有啥话非要跟她说完似的。你们以前很熟吗?”

“女人之间没有熟不熟的，只有想不想的。我一看她就觉得挺不错的孩子，熊士高说她走的时候忧心忡忡，他还挺担心的。”

“熊老师还有心思关心别人啊?”

“怎么啦，你吃醋啦?”

我好像被人从后背狠狠砸了一下，本来就心虚，面对师姐锃亮的杏核眼，我觉得自己的心如同一个千疮百孔的烂椰子壳。

“我吃什么醋！熊老师最近怎么了，你知道吗?”

“不知道。这个礼拜，我打过电话他也没接。”

忽然师姐的短信响了。

“我让她帮我找个司机，和我轮流驾驶开回北京，还真快，说来就来。”

师姐靠在床上，让我一起看短信。

狐家有女，年届廿八，昨日庆生，尚无婆家；

我家儿郎，正缺奶妈，薪水入卡，宿在我家；

每餐必宴，想啥吃啥；养好身体，胸垂木瓜。

“还以为是帮我找到了呢。怎么发这种浪话。”师姐嗔怒道。

她的肩膀压在我的肩膀上。隔着她细腻的毛衣，似乎依然觉得她的身体很温热。细腻圆润的肩头和脖子散发的香味不知道来自皮肤还是来自香水。

师姐又骂道：“这小蹄子，自己生了，得意大发了。”

立刻回短信：小小儿郎，跟你一样，有毛是爹，有奶是娘。

我嘻嘻笑道，你俩真是针尖麦芒。

“别看她说话浪，从小读十三经长大的。你看短信都模仿《诗经》体。”

“她不是姓梅吗，怎么成了狐家女了？而且还没有婆家，那她的孩子是非婚生？”

“说你呆，你还对了一半。说你不呆，茶壶都抗议了。她的孩子肯定是非婚生的，只要那孩子身体里有一半是自己的，另一半管来自五湖四海金星火星呢？至于那个狐家女，你还能记起你师姐我姓啥吗？”

“说的是你？你昨天生日？”

“是啊，这厮为了押韵，竟然给我多加了一岁。”师姐恨道。

“咳，这怎么行呢？我应该有所表示啊。”我说。不用说这次她不远千山万水来接我，就是平时的心意，我也应该倾囊而沽。

“得了，我恨不能忘了自己多大，你倒好，好像让我时刻铭记自己是个奔三十的人似的。”

我忽然注意到她的手机是新的。

“这是不是别人送你的生日礼物啊？”

师姐迟疑了片刻说：“南宫仁送的。带GPS定位的，好像算准了这次我要长途来回似的。”

“是人善就信了佛呢，还是信了佛人就善呢。”我说。

“你考我呢？我又不是大智慧菩萨，要是真感兴趣，我改天带你去见南宫。”

“我怕他把我说动了。”

师姐剜了我一眼：“你这人，我都能看出六根不净。”

“是啊，南宫一定六根干净了。”我就是随口一说，并没险恶的意思。

可是师姐忽然两眼瞪得跟门神似的，她揪着我两只耳朵：“我警告过你，不要攻击他！”

“我没有啊，你放开，我耳朵要掉了。”

她松了手。

“假如你耳朵真掉了。你愿不愿意听我说没耳朵的动物叫鸟，没耳朵的人叫鸟人。专攻别人短处是最造孽的。”

“哎呀，我真的冤死了。你想歪了。如果我要是那么想的，那也让我将来六根清净好了。”

“你知道什么叫六根啊？”

我愣了一下：“我又没听大师说过法，谁知道另外五根讲的是啥？”

师姐捂着嘴，哈哈大笑：“六根是眼耳鼻舌身意，你知道的是哪一根啊？”

“咦？怎么没有一个东西论根的呢？”我心里暗想。

三天后，梅槑说正好一个订购她公司丝绸产品的法国商团的翻译要去北京，本来要一个人开车自驾。这下结伴同行，两个人轮着开车。

终于要离开广州了。用电话跟老马、黄灿、成果、范健儒、花嘉第等等一一告别。黄灿的姑姑在龙行旅行社，正好有一辆大巴送了一个团去澳门之后返京，全队已经决定周末就坐这辆车回北京。来的时候灿阳千里，回去的时候阴霾浩荡。我们都忍住没有提到那个充满内心的名字。他们或许只记得他的三寸不烂之舌，渐渐细细的声音，愤青刻薄的笑话。他的死，虽然已经过了两个礼拜，但感觉中他引逗大家的放浪笑声还萦绕在耳，他那晚光辉清冷的裸体和落寞感伤的眼神恍然在目。瘟疫时期的死亡就像轮盘赌一样，活与死都完全偶然。如果是我死会怎样？当身体化作青烟或朽腐成尘土，我还在哪里存在？

我忽然间想到，对于我这样一个无神论者，唯一能让自己在死后存在的就是爱吧。我对她的爱，或她对我的爱，在我身后的时光里让我的身影继续闪现在她们的记忆里。甚至像何灵，我记不住他的尖刻，只记得他的幽怨。那幽怨不正是因爱而起，缠绵而没有着落？如同离人心上秋，纵芭蕉无雨也飕飕。

五

师姐语录：我最痛心的回忆是也曾路见不平拔刀相助——当然，助的是欺负人那一拨的。

师姐和梅槑告别时，相互拥抱，哭得很澎湃。

我觉得太夸张了。路上我问师姐，是不是梅槑要移民啊，你们怎么那么悲壮？师姐瞪了我一眼。沉默了一会儿，师姐说：“我们都想起了一个人。”“谁啊？”“别问这个了，说不准哪句话让我难受了，我就把你扔高速上。”还真少见师姐对我摆臭脸的时候呢。看来她和梅槑都想起的那个人一定和她们有很深的过去。然而我对师姐的过去几乎一无所知，不像看着杂志的小鱼，就像浅浅一碟清水。

梅槑说的这个翻译叫施法炎，是一个方脸眼镜男，有趣的是眉心正好有一颗红痣，不说正点都不行。乍一看觉得是个五官明朗的中国人，仔细一看发现他的眼睛是褐色的，暴露了他的混血身份。路上一聊，才知道，说他是翻译可是太委屈了。他是要去水木大学做特聘教授的。他说起家世来就更开了我们的眼了。他爷爷奶奶都是三十年代留学法国的学生。后来他奶奶鬼使神差地跟法共搭上了，接着又认识了在巴黎的中国共产党人他爷爷。两人生了孩子之后，他爷爷先回国，并且在回国期间进入了国民党政府。当他爷爷再回到巴黎的时候，夫妻俩发生了激烈的争执，妻子埋怨丈夫没有事先通知就做了政治决定，并且在她看来这个选择很没落。丈夫也很决绝，毅然要求离婚。万里之外，南京政府已经表示出对他的欣赏，光明的前途让男人的心肠异常坚硬。就这样他爷爷离开了巴黎。他奶奶带着他爸爸回到了北平。一年后他奶奶又带着孩子回到巴黎，将孩子寄养在一对老夫妻那里，然后回国。从此再也没有回到巴黎。

这个中国孩子在法国长大、娶妻、生子、工作……汇入了所有法国人的生命洪流之中。他娶了个法国太太，他的儿子就是现在坐在我们旁边的施法炎。法炎寓意法兰西和炎黄血脉融合的结晶。施法炎出生在激情澎湃的六十年代末，是法国安全套不合格产品的后果。

“怎么听着像去痛止痒的药膏呢？”师姐打趣说。

“本来想过叫施法华，爸爸的一个天主教徒朋友说像佛教宗派，不好。最后就叫这个了。”

“可是，说实话，我怎么看不太出你有法国血统呢？”小鱼问。

他摘下眼镜，指了指自己的眼睛。

“谁说中国人东亚病夫，你看你爸爸的基因多强啊。几乎把你妈妈的遗传挤得无影无踪。”我说。

小鱼就笑了，说斑马的爸爸妈妈一定是势均力敌的白马黑马。

师姐对我说：“这你就露怯了吧。你不知道传神写照，就在眼睛吗？他的法国妈妈才高呢，那么多基因人家一下子就抓住了重点，管你屁股肚子脚指头像什么呢，只要眼睛是法国人的，就算盖了法国公章了。”

在长沙那晚，施法炎说要带我们去会一些朋友。

“会不会请我们好好吃一顿哪？”我问。

“吃喝玩乐可是我那朋友最擅长的。”他说。

吃饭的地方好雅致，在岳麓山深处。到了地方，从灯火通明的大厅门口走出一个人。头发、皮衣、皮鞋、脸上的油泽，给人感觉他好像整体被抛光了一遍似的。这个人原来是电视台的台长，叫关天化。老远就朝着我们大叫：“哎呀，你可让我想死了啦。”还以为冯巩上场了呢，跟谁都这么热乎，上来就和施法炎拥抱致意。“听说你还没回巴黎，我就跟别人说，你这个法国人够义气。你要是愿意挨到非典结束，我没准可以给你包装成2003感动中国的国际友人呢。”施法炎一笑：“咳！又忽悠我。”

语声未落，又停进来两辆车。一个是关台长的哥们色眼迷离的西门清，一个是身板粗壮声音洪亮的罗大政，脑门特大，这个人似乎大名鼎鼎，至于为什么鼎鼎，我也说不出甲乙丙丁。师姐低声说，他拍了部纪录片，但很快被禁了。这得感谢政府感谢国家，这个禁令就如同发了一特殊奖状，凭这个就可以声称“政治移民”了。罗大政好像就是因为被“不公正对待”而去了美国，现在听他们说好像跑到香港麒麟卫视去做总策划了。

我们进了包厢。说是包厢，在里面打一趟南拳估计也够地方了。270度的落地窗，关台长自豪地说，每年重阳必来这里欣赏“湘江北去，橘子洲头。看万山红遍，层林尽染；漫江碧透，百舸争流。鹰击长空，鱼翔浅底，万类霜天竞自由”。

西门清笑嘻嘻地接着念道：“真寂寞，问花间柳下，谁主沉浮？携来百女曾游，忆往昔咸菜就窝头。今虽不年少，兴致很高；伟哥常备，挥斥方遒。深度接触，青牛洗头……”

关台长笑骂道：“你这龟儿子，你老子当年不知道把你脑子哪里顶出条缝来，偏有这种机灵。”

按照后来罗大政的说法，西门清和关天化小时候“青梅竹马”，大了之后“下乡放马”，回城之后“分道扬马”，现在“同乘宝马”，有时候还一起“泡吧泡马”。

罗大政说："你不是还要引见一个名人给我们吗？"

"哦，那是，说上去打一个电话，快半个小时了。"关台长说。

"靠，这次还真有耐心，比全年度你等女人的时间总和还长。不得了的极品啊？"西门清说。

"哪里，哪里，是想从中央跳到我们这个小池子里的。"关台长说。

正说着，包厢门一开，进来一个人。

啊！看到的是同一个女人，心里却是不同的惊奇。许格菲。

她难道要到湖南电视这里混了？小鱼的眼睛一直盯着许格菲。许格菲穿着唐锦纹的旗袍，披着青色的毛披肩，坐在关的身旁。关虽然刚才还想避嫌呢，但此时的眼神毫无遮拦，我想他此时的瞳孔里如果用放大镜看一下，肯定是一个没穿衣服的许格菲。

好久没吃地道的家乡菜了。不像北京的湘菜馆，刚从山东菜农的大卡车上卸下来的菜，一进了他们的厨房就立刻成了"刚从湖南空运来的了"。

西门清是个货真价实的黄品源，动辄拿许格菲和关天化之间心照不宣的关系取笑。我真奇怪为什么许格菲跑这里来受气。

正说着，一个高大的男人走了进来，他梳着分头，头发很黑，偏偏双耳上的一绺头发洁白如银，如果不是五十来岁的年纪，简直就像挑染的。他穿着风衣，戴着红黑苏格兰格子的围巾。浓眉凤眼，微微赭红的脸色。

"老倪老倪，你可让我想死了。"老关说。

"抱歉抱歉，那面参加一个学术会议，我偏偏要主持一个panel，而且号称非典关口最后一次大型学术活动，非典之后能不能活着聚齐还很难说呢。所以也不好轻易早退。"

老关介绍说，这位是上海震旦大学的倪汇鸿教授。

这名字好，"你会红"，专门研究道德哲学。西门清看来和倪教授也很熟，他揶揄说："因为研究道德哲学所以现在不红，但将来一定红。不是因为将来大家都很有道德了，而是因为将来很少有人有道德了，所以道德就珍贵了，物以稀为贵嘛，就好像某人是世界上唯一知道如何给熊猫喂奶的人，或者唯一一个知道如何增强考拉性欲的人。”

“色情经济一直在我国不能合法化，损失最大的不是《花花公子》，而是你老兄啊。你空有满腔色血和经济理论，却不能知行合一，太委屈，太委屈。”倪教授笑着回击。

这些人开始海侃，时而四海万邦政事经济，时而深宫大院内部消息，时而学界掌故名人绯闻，时而酒色财气黄段荤口。

师姐低声对我说，咱们走吧。毕竟还是女人，随着酒越来越高，女人的处境会越来越尴尬。

听着黄段子开怀大笑，男人叫豪放，女人就叫放荡。听着黄段子不笑，男人叫深沉或单纯，女人就叫乏味或假纯。

施法炎此时站起来说明天还要开车上路，不能熬夜。

此时我忽然发现小鱼不见了。

师姐打通了小鱼的手机，说她在院子里。到了院子里，果然看见荷塘边上，小鱼正和许格菲聊着呢。

我们上了车。刚开出大门，施法炎的手机就响了。原来罗大政载着倪汇鸿，他们问我们要不要去咖啡厅坐一会儿。师姐说很好。我问她，不是一直嚷嚷要回酒店，怎么又去喝咖啡了。

“和掉马桶里相比，我当然愿意回酒店。但和去咖啡厅相比，我当然愿意去咖啡厅。”

小鱼一言不发，眼大无神，不知道是太累了，还是全无兴趣。我们就先把小鱼送回了酒店，师姐嘱咐说：“房间电话一律别接、陌生人叫门一律别开、塑封用品一律别拆。”

施法炎笑着说：“好么，我们这几个房客清一色都是‘别客’。”

那家“马丘比丘”咖啡馆在一个小区里。墙上的挂毯真是羊驼毛的。罗大政说。

师姐用手摸了摸说：“我看见过朋友从欧洲带回来的羊驼绒披肩，手感好得不得了，颜色也漂亮，好像把整个拉丁美洲披在身上的感觉。”

施法炎轻轻鼓了鼓掌："女人要性感，否则就要感性，两样都没有，那只能去变性了。胡蝶恰恰兼而有之，那就是三生有幸。"

罗大政、施法炎和师姐都是媒体人士，谈得火星四射的。倪汇鸿虽然并不像他们那样汹涌澎湃，但他要去鄂西做的文化社会学考察是罗大政麒麟卫视的节目。我觉得这个项目听起来很有意思，很想参加，就鼓起勇气问他。他说，有大量的田野工作，很烦很累。"那更好。我不愿意天天呆在图书馆里，做那些让无数文献杂交产生垃圾论文的事情。"我说。

"现在还是瘟疫泛滥时期。有风险啊。"倪汇鸿说。

"风险我倒不怕，怕也没用。人总归是不能不呼吸不活动的。"我说。

"那好。你要跟系里沟通一下，最好征求导师的意见。"他说。

我瞅了瞅师姐，心想只要有师姐说话，导师那边没问题。师姐白了我一眼。

回酒店门口时，我本和施法炎住一间房，他忽然接到一个电话，似乎马上就得赶过去。师姐把包放到隔壁，又来到我房间。

"小鱼睡了吗?"我问。

"反正好像没听见我进屋。"

"你说我加入倪汇鸿的活动怎么样?"

"你先去洗漱，再和你说。"

我心里搁不下事，稀里哗啦地刷牙冲澡。

擦干了之后，忽然忘记了没把内衣内裤拿进来。

我把门开了条缝，喊道："师姐，把你借我的那个箱子拿来。"

"你出来再收拾呗，里面都是水，我给你的东西你也不能这么造啊。"

"不是啊，我出——不来。"

"怎么了，你滑倒了?"她问，然后朝浴室走过来。

"没有没有。我忘了拿要换的衣服了。"

师姐笑嘻嘻地说："要么你自己出来拿，要么把门开开，我送进去。"

我赶紧用浴巾把下边裹好，又想用另一条浴巾裹住上面。但一想万一施法炎回来也要洗澡呢，我不能把他的也用了。

只好让师姐看到"局部真理"了。

开了门。

师姐一进来立刻用手挥开浴室里弥漫的水汽。

"这条内裤，竟然还是CK的，看不出你对自己还挺娇惯的。"师姐说。

这条内裤还是为了和师姐的那个未遂的"初夜"特意准备的。

可惜出师未捷，害得这个著名品牌没有获得任何纪念意义。

我尴尬地用毛巾擦着头发。

"还擦什么啊，那么短的头发。"

"换吧。"她把内裤递给我。

"那——你出去吧。"

"我不。上次你蓄意挑逗，这次我还得投桃报李呢。"

"别别。这是旅店啊。"

"宿舍也是两人一屋，而且还是女生宿舍，你不也敢进去了。"

"万一施法炎回来呢。"

"那我们就尽量赶在他回来之前呗。"

"赶在他回来之前？什么意思啊。"

她也没回答。

稀里哗啦把衣服就脱了。

只剩下胸罩和内裤。

她把脱下来的衣服扔在浴室门外的皮箱上。

"你没洗干净，过来和我再洗一次。"她说。

"我皮肤黑。洗不白的。"我说话的声音有点抖。

她拧开水龙头，背对着我，把身上最后的织物褪掉。

水流之下，她的身体的曲线就好像将她和现实慢慢割开。

我的血液里好像掀起了风暴，耳畔能听到血液呼啸的声音。

她微微侧过身体，抬起胳膊捋了捋头发。

我看得见她美丽紧翘的乳房。

如果说女人是天使，那乳房真的就是她的翅膀。

曾经的那个夜里，我们曾把距离压缩为零。

但却觉得一无所获。

如今在柔和的灯光下，看见她穿着薄薄一层流水的身体，就和自己无数次春梦里幻想的身体一样完美，从脖子、肩头、乳房、腰身、屁股、长腿那线条都好像用自己的手摩挲出来的。

“你看你已经告诉自己答案了。”师姐指着我下身。

果然。厚厚的浴巾是不会自己鼓起来的。

我踏进浴缸里。

一股水蹿进我的眼睛里。

我立刻闭上眼。

那一瞬就好像把自己交给了激情的龙卷。

在剧烈放肆的拥抱中，觉得她柔软的身体好像可以穿过我。

她好像可以把我包裹起来，就如同比萨饼里的培根和奶酪。

她的手指将我的枝条引导向那个空虚而充盈的地方，此时我的头脑和那枝条上膨胀的末端几乎一样思考，或者一样放弃思考。

或许只有此时此刻，皮肤和大脑才失去了中介，感觉和快感才彻底重合。

然而，就如同心里已经酝酿好了最饱满的感情，要对门外的女孩坦白，可是却从第一个台阶大头朝下滚到了她脚边，我一探进她的身体，就扣下了扳机。剧烈的快感让我几乎难以站稳，幸亏有她紧紧地拥抱。我觉得整个世界都在和我一起痉挛。师姐缥缈细微的呻吟好像从浓雾深处传来。

水突然停了。

她把水龙头关上。

我俩四目相对。

一瞬间刚才的太虚幻境忽然还原成宾馆里五六平米的浴室兼洗手间。

她仍然紧紧抱着我，距离太近，我看到她的眼睛都有重影，就好像好几条黑黑白白的鱼在我眼前游来游去。

她稍稍放开我，我在清醒中感到脸迅速变热。

“我……”我不知道是不是要说抱歉。

她拍了拍我的脸，“有什么难为情的，第一次谁能无师自通呢”。

她弯下腰把我刚才裹着的浴巾从浴缸里捡起来。

我穿上短裤背心走了出来。

她开着床灯躺在床上，眼神恬静地看着我。

“你还不去隔壁睡觉？”我问。

“小鱼已经睡了，她睡着也不容易，我不想打扰她。”

“那你……”

“和你一起啊。施法炎刚才短信说不回宾馆了。住他朋友那里。”

“幸好有两张床。”我说。

“随你。”她诡异地笑了笑，一副胸有成竹的表情。

熄了灯。

我躺在床上。

起初脑子里木木的，像被点了穴。

但刚才浴室里的情景从僵硬的意识下面涌了出来。

她皮肤的颜色、滑腻温暖的质感，她的手指、嘴唇的碰触，她的发丝里的香味，她水汽薰软的声音……

我的身体开始燥热起来，就好像一场大火从四周蔓延。

和上一次暗夜里胆战心惊、风声鹤唳的遭遇完全不同。

真正的身心融会只要一开始，似乎就如同落下悬崖的瀑布无法倒卷。

我扭头看她。

黑暗中，窗子的光线将被子里她的轮廓的起伏剪出来。

金风玉露一相逢，便胜却人间无数。

我还要在自己的被窝里压抑自己吗?

我现在爬出自己的被窝，爬进她的被窝还有什么说不通吗?

两情若是久长时，又岂在朝朝暮暮。莫不如真刀真枪滚到一处。

想了又想，几个翻覆，我猛地坐了起来。

背对着我侧卧的师姐似乎也一直在监听着我的响动。

她忽然回头看我。

我赌气似的把被子夸张地掀开，几乎扔到了地上。

一个箭步跨到她床边。

掀开她的被子钻了进去。

接着内衣内裤兔起鹘落，纷纷从被子里向四面八方飞出。

“你别扔窗户外面，下面做麻辣烫的骂娘。”她说。

我哪里顾得上别的。

彻底抛开自卑和胆怯，完全像动物世界里每到春季，那些雄性应该有的状态。我想起来美国电影《开心小妈》里对男孩的忠告，如果你不想太丢人的话，最好的准备就是临上床之前先放一次空枪，接下来你抵抗高潮的能力就提升了一个量级。也就是男孩的初夜，第一波体液给了马桶，第二波才给了他心爱的女孩。可惜我记起来得太晚了点。但我觉得一定要挽回一些面子。一次两次……十几次。师姐最后一看我翻身爬上来，就忍不住笑起来。

“你笑什么?”

“我笑，如果二十年后你还这样，那该有多好。”

最后我躺在她身边，木木地问:“可是我真的不敢相信，我有那么招你喜欢吗?”

“这个我怎么解释呢。我第一眼看到你，就知道我喜欢你。但你却不一定。现在你也不肯定是不是?”

我的心哆嗦了一下，不知道该怎么回答，但还是下意识地说:

“我也喜欢你。”

“不一样的。我的喜欢不是比较之后才决定的，如果那样，哪里轮到你。这种喜欢恰恰那么纯粹，跟什么都没有关系，所以自己都无法解释。你呢？你还在拿我和别人比来比去，所以还不是我对你的那种喜欢。”

我更不敢接茬了，她说得太准了。

她接着说：“不过那也没什么关系。爱商高的人会像我一样一眼就确信自己找到了！但像你这样的家伙可能需要折腾一番才能明白‘蓦然回首’的道理。所以我会给你时间，当然不是无期的。”

“爱商？这是你的杜撰吧。”我说。

“熊士高那么风流倜傥、才高八斗，为什么现在仍是孤家寡人？他智商情商财商有问题吗？那他差什么？我说爱商是有道理的，爱就是一种伤，是爱神射在人心上的箭伤。就在我看到你的那一刻，我中了箭，立刻心窍就被打开了。而你呢，心上插着一支箭，可是疼痛却要好久才能传递到你的大脑。因为……你太迟钝了。也就是爱商太低了。”

“听君一席话，胜读琼瑶书。”我说。

第二天，我睁开眼，发现自己躺在床上。如果不是两个枕头并排放着，我真不敢相信昨天晚上暴风骤雨一样结束了男孩的身份。想起一个闷热的夏夜，黄杨师兄在宿舍楼天台上给我们猜了一个谜语。他说“处男的困惑”，猜一个英国文豪。我们毕竟是中文系的，从莎士比亚到艾略特数了个遍。他最后公布谜底说是“莎士比亚”。有师弟说猜过了。“可是你没讲出为什么，所以是蒙的。”我们觉得确实没什么关联啊。“靠，都说到这份上了，还不明白。活该你们到现在还是处男。”黄杨说。最后黄杨提示说，要用河南话念，其意自见。

到今天，我终于知道“莎士比亚”了。有点像戳进Apple Pie里的感觉。但这种很肉体很肉体的事情只要一结束立刻又变得很抽象很抽象。我静静地躺在床上，认真地思考了一下我的思考，平静地体会了一下我的体会。我不喜悦，也没有感伤。但我意识到一种背负很久的压力没了。我感到自己的表现具备我所见过的所有男人的潜质。就一个男人而言，我在生理上完成了最后一次发育。从这个角度讲，我应该没有任何忧虑地跳入人生的汪洋。孔子说，朝闻道，夕死可矣。我此时也觉得夕上床，朝死可矣。

第二天，倪汇鸿果然来接我，我们要去鄂西，而师姐和小鱼要和施法炎回北京。两辆车一起出了长沙，又开了一会儿，在一个路口，我们下了高速路。我和她们就要暂时分开了。就在那时忽然我的手机响了，是师姐。我打开电话，但没有声音。

“喂……师姐吗？想起什么了……怎么不说话？”

但终于还是没说一个字就挂了。这次师姐不一样了。是忽然不想说了，还是想不出说什么？

反过来想想，如果是我拨了电话，我该说什么呢？

看着路边清冷的街巷，还有那些不时掠过的雪白口罩，一时间我也感到了告别的凉意。

插播　小鱼的故事二

熊语录：有关于我的谣言是正常的，没有是不正常的，我辩解也没用，先哲早有定论：事实胜于“熊”辩。

由于自卑，平时我极力避免在宿舍里谈及父母。所以当贝姨告诉爸爸住院了，我要立即去广州，小凤仙就奇怪了：从没听说你爸爸活着，怎么就忽然听见你爸爸病危了呢？

我立刻跟熊士高说，我要请假去广州。他让我跟着孑民计划的团队一起走。

我到了医院。看见爸爸在隔离病房里。身体薄得像一匹麻布。

他是在工地时，旁边刚来的一车钢筋，忽然卡车后挡板开了，两根钢筋滑下来，刺穿了他的骨盆和股动脉。失血过量加上急性败血症，医生告诉贝姨说，生存的可能性基本已经没有了。

我俩对望间，忽然明白什么叫咫尺天涯了。他咳着，嗓子也沙了。

“真好，你来了——你真是好孩子，没记恨我。”

“记恨？——为什么会记恨你，你不是我的爸爸吗？”

"我——愧对'爸爸'这两个字……因为我还终究是个小气的人。心里始终——"

"我总觉得你在瞒着我什么。"

"是，我本来不想对任何人说。但现在不说不行了——"

"你别吓唬我了，就是血流得有点多，输血就行了，再说我来了，输我的血管够。"

"你，"他苦笑着，"我自己明白。我瞒着你的事情，其实，我也狐疑不定，你生出来不久，我就想跟你妈问个明白，但没有勇气问她。就这样过了这么多年，却又始终放不下。现在想来好可笑——如果当初没有那种好奇，就像当初和你妈妈在一起，过下去，我们一家人是多么美好。可我却偏偏选择了最糟糕的活法。"

忽然他剧烈地咳嗽，豆粒大的汗珠汩汩而出，眼神变得混沌无光，虚弱地昏迷过去。旁边的几个仪器都处于报警中，两个护士赶来一通手忙脚乱地处理。贝姨就把我拉出了病房。

那是我最后一次看到他。

就像贝姨说的，我不能埋怨他。他一定是遭受过巨大的伤害或者耻辱，才会对我如此冷漠。但那伤害和耻辱是什么呢，难道来自妈妈？他竟然没有爆发，沉默地忍受到死。我想那一定是因为他当初对妈妈极其痴迷。但他又一定心里在怨恨她，以至于他觉得临死前都不想看见她。

在我凄哀的央求下，贝姨还是告诉我了。原来妈妈在和爸爸结婚之前曾经有过一次恋爱，而且爱得天翻地覆，后来不知怎的分手了。后来就和爸爸结婚了。生了我几年之后，爸爸有点怀疑，我到底是他的，还是妈妈前男友的。甚至曾经偷偷带着我去医院想做亲子鉴定，但是到了挂号窗口前面，又放弃了。

原来是这样。万恶的父权观念，折磨他这么多年。亲女儿就值得付出更多吗？那无论如何，我的妈妈是亲的，也没见她多爱我。贝姨怯怯地问我，你不好奇自己是不是亲生的吗？我摇了摇头，不好奇，真正的父爱母爱不是一个细胞一个胚胎所能感受到的，只有人才能感受，当我成长的时候，谁给我爱我才会爱他们。

医院当天晚上就打电话来说，父亲已经去世了。据说爸爸就治的医院突然被设为传染病隔离医院，近日来凡是感染了一种奇怪肺炎的人都送到那里去。贝姨坚持不让我去医院。就这样连爸爸的遗容都没有看到，在一次和他接触的时候，就是火化后，那小小的一个瓷罐。捧在手里，冰凉就像他往日的银丝镜框和眼神。但此时反而觉得掌心灼热。我知道，那是我自己的眼泪，顺着亡灵居所的弧线聚集在我的掌心。我的眼泪为什么从来没有这么灼热过？

贝姨说爸爸的遗产都留给了我和妈妈。然后她就回上海了。

我拨通了妈妈的电话。

她听了之后，哦了一声，然后沉默下来："最后都有谁在旁边啊？"她问。

我能明白她的失落，但我不明白她的冷静。我就说有我，还有一个女人。

妈妈说，那就足够了。

后来忽然接到贝姨的电话，说广州的传染病现在已经确诊为非典型性肺炎，很厉害，目前传播途径还不完全清楚，所以以防万一，她让我尽快离开广州。

我也忽然觉得事情严重起来。

我想到楚国雄他们还在四处出击，满广州奔波，这岂不是危机四伏。

但就在我打算第二天回团队报到的时候，一早上起来就觉得头晕目眩，连上趟洗手间都要扶着墙过去。

莫非我也被典了？

我也会死吗？

当一想到死亡忽然并不遥远，死神就在落地灯旁边的椅子里安静地坐着，他的眼神似乎也不像原来想象的那么阴骘凶狠，他不会甩开命运的镰刀将我的魂儿截断，而是像欣赏蜡烛在眼泪里融化一样看着我惨白的脸色。

那一刻，我在想如果我就在某个夜晚死在岭南宾馆的一张床上，熊士高会在梦中惊醒吗？

就像贝姨说的，一个人到底是不是真的喜欢你，让他抱一下就知道了。

如果是不喜欢，他就像端着一火锅，靠紧了怕烫着，松了手怕烫脚。

如果是喜欢，他就像捧着一块嫩豆腐，握紧怕捏坏了，握松了又怕掉渣。

以此判断，楚国雄好像喜欢上我了。

那天他从岭南宾馆搀着我出来的时候，我都能感到他的手在抖。

他的手忽紧忽松，就好像他的心七上八下。

他的眼神也说明了一切。

还是贝姨的理论。一个人只有陷入爱情时，双眼中才开始有了季节的底色。爱慕时眼睛里是清新萌动的春天，热恋时是激情毫无遮拦的夏季，失恋是烟雨凄迷的秋季，绝恋是肃杀睥睨的冬季。

他的眼神就像春天一样，带着羞怯的暖意，好像燕子一窥而去。

即使在我视线之外，也能感觉到他的注视，好像浅浅柔细的茸毛触动着我的皮肤。

他们叫他小熊。

也的确很有些神似。

憨厚可爱。和他相处的这些天，发现他的样子其实很耐看。他不像熊士高那样水榭亭台般的洒落明朗，倒像北方板篱红瓦的院落素朴天真。

像他这么好的男孩应该有好女孩等着他，但绝不是我。

那天晚上苦等了一晚上也没有《我为书狂》。

这让几个礼拜的等待忽然变得焦灼起来。

莫名其妙的怎么会停播一期呢？

我第一反应很想给熊士高打个电话，但几次都是不敢去按手机的最后一个尾数。

我脑子里一直在怕，当电流贯穿千山万水接通的一刹那，还没等听到他的声音，就会听到另一个声音不屑地质问我：你操的哪门子心？

在荷塘粤色的那些天，心里一直都没法放松。

直到师姐胡蝶到来。

我知道小熊的心意。于是他的鞍前马后、无微不至越来越让我感到不适，就像一笔一笔微笑着送来的债。最怕他下了感天动地打动我的决心。

因为那是不可能的。

即便最后证明熊士高绝不可能爱上我……那我也不会退而求其次来找他的。

就好像牙倒了的人再看见酸东西就难受一样。

胡蝶师姐一来到这里，就好像猛落在跷跷板的一端，把我弹了出去。

小熊无条件地被摄在师姐的法力中，便不能情真意切地对待我了。

其实和师姐胡蝶是早就认识的。她可是神通广大，在读硕士的时候就已经帮京华大学招生了。

最初我就是在招生咨询会上认识她的。

毕竟上海本地人大多不愿意去外地就学，全中国除了上海，都是乡下。他们站在外滩江边，迎着江风，张开双臂，无限自豪，就像杰克和罗斯站在泰坦尼克船头大叫：I am the king of the world。

不过我没有这个情结。

从心底里我倒是希望远离这个城市，离开我清冷阴郁的成长岁月。

自从来到京华大学，时常还能看见胡蝶飒爽利落的身影，但我却没有和她再长谈过。

偶尔在路上碰到就是简单地打个招呼。

同宿舍的多鹿林从高年级那里听说了很多关于她的事情，然后在屋里绘声绘色地兜售。

大多类似于“女人是大地，男人是野花，让男人都上来开放吧。”

我并不信。

谣言的厉害之处就像农药，不在于彻底杀伤，而是不断残留累积。

我想我之所以还忌惮跟胡蝶深入交往，大概也跟心里谣言的残留有关。

那天她在我的房间里拉着我的手对我说：“熊老师告诉我，如果你愿意的话叫我回北京的时候把你带回去。”

我克制着自己的惊喜，故作平静地问：“真的吗?”

“熊老师说你走的时候忧心忡忡，到底怎么了?”

“——我父亲刚刚在这里去世。”

“唉——不用熊老师嘱咐我也会把你当做妹妹的，孤单的时候找我，我最会帮人找乐子了。”她说着轻轻将我搂在怀里。

先前隐隐的疑虑早已消散，我真的能感受到她像一个姐姐般的亲热和真挚。

“熊老师还好吗？好像上一期的节目停了。”我问。

“好像搭档许格菲身体出了毛病，临时病休了。这也是我电视台的朋友说的。他反正能者多劳，好像被江苏那边请过去搞昆曲申遗的研讨呢。”

“那就好。我这是杞人忧天呢。”我说。

“我跟他说我要来广州。他就说起了你。从他那里我才知道，你可不得了，简直就是一才女。能弹琴、能写诗、能书法，我都有点后怕，万一当初你爸妈财迷心窍，被水木的金蛋打动了，把你抢走了，我们京华大学可是亏大了。”

“小时候一个人寂寞的时候多，爸妈常把我一个人锁家里，我能怎么办，不就是弹弹琴、写写字、看看书。”

“我好恨！我爸妈咋不把我一个人锁家里呢。”

“你为什么要这个时候开车到广州来?”

胡蝶师姐扭头看了看关上的房门，“我这是千里扛猪槽子，喂的是他呗。”

我笑了笑，真的很佩服也很羡慕，她够勇气够直接。

“我真的很羡慕楚师兄，他将来会很幸福的。因为有你。”

“幸福在于知足，知足在于安心，如果心不定，一个人就不会有幸福。他嘛，现在还在左顾右盼呢。”

师姐这么说，显然是看透了小熊的心思，这让我也有点城门失火殃及池鱼的感觉。

但师姐似乎对我这条“池鱼”全无芥蒂，她的洒脱还真不是我能比的。

北上的路，让我感到很漫长，心里混杂着对父亲去世的感伤和对熊士高的热切思念。

岳麓山吃什么主席吃过的秘传菜，一道都不记得了，但意外地却见到了许格菲。

更意外的是，从关天化的神情姿态不难看出，他和她的关系是一种毫不掩饰的暧昧。这就更奇怪了，许格菲在央视的王牌栏目忽然主动“病休”，跑来跟地方台的小官僚玩暧昧，她是太火了，热昏头了吗?

趁着她去洗手间，我也跟了出去。

她在大堂的一个安静角落坐下来，掏出一支烟，拿烟的指型就像旦角那么精致，然后将烟一缕一缕地吐到盆景的松枝里。

我就坐到旁边的沙发上。

她看了看我，笑了笑：“小鱼?”

“咦，你怎么知道我的名字?”

“你别忘了我是干什么的，你长得这么惹眼，熊士高办公室电脑的桌面上不是你吗？他只跟我说了一声，我就记住了。主持人的记忆力跟手里的话筒一样重要。”

“哦，你别误会，那桌面的图片是我放的，有点臭美。我一直很爱看你的节目。真的要到湖南来？”

“误会什么？你其实是想问我还会不会回到熊士高身边。”她刚才的笑容虽然那么职业，那么程式，但此时她的双眼忽然严厉地看着我，真切得让我几乎不敢直视。

她苦笑了几声，“我的背影还没有被前门掩住，你的面庞就出现在后门了”。

“你在说什么？我不明白。”我本能地负隅顽抗着。

她忽然又换上优雅亲切的笑容，将嘴缓缓张成一个饱满的O形，然后一个一个烟圈就从她榴红嘴唇里荡漾出来，烟圈朝我这边飘来，最后一个小烟圈则穿越了所有烟圈组成的隧道，像被她施了魔法一样，忽然袅袅一柱，扶摇直上，在头顶又如菊花，丝丝垂散。

我惊呆了。

隔着飘散的烟圈，觉得笑容可掬的她像个魅力万丈的女巫。

“听说过烟戏吗？古时候的个中高手还能吐出亭台楼阁、车水马龙、走兽飞鸟、公子美人……小女孩的心思我会看不出来？你不必这么在乎我，你要追就去追好了。我不是太湖石，我是太湖水上的烟雾。”她停了停，继续道，“人生就是一场接一场的烟戏，你看，现在我又把关天化含在嘴里，你能猜到我下一次玩什么烟戏吗？我和熊士高就是烟戏里两个激情男女，烟散了，就彼此干干净净了。”她弹了弹烟灰，“你不要总是欲言又止的。第一，单恋女孩的眼神除了骗自己骗不了别人；第二你喜欢他就去追，爱情不是买经济适用房，用不着排队批条。他并不比我所经历的别人更值得怀念。”

听了她的话，我没有一点窃喜，没有释然。虽然她极力说得那么洒脱，但脸上的神情落寞沮丧到了极点，和平时那个激情活力四射的面庞判若两人，她一定是很不情愿离开的。

我竟然有点同情她了，我如果太偏执，结果会不会也像她这样失望，我能不能平淡地对待我的爱带来的所有后果？

北上的路上，我一直在考虑这个问题。

经过河北的时候，又接了一个人上来。

这个人身材中等匀称，面容清朗，尤其双眼如平湖春月；穿着核桃色麻纱中式衣裤，有风袭来，轻扬洒落。

他坐在副驾位置。胡蝶则到后边和我坐一起。

胡蝶介绍说这个人叫南宫仁，刚从檄雪禅寺出来，我们要是有什么生活烦恼可以请教他。

他笑道："生活的烦恼可以找《七日》，严重些就试试《焦点访谈》吧，我无能为力。"

胡蝶就说："那你这次风尘仆仆到檄雪会见一个高僧，没有什么所得吗？"

他说："三天里，第一天说平时怎么煮菜；第二天说平时怎么穿鞋；第三天讲了平时怎么吃药。"

我也有点莫名其妙，难道这就是所谓的担水劈柴喝水吃饭都是参禅吗？

胡蝶问："高僧说了什么？"

"菜要煮出正色，鞋要穿成正形，药要吃出正气。"

施法炎说，果然是高僧，到了北京一定要仔细说说。

"这三正倒让我想起孙志刚了，要是哪天不要身份证、暂住证、务工证就好了。"胡蝶说。

"不用急，估计年内《收容遣送办法》就会取消。没有身份证也不会被抓到昌平筛沙子了。"施法炎说。

到了北京，我们去一个叫"涟想"的素斋吃饭。

几进的院落里只有我们一桌。

胡蝶非要让南宫仁给我们用中医诊测一下。

"听人讲医就去给人看病，就好比看人吃饭自己能饱吗？不过他给了我许多中药的香囊。我不妨给你们两位。”南宫仁说。

说着他掏出两个莲叶苏绣香囊分别递给施法炎和我。

我嗅了嗅，真的是一股药香味，大概也加了花料，所以还有一点点甜香。

“是什么味道？我在法国，鼻子还算灵敏，闻不出来。”施法炎说。

“这两个香囊里的东西都是同一种草药上的，你的是枝叶，叫做当归。”他对施法炎说，然后又朝我说，“你的香囊里是根，叫做独活。”

“干吗没有我的？”胡蝶说。

“对症下药，我这里的香囊恰好没有适合你的。”南宫仁说。

“对症下药，当归治什么呢？”施法炎问。

“是告诉你从哪来回哪去。”胡蝶抢道。

“呵呵，随便说说而已，我哪里就敢给你们开方子了。药香大抵能安神清脑，你俩似乎睡眠都不太好，或许能有点作用。”南宫仁说。

半轮满月照在古色古香的院落里，把我们四个人的影子投在竹枝淡扫的粉墙上。

这时候手机突然响了，竟然是他打来的。

我膝跳反射一样站了起来，将一根筷子带掉在青砖地面上。

我想离饭桌远点，但又不好意思缩在什么僻静的地方。

我打开手机，听见他的声音，“小鱼，知道吗，现在凡是回校的学生都要先被隔离一个星期”。

“哦，为了见到你们隔离一个星期也算不了什么！您怎么知道我回来了呢？”

“胡蝶给我发了短信。这次考察代价太大了。我们几个负责人都太迟钝了。”

“谋事在人，成事在天。您这些天——怎么样？”

“我？忽然觉得有空闲很好啊，我这些天把我爷爷那台老唱片机翻出来，听老昆剧，整理地下室杂物的时候，发现我爷爷那十几只金山箱里有不少民国时昆曲演员的照片，我爷爷和当时的名旦竟然还有不少合影。”

“哇，我真想现在就去瞻仰一下。您现在才明白自己从小到大一直睡在金山银山上。没准儿您家地下室会成为民国文化史的‘莫高窟’呢。”

“哈哈，去年地下室漏了，我一直没理睬，差点把这些东西毁了。”

忽然听见他那边似乎电话响了，“小鱼，有个电话打进来，再聊啊”。说完立刻就挂了。

就好像一个美丽的幻象在眼前绽放得眼花缭乱，忽然声光俱灭。

当然这个电话不能算是寒暄，也不纯粹是礼节性的。

但和我的期待还很遥远。

我知道我期待他的电话里充满久别重逢的激动和宣泄的思念是奢望，是一厢情愿。那不是他的年纪和身份所应该做的。

我若有所失地回到座位上。

“男朋友吗？躲这么远，刚才南宫仁在说佛的神通呢。知道吗，南宫虽然还没练成顺风耳，不过你刚才的距离，他可是能听得一清二楚啊。”施法炎说。

我瞅了瞅南宫仁：“能听见是神通，不去听是境界……我认为。”

胡蝶拍了拍手：“说得好，说得好。”

“果然是才女，才思敏捷啊。”施法炎说。

“不是男朋友，大概是男老师。”南宫仁淡然地说。

我吓了一跳，难道他真的能听见？

“随便一说。没什么根据的。”南宫仁立刻释疑。

吃完饭之后，南宫仁、胡蝶开车送我回学校。

胡蝶劝我一起留在她暂住的地方，但我总觉得空间上离他每近一公里都是好的。

我下了车，往校门那走。

忽然听见胡蝶在我身后叫道：“等一会儿。”

“怎么了？”难道我把什么东西落在车里了，这可不是我的作风。

“早晚我也得回学校，正好我俩做个伴，免得你在一间小宿舍里‘独活’一个星期。”

我心里自然高兴。

她真是个让男人和女人都有安全感的人。

门口的学校保安手里握着一个感应器在我们额头上一晃，嘟囔道：“不烧。”

估计保安可能是东北人，平卷舌不分，胡蝶也嘟囔道：“娘的，当然不骚了。”

然后就顺着隔离用的黄绸带子进了临时隔离楼。

登记后，大妈给了我俩一把钥匙，“419”。

我俩相视一笑。

For one night。

大妈顺便代销201卡。

我说要一张一百的。

大妈立刻说：“一百哪够啊，你想想你们在那房子里和拘留有啥区别，唯一的不同就是你们能随时打电话。”

本以为隔离楼里一定安静阴森，大家都跟箭猪一样相互提防着靠着右侧墙根儿通行。

结果一进去，就跟往日男女生宿舍一样。

一楼二楼住男的，大多宿舍门洞开，传来扑克、麻将、音乐、游戏、DVD的嘈杂声音，不时一些光着膀子从某间宿舍里靸着拖鞋钻进水房或厕所。

三楼四楼住女的。和一楼二楼情况差不多，也就是没有光膀子的而已。

我们就这么住下了。一日三餐都有盒饭送到楼门口。

或许校方觉得愧对我们，所以送到隔离楼的免费饭菜相当过硬。早餐有皮蛋瘦肉、胡萝卜牛肉、红薯、南瓜等各种粥品，午餐晚餐也有禽有兽有鱼有虾。

不过不知什么时候住进来一个素食协会的妹妹，不知怎么鼓弄来一大帮会员，在楼下大喊大叫，我要吃素！他们还制作了好多条幅："食肉太残忍，吃素有爱心。""我是猪，人减肥是为了美丽，我减肥是为了活命。""虎的生育能力比人低下，请不要食用虎鞭，建议迷信者食用鼠鞭。""今日大吃一鲸，明日大吃一惊。""人不剥皮不知疼，少夺鳄衣做人衣。"最后这个吃素妹妹取得了胜利。直接的胜果就是我们的伙食里动物全都不见了。

不过对于我和胡蝶来说倒也无所谓。

她说她本来就丰满，吃素是她唯一认同佛教的地方。

这段时间也不上课，据说同学们闲得神情恍惚。想出各种招数来打发时间，打毛衣、十字绣、自制泡菜，甚至集体观看李亚鹏和周迅版的《射雕》，来训练抗雷击能力。

胡蝶师姐似乎没有什么同学来楼下"探监"，但她电话不少，而且说了几句之后立刻趿拉着拖鞋到楼道尽头的阳台去聊。我问她，干吗那么神秘，难道是小熊打来的吗？

她说："真要是那瓜娃的电话，我才不出去呢，我偏要让你也听见。"

"怎么这么多天，他还真没打过？"

"不知道被倪汇鸿拐哪去了，估计被神农架野人抢去做压寨的了。"

"你可真能想。你是不是心里特别挂念他？"

"对啊，咳，就像你心里对熊老师一样。"

我立刻从斜靠着的枕头上弹起来："什么！乱比附。"

"那次在湘八仙一转眼你就不见了。不是去找许格菲才怪。"

她杏核眼瞪起来好像伽玛刀一样，我知道难以抵赖了："咳。比起来，你幸福多了。"

"我要是你我就直接打电话给他了。不过那就成了我在追熊老师了，呵呵。小鸡不撒尿，各有各的道，你不适合我的方式。"

"那你怎么不给小熊电话呢？"

“不能太惯着他——也不能太烦着他。”

“你们本科的女同学是不是有好多已经结婚了？”我问。

“一个都没呢，她们啊，要不就是已经想得发昏了，要么就是彻底想明白要做师太了。因为加上我正好六个女生，同学会上，男生嘲笑我们宿舍是绝情谷，里面住着‘六神无主’。你们呢，是不是好多了？”

“除了我，都有男朋友了，一打男朋友像值日一样每天送花或水果，周末集体出去郊游。我们宿舍人称莫高窟，因为供养人多。”

“但肯定没有中文系的男朋友吧？”

还真是，这个中原因，我倒真没想过。不过盛传的规律是，我们中文系的女生，尤其是出落得不错的，绝不找同班的做男朋友。据说是因为他们超级晚熟，一顿饭的工夫，世界可以在他们心里毁灭三次、诞生三次；一个微笑能让他们变成雨果，一个冷眼又能把他们扔到刚果；开心的时候你是他的幸运星，烦躁的时候，你成了他的扫帚星；一会儿说写诗的都是猪，读诗的让他变成神，一会儿又说诗人都是神，读诗的让他变成猪。

那天，终于等到了熊老师的电话：“你们后天就可以解禁了。”

“好想你们……玛雅还好吧？”

“她正在写一本书呢。我可是动员了十几年，如今她终于肯动笔了。”

“对啊，她是应该写的。就单是写写她家里的事就是京华大学校史不可或缺的补充。”

“这话说得好，她家的家务有一半是校务。校史有一半是她家的家史。”

他立刻又问胡蝶在不在。

我把话筒递给胡蝶，心里面却充满着意犹未尽。

每次和他通电话，都如同夏日躺在天台上看天空肖似的云朵，不期而然地出现，不期而然地消失。我是多么想寻找能找到的一切话题来延续，就像小孩子从水盆里向日光扬起水花，来获得一刹那的彩虹。

人都渴望自己的爱情能水到渠成。

但真正的河流，哪一条不是水撕裂山川荒野造成的？

我开始不断假想，如果我按照胡蝶的方式会不会有好的结果呢？

她的豪气的确很难学得到。

从隔离楼搬出去的当天晚上我就去玛雅家。

我已经决定和她暂时住在一起。

她说自己的手老是抖，抓着钢笔写字时就好像神婆在扶乩。一行字跟五线谱一样上上下下。

我说那还不如她来口述，我直接笔录呢。

她说那多麻烦。

我说不麻烦，我白天上课，她在家里打腹稿，晚上我回来她娓娓道来，我就用录音笔录下来，随后整理，这叫口述史，挺时髦的。

就这样我开始给玛雅做笔录。

起初我以为我把录音笔放下，我自己该干吗干吗，这样免得她有些话当着我的面不好讲。

可是她却一定要我坐在对面。

她说她一个人对着一个小机器，就好像自言自语。

自言自语个没完没了离早老年痴呆也差不离了。

我笑着说，这可真是所有的文学都是有假想听众的。

不过她今年冬天以来就隔几天就咳嗽。

抽屉里一大堆各种化痰止咳的药。

这些天大概运思过度，气息郁结，更加重了些。

她从遥远的童年讲起来。

我深为惊讶的是童年的事情她记得那么清楚，她的语言又那么流利深情。她的回忆又不单是讲故事，常常加挂一些沧桑的感触，我想这本书如果最后出版了，或许会开辟一种新的回忆录体裁，如同一根葡萄的主藤蜿蜒曲折，而那些即兴的诗歌般的感触就如同藤上的叶子和果实。

我那次在深夜里整理到这一段：

镜子一定是女人发明的。

它就像女人最亲密的陷阱。

十八岁的时候，她的镜子放在衣袋里，随时随地随便任何人面前都敢掏出来，那姿态就像水仙花在风中转动着花朵打量水面的影子。

二十八岁的时候，她的镜子放在手袋里，背着男人在化妆间里修修补补。

三十八岁的时候，她的镜子挂在洗手间里，卸妆时，甚至担心自己的丈夫会突然闯进来。

四十八岁的时候，她不再需要镜子了，别人的眼色就是她的镜子。

平静得像河水一样的语调。

读起来忽然让我觉得惊心动魄。

熊士高说这个周末会来玛雅家。我已经很久没有见到他。周末的时候他来了。

让我心如注铅的是，他还带来一个女的。

说是苏州昆剧团的，叫彭香阮。

好嘛，软玉温香抱满怀，露滴牡丹开。这名字起得真是“此地无银三百两”。

彭香阮年纪三十上下的样子，说不上很漂亮，但五官非常分明，估计扮相会很出落。她举手投足都好像披挂着行头一样，不那么自在，所以传情达意多亏了旦角那种秋波婉转的灵动，高兴时眼角眉梢都挂着括弧，故作嗔怒时，细细的柳眉真能沿60度角立起来。

吃饭的时候，彭香阮不论是夹菜还是端碗，把兰花指跷得高高的，腰挺得很直，脖子也不弯。

我问她不累吗。

她说台上一分钟，台下十年功。身段就是要一直端着。

偏巧了那天晚上我做了炒米粉。她不能低头嘣进去，只能用嘴唇一点点抿进去。于是米粉就丝丝条条垂在下巴上。

“呵呵，你这米粉味道真的不错，就是炒之前应该剪短些。”熊士高说。

玛雅对彭香阮说：“你今后可以去演须生了。”

彭香阮尴尬死了。

吃完之后，熊士高看我打印出来的玛雅的回忆录。

“讲得真好。比我预想的精彩多了——其实我预想中的玛雅写出来的就应该是这样的。比那些什么‘世纪老人’拉拉杂杂、秃毛笨笔的流水账强多了。”我说。

“那是。如今的‘世纪老人’都是‘伺机老人’，‘文革’的时候也都做过帮闲的，如今伸长脖子观望一番，好像知道自己底细的人都死了，于是就伺机而出，把自己说得像耶稣。不说他们也罢。玛雅说得好，你整理得也好，既有口语的流转，又不见啰嗦零碎。这活交给你是百分百的正确。”

“什么话？我什么时候说话啰嗦零碎了。”玛雅说。

“哎，我错了。您哪，肯定是出口成章，然后一个字添不得减不得。”

“那倒不是，只要改得比我说得好，我随便的。你说得很对，小鱼改动的地方都事先告诉我，而且她的改动没有不妥当的。”

“呵呵，你俩才女越来越心有灵犀了。”

“我还才女，都是一把柴火了，哪天就等一把火烧掉了事。”玛雅说。

六

师姐语录：愤青的任务是诅咒世界，可更重要的是改变世界。我不高尚，但我有力量；你圣洁，可你是肌无力。

师姐、小鱼和施法炎回了北京，我则和老倪经襄阳开往商洛。

倪汇鸿穿得非常户外，跟那天晚上西装革履的儒雅形象完全不一样。司机也是负责摄像的，名字叫大蚺，跟电视台其实没有什么关系。老倪说他原来在巴西研究爬行动物，后来不干了，参加了绿色和平组织，平时为国外的传媒公司拍摄野生动物的纪录片。研究爬行动物，难怪叫大蚺呢。

老倪说这次去陕西、河南、湖北交界处的商洛地区。也就是传说中的一街分秦楚、一狗震三省的所在。老倪主要考察的是地方多元曲艺的共生问题。据说这里的艺人几百年来将秦腔、坠子、京剧、皮影戏糅合在一起，创造了一种奇异的戏剧。这是倪汇鸿在湖北省文化厅的同学邀请他来考察的，想让他帮着参谋申报国家级非物质文化遗产。

“哇，这工作很伟大啊，而且也很迫切。”我说，暗自庆幸掺和了一趟大任务。

“弄非遗是很累的。联合国教科文组织可不像国内的这些官僚机构那么好糊弄。要提供的材料非常琐碎翔实，有时会让你感到弄非遗还不如去做菲佣。”大蚺说。

“累点倒无所谓，只是这次比较麻烦，我同学告诉我，河南和陕西的相关部门也都想申报，到底谁能最终胜出还很难说。”倪汇鸿说。

“这次这些官员怎么都这么有文化意识了呢?”我纳闷。

“你要是能通过申遗而平步青云，你会不会使出吃奶的劲儿?”大蚺说。

到了洛州，倪汇鸿要去找事先联系过的皮影世家羯镇燕氏家族。

我印象里的世家虽然未必非得雕梁画栋，石狮子守门，但被倪汇鸿描述为海内外皮影宗师的燕老先生眯着细如发丝的眼睛靠在挂满红枣的墙边晒太阳，左右各有一个光屁股的枣红脸的娃娃拉屎，这副景象还真让我一时半会儿联想不到“皮影艺术大师”这几个字。但令我们惊讶的是，当倪汇鸿说要跟燕老先生谈谈申遗的事情的时候，老头摆了摆手：“不折腾了。你们回吧。”

倪汇鸿又继续问他为什么，到底发生了什么事。老头都不再理会。只是闭着眼睛，好像随时都能睡着了。“镇长把旗子送给高低腿家了。”拉屎的男娃似乎都不耐烦了，大声说道。

我们只好上了车，正要走，忽然燕老先生的儿子开着一手扶拖拉机拉着几袋化肥回来了。他认得倪汇鸿的车，立刻拦住我们。

原来，在羯镇有两家皮影艺人名头最响。一个是燕氏，一个是高氏。其中高氏的宗师最初是燕家的徒弟，也就是燕老先生的父亲的徒弟，因为这个姓高的徒弟一腿长一腿短，人称高低腿。高低腿虽然腿有残疾，但手灵活得很，嗓子如屈金铁砚，裂帛穿云中又兼苍茫润泽。确实是学皮影戏的天才。燕师傅对他爱惜有加，不但倾囊相授，还把祖传下来最老的两套驴皮皮影给了他一套。最初的两代，两家人爱敬和睦，为方民视为师生的楷模。但到了高家的第三代，由于民间艺人的生计每况愈下，开始争夺有限的主顾。日积月累，小怨成大怨，小恨成大恨，最终水火不容，断交绝义。去年县里开始考察皮影戏的申遗问题。本来考虑的是燕家，倪汇鸿还专门来拜访过一次，燕老先生很高兴，为此还摆酒与朋友庆祝一番。但今年忽然政府劝燕家搬到邻县，燕先生不同意，政府改了主意，初步确立了高家为皮影艺术传承人。具体原因县里没有解释，只是说高家符合“红头文件”。要想看“红头文件”，去省里看吧，还没下发到县里呢。如果省里没有，那就去中南海看。文化局的人如是说。

燕老先生的儿子燕钟秦请人写了状纸送到县法院，法院的人说：“谁让你家的驴皮皮影没看住烧了呢，人家保留得好好的。你们不符合条件。没法立案。”燕家的祖传皮影确实是因为老屋失火烧了。“可这不是弄非物质文化遗产吗，俺们手艺把式还在，俺们还能唱能耍皮影不是？”“非物质遗产，也得有东西在那儿放着，否则我偷师学艺回头我也能报了不是。”燕钟秦被噎得没辙，只好回来。

“大概是陕西那边做了手脚。”倪汇鸿说。

“可不。俺们住的这个地方湖北也管的，陕西也管的。如果迁到濮县去，那是明确是陕西的，我们可以通过直接管我们的陕西濮县申报，但咱们没去。高四宝看了我家眼红，一定是跑到濮县托关系去了。”燕钟秦说。

大蚺说，三岔口的地方，要给百姓谋福利的时候，就是一皮球，你踢我踹，成了三不管；可要是有利可图的时候，就成了一黄马褂，你拉我扯，成了三角裤。

老倪想了想，“我认识北京的一些人，都是很好的律师。可以帮帮忙”。

听了这话，燕钟秦来了精神。

接下来的十几天，燕钟秦带着我们走访商洛艺人，听曲看戏，着实领略了一把商洛地区古朴瑰丽的风物。这个地方自从黄帝蚩尤争霸以来，直到清初，一直是中国南北人口流动的走廊之一，听倪汇鸿高屋建瓴、燕钟秦娓娓道来，三千年的神话、两千年的巫仪、一千年的手艺、五百年的村落，真是不得了的经历。

老倪说要和大蚺去武汉处理一些事情。我决定从襄樊回北京。我们告别了燕家，并且允诺一定要找北京的律师帮助他们。

离开羯镇，刚要上国道的时候，忽然从一侧路口上跑来一个人，迎面朝我们冲过来。

大蚺一个急刹车。

“你怎么回事？不想活了？”大蚺把脑袋探出去大叫。

那个人把套头掀开，竟然是一个女孩，剃得头皮瓦青。

“想活才拦车啊，这好像不是宝马不是奔驰，应该不会撞死人，不然还说我长得不结实！”她说。

“我告诉你，休想碰瓷。这样的人我可见多了。我车前面装着摄像头呢，你那点把戏留给别人耍吧。”大蚺说。

“得了，快让我上车吧。我让狗咬了，不在十二小时内注射疫苗，就得对我进行人道主义毁灭，你们看着办吧。”

老倪下了车，拉开车门，让她上来，跟我一起坐后面。

果然就看见路那边一伙人拿着各式农具朝这边追呢。

“看见了吗，赶紧开车，反正我跟他们说了，我上司会来接应我的。他们不把你这辆车扣了才怪呢。”女孩说。

我们只好一溜烟地逃之夭夭。

“你到底是让狗咬了，还是把人家的狗咬了？”大蚺问。

“什么话？我可是动物保护主义者。”女孩说。

我们三个不禁会心一笑，真是大水冲了龙王庙。车里坐着国际绿色和平组织的干事和官员呢。这女孩误打误撞，还找到组织了。

“你叫什么？跑这里干吗来了？”我问。

“我叫夸春。”她说。

“夸春？哪两个字？”

“夸奖的夸，青春的春。”

“你这个姓就够奇的。”我说。

她红黑油亮的脸蛋、乌黑闪烁的眼睛看着野性而狡猾，但又遮掩不住天真率直。她和一个野人发烧友组织刚从神农架下来，听说一个村子为了预防非典，要把养殖的所有果子狸全杀掉，就地焚烧深埋。她就偷偷跑去把所有果子狸放了。结果被人“追杀”，“幸亏你们荒郊野外还有胆让陌生人搭车，否则中国的米德小姐就要命丧鄂西了”。

“我倒奇怪了，你放了那些果子狸，你怎么能做到？你有万能钥匙，把笼子一个一个全打开了，还是有金刚帮你把笼子全撕开了。”大蚺问。

“呵呵，可被你问着了。果子狸携带非典病毒，这只是个传闻。国家没有明令，谁敢把人家几千只果子狸全杀了，这是好几百万呢。”

“既然没事，你瞎忙活什么啊？”大蚺说。

“黔无驴，有好事者船载以入。世界上就有好事的人呢。果子狸真有毒，但养殖厂主一团和气，保准儿也没事；但养殖厂主要是得罪了人，果子狸没毒也要去死。有人看中了养殖场的地方，打算办造纸厂。本来就是欲加之罪何患无辞呢，更何况还有这么一个全国人民都支持的借口呢，咱们对人都是宁可错杀一千不使一人漏网，灭绝果子狸还能打折吗？”

“所以，其实是养殖厂主把钥匙给你了。”老倪说。

“你还真是老狐狸，那是。养殖厂主说‘宁拿耗子喂狗，别饱了贼猫’。我们目送一只只果子狸回到大自然。”

“估计放出去的也基本会死光。”大蚺说。

“如今的人心太坏了，别说果子狸了，要是有人妨碍他赚钱，他恨不得杀人呢。”我说。

“别说这么绝望的事，我们一路上看看能不能撞见我放生的果子狸。”夸春说。

夸春听说我要回北京，高兴地叫道，她正发愁一个人回北京孤单呢。

在襄樊，我们和老倪、大蚺作别。

“真想就这么跟你们去了，从此车马江湖，天涯海角。”我说。

“说得好听，保管你三个月后，哭爹喊娘，上火溃疡。”大蚺说。

“小伙子，读万卷书后要走万里路；走了万里路后，也得读万卷书。否则要么是书呆子，要么是脚夫。”老倪说。

回到北京之后，我们一起去姚河公墓给何灵置了一个“衣冠冢”，里面放着他最爱的一本兰波的诗集和一盘张国荣、黄耀明的合辑《Cross Over》。

回到大熊家，大熊说，这次虽然碰上了非典，但大家的调查报告却是极其珍贵的调查材料。他打算跟学校申请成立一个文学社会学教研室。尤其提到我在商洛地区的考察报告具有非同一般的价值，他和倪汇鸿原来早就惺惺相惜，正要一起合作更多参与到国家级的非遗考察和申报工作呢。

我拍手称快，说这太好了，这种基本的调查工作能让中文系的人洗掉矫揉造作的才子才女气，有了教研室，我们今后这一调查就可以每年开展，资料积累起来，加以研究，可谓价值连城。我们几个人说得意气风发，恨不能马上就去校长办公室把校长摁在那里当场签字画押。但阿甘、师姐和李玄却一直沉默不语。

小鱼似乎已经发现了异样，她问师姐怎么想。师姐笑了笑说：“你问李玄，他心思比我们都深。”

“你俩导师的事情，我可不好多说什么。”李玄瞅了瞅我和师姐。

“什么意思？跟我导师有什么关系？”我摸不着头脑。

众人一下子沉默了，不管明白还是不明白的，只剩我一个在那里抓耳挠腮。

“看你急得那样，我分析分析给你听听，反正这屋里都不是嚼舌根的人。”师姐说。

师姐分析道，现在正是系主任之争的关键时刻，我们吕导两只眼睛瞪得鹰隼虎豹一样，时刻关注着头上脚下的风吹草动，尤其是熊士高和白寿辉的举动。假如现在熊士高要求成立文学社会学研究室，这会被吕导视为挑衅，是在觊觎系主任的位置。那吕导不会不考虑施展一些手段的。这年头，欲加之罪，何患无辞。更何况在一个系这么多年，一个人很难说没有什么小把柄不知不觉地被别人握在手里。

听了这一通分析，我们几个不懂的，或不懂装懂的人都倒吸了一口凉气。我想起老方被吕导暗算的事情，觉得他对大熊更不会手下留情。小鱼似乎更不安，嘟囔道：“咳，那就算了吧。人在屋檐下，怎能不低头。”

哪知大熊拍了拍巴掌，“喂，喂。你们年纪轻轻，怎么都一副卧龙先生运筹帷幄的样子，比我还瞻前顾后的。那话说得好，人在江湖漂，谁能不挨刀。这世界上何曾缺过小人，难道咱们还一辈子躲在鸡蛋壳里不出来了。没那事，我的主意是不会改的，本来大家辛苦了两三个月，又碰上一大劫难，还捐出一个人的命，这一切不能就这么打水漂了。我们也不能指望汉容研究所有人能好好利用这些数据，我觉得自己责无旁贷，而且也不只是给过去一个交代，而是这个方向大有可为，我们可是早就看清楚了的。”他看了看阿甘。

阿甘点了点头，“一个稍微不太刺激的办法是申请成了一个文学社会学研究所，不放在中文系里。”

大家都点头，说这个法子妙。

但大熊摇了摇头，“研究所往往都是那些想自立山头的人鼓弄出来的，我不想和他们一样。更何况，我认为这个方向对中文系最有好处，能给我们这个半死不活的百年老系脱胎换骨，一个孤悬在外的研究所可没这个作用。”

我对熊士高这种磊落勇猛的气概是最钦服的，觉得男人就该如此。男人可以后悔，但不可以没有猛进，那也是我所渴望成就的样子。但此时看见小鱼花萼似的一双洁白的小手捧着皎洁的脸，凝望着熊士高，眼神里既是迷离的陶醉，又夹杂着担忧和不安，让我觉得从心脏里挤向全身的不只是咸的血，还有酸涩的醋。

已是春末夏初，就如同古老的生物节律在年少男女的血液里制造波澜，而且我的春心焦灼的时间又绝不像北京的春天那么短暂。

一天天地，我和师姐走得越来越近，同时小鱼和我走得越来越远。每当师姐在穿衣镜前面穿着性感华丽的裙子左扭右转，我眼睛瞅着她，脑子里却忽然想象着如果是小鱼穿着衣架上另一件素雅可爱的泡泡裙会是什么样子。师姐的眼睛尖得很，总是狠狠地把我的耳朵拽得老长："好小子，又开始心猿意马、吃着碗里惦记锅里的啦?"

"哪啊。我本来脑袋就小，耳朵显大，你还拽。"

"又不是下巴，大了有啥不好，耳朵大还有福呢。"

"有啥福?"

"你这身在福中不知福的浑球。"师姐笑骂道，她说我这是天底下男人最易犯的贱病，张爱玲早就诊断出来了。男人生命里总有两个女人，至少两个，娶了红玫瑰，久而久之，红的变了墙上的一抹蚊子血，白的还是"床前明月光"；娶了白玫瑰，白的便是衣服上的一粒饭粒子，红的却是心口上的一颗朱砂痣。"小鱼是个好女孩，你要是真的和她在一起了，又天天对我垂涎三尺的，我都不忍心看她伤心失望。她哪有我的心理强度，所以我就当自我牺牲一回，宁愿忍受你身在曹营心在汉。"

我言不由衷地敷衍："你还是免了这么悲壮吧，我没有心猿意马。我没有那份闲心。"

那份闲心当然是有的，不过我也的确有理由说自己是很忙的。自从参与处理那些调查资料，受到阿甘、熊士高的指点后，忽然发现作为一个博士，面对材料却很难说出个道道来。就像阿甘说的，以前有人说，生活中并不缺少美，缺的是发现美的眼睛；同理，做学问也是一样，材料里并不缺少真理，缺的是发现真理的眼睛。阿甘说，你不是不够聪明，而是读的书太少了。的确如此，中文系的文学专业，当你毕业时才发现，你千辛万苦考进这个大学最后学到的东西其实也可以花几十块钱在旧书店里买几本唐诗宋词元曲明清小说的鉴赏辞典就能得到，而那些学校外面不能直接得到的，例如那种把乌拉尔山那边的什么什么斯基奉若神明的文学理论，或者把中国的五千年描述成奴隶翻身做主人的文学史，学没学到又有什么不同呢。

这一醒悟不要紧，真是惊出我一身冷汗，本科四年，真像人们用university这个单词调侃的那样“由你玩四年”，博士doctor，也有人调侃说“都靠他”，这个“他”指的就是导师。言外之意，博士的学问做得天下第一，还是狗屎不如，都没关系，搞定导师就万事大吉了。答辩、推荐、传帮带将来“都靠他”，所谓一日为师，终生为父。有个好导师，管你论文、管你就业、管你就业之后提职晋升、吃喝拉撒……这是一条多么可怕的诱惑之路！插满鲜花、洒满阳光，可是当生命终结之时，这一切都如同幻灯片一样，遽然寂灭，什么都没有，一个被莎士比亚赞叹为宇宙的灵魂的人类，他的生命对于这个世界的价值和一颗鹅卵石、一个生蚝、一股消化系统排放的气体有何不同呢？

很多直博的人觉得四年博士漫长得让人心碎，我忽然为这四年如此短暂而感到战栗。我制订了宏大的抢救时光的计划，去哲学系听那些老学究讲黑格尔、福柯、布尔迪厄，去社会学系听当红海归讲韦伯、哈贝马斯、鲍德里亚，还辅修了德语，并且被大内趁机拉过去学西班牙语。“和德国人不一样，西班牙人在地中海的星空下谈论神话和诗歌，成年人的职业就是谈恋爱……”他说。

宿舍里的杂乱很快已经无法让我安心读书了，我干脆一不做二不休搬到师姐的房子里，和她悍然同居起来。师姐也很用心，常常开着车带回一大捆书，把凡是她觉得跟我的研究沾边的书全部拿下。甚至还通过国外的朋友寄来最新出版的原著。她每次把书放到巨大的书桌旁边就叹气说：“不给你买吧，怕急坏了你；可是给你买吧，又怕你累坏了。”

有时候，我看书看得累了，或者听德语录音听得耳朵发麻了，伸伸懒腰，蓦然转身，看见她坐在我背后的沙发上正深情地看着我，或者有时候她歪在扶手那里睡着了，柔和的落地灯在她丰腴细腻的皮肤上镀上一层温暖的金色。

我对她说，以后别这样，我不喜欢别人盯着我看书，记得初中有一次考试，一个监考老师不知怎的就站在我身边看我答题，我就把作文从今年的题目写到去年的题目上去了。

她笑着说，就当她是家长看着孩子写作业呢。我就说，你可别老把我当孩子对待，我也不是个吃白饭的，我今后也让你住我的房子开我的车。

她叉起腰，用手指着我说，说把你当孩子是逗你玩呢，说你是吃白饭的可没冤枉你。你就说这书桌吧，现成的我都不看，谁让你个头特殊呢，我是按人体工程学特意给你设计了这个高度，去找老手艺手工打了这张，还是冬暖夏凉的木料。我又想着，常在灯下看书对眼睛不好，就把阳台给你改成书房，阳台上冬天冷夏天晒，我重新换了密闭窗，贴了隔热隔寒的高科技薄膜，换了地毯，摆上清新爽脑的花花草草，还准备了跑步机供足不出户的小书虫活动筋骨，饮水机的水是玉泉山的矿泉，你桌子抽屉里的零食都是百分百的美国有机干果……

我双手挠头，闭眼道，姐姐，姐姐，我知罪了。我是个吃白饭的，我就是传说中的软饭男了。

她立刻换了语重心长的腔调说，吃软饭有什么不好啊。笛卡尔、伏尔泰、卢梭、肖邦、柴可夫斯基都吃软饭啊，都靠贵妇人养着，吃软饭没什么不好，吃到嘴硬就欠抽了。

我虽然心里要强，但并不迂腐，便堆起笑脸问她：“你的钱是哪来的啊？你还没告诉过我呢。”

“不偷不抢，只能是自己的啊。”

"你不是自己印钞吧?"

师姐问我还记不记得在广州时那个梅槑，我说那可忘不了，和你是棋逢对手。师姐说，那是当然，她现在的丝厂和纺织厂可是国内数得着的，尤其是高档丝纺在欧洲和北美的家居专卖店里势如破竹。我呢，有这个公司三分之一的股份。

我说，原来如此。原来你就是传说中的食利阶层，你夹着本书，侃大山、泡酒吧、交朋友，别人辛苦打拼，然后把三分之一的利润划到你账户上。

放屁，没有最初的作用力，宇宙永远是静止的。没有我那笔投资，她还在苏州的纺织厂里做女工呢。俗人啊，自己赚钱的时候，一分一分算到骨头里，可是人家一下子拿几百万出来做投资，你就全不放在心上，还诬蔑我是食利阶层。试想想，我当初那些钱如果全赔了呢。我现在在哪里啊？我哪做得了你师姐啊，我没准儿就去南门外的小巷子里做洗头妹了。

那时候你也就十七八岁，哪来的几百万啊。

我妈的钱。

你妈的钱？咋不跟你爸要？

我爸的钱，我才不稀罕。

说到这里，她就故作厉色禁止我继续追问她爸爸的事情。我还不知好歹地问她，她保研是不是她爸爸暗中运作的？她大骂道，哪个八婆造的谣。她自己的事自己找吕品就弄明白了，和八竿子打不着的她爸有什么关系。

埋头苦读的日子随着燕钟秦的到来而终止。他还真决定要来北京找律师帮忙，为父亲夺回非遗传承人的身份，不是为了每个月国家补贴的那被层层搜刮后的几百块钱，而是个名分问题，换陕西人特有的执拗说法：徒弟把师傅绊倒了，还一屁股坐师傅脸上，还有没有良心咧？没有良心，还有没有王法咧？

我说，要是万一王法也不帮你说话呢？燕钟秦眨了眨眼睛，梗着脖子说，那还有没有天理咧？

老百姓的终极诉求也就到大气层为止了。不过我还是希望倪汇鸿说的那个律师能帮上忙。

见了这个律师，真又让我长见识了。他名叫陆判。我一听就觉得像化名。他听了燕钟秦的叙述后，沉默了片刻。

我问，是不是没听懂？他严肃的脸上忽然绽出一丝笑容，就好像铁锅上被刀子刮出一道划痕。“这案子好赢。即使把高家和你们家都算作你爷爷的嫡传，但因为高家的第二代已经去世了，你父亲是现存的唯一的第二代艺人，所以你父亲应该是传承人。这案子得先从你们市院开始，但我估计肯定是输的。不过没关系，你接着上诉就是了，我们在上一级法院把事给解决了。”

陆判这个人说话似乎很高调，事事有谱的样子，但外表却很低调，一件大T恤衫，上面写着一句很搞的英文：what you can not understand most about the world is it is understandable. 翻译过来就是：这个世界最令人费解之处，就是它是可以理解的。不知道这是否就是他们这些律师眼中的世界。

后来我打电话给倪汇鸿，他告诉我，陆判属于黑衣人组织，名字很吓人，好像搞敌特工作的，实际上是一个NGO组织，由一些律师和法律工作者，甚至是法律爱好者自发组成。这些人是一些有钱人有权人不待见，而待见他们的人则又没钱又没权。行外人说他们傻了，行内人说他们疯了。他们由最有钱和最贫穷的人组成。最有钱以至于不需要靠打官司谋生了。最贫穷的，因为他们执著地追求正义，最后能得到的回报也只有正义，而没有佣金。由于经常被我国权钱阶层的爪牙所威胁，所以他们行事谨慎而诡秘，相互之间却很照顾，颇有侠士的肝胆。一旦某个成员遭到袭击，整个黑衣社团都会投入到调查行动中，只要找到主谋，他们就像红外导弹一样，上天入地、紧咬不放。真是让那些为富不仁者又恨又怕。

熊士高还真向系里和校方打了成立文学社会学教研室的申请报告。老方忽然表现得非常支持。师姐分析这是老家伙极不情愿退出历史舞台，想抓住这最后一个机会，把熊士高作为一个棋子来牵制吕导，寄希望于力挽狂澜。但我们知道，吕导不会坐以待毙的。系庆那天，吕导还满面春风地邀请熊士高合唱《北京一夜》，他竟然用老生的腔调唱歌曲里本来应该旦角唱的段落。搞得满座捧腹。但别人不知道，我们这几个人可是明白，什么叫笑里藏刀。

果然没过多久，网络上突然惊现“TV花旦自曝堕胎，京大教授疑似生父”的“旧闻”。我记起来，半年前在广州，小鱼曾经因为《我为书狂》停播而郁郁寡欢，因为我本来就不怎么看这个节目，所以后来也没关注过停播的原因。难道真正的原因是这个？

那段时间在所有搜索引擎上，只要一敲“熊士高”三个字，肯定一整页都是“堕胎门”丑闻。

八卦们说这一期录制节目的时候，许格菲突然说自己刚刚做掉了一个孩子。然后失声恸哭，场面一时间崩溃。这期节目就半途而废了。

没想到事隔半年多，这个视频忽然被扔出来，到底是谁呢？据师姐说，《我为书狂》是嘉宾对话节目，没有观众，所以应该不会是观众的DV，很可能是节目组的人弄的。

天鸭网和新荡网，甚至京大的BBS上都在爆炒这个旧闻，这件事俨然已经成了一个痰盂，谁都来啐两口。短短几天里，就为此新造了一个词，“打狗熊”。因为熊士高任何回应都没有，网上说，也无须回应了，先哲早有定论：事实胜于“熊”辩。

更让人难以忍受的是，一个所谓的“知情人”跑出来很有深意地跟帖说，熊士高自从少年起就有玩弄女性的癖好，他那些被打掉和私生下来的孩子都能自己开个托儿所了。熊士高之所以在媒体和出版界四处奔波很重要的原因就是支付无法公开的抚养费。我知道这一定是别有用心的诽谤。但这并不妨碍网民们把他称为“公种人物”。网络上的人们就像苍蝇一样关注那些他们在现实生活里不屑一顾的花边和八卦。用别人的伤疤解闷，拿肉麻当有趣。

我问师姐，熊老师怎么样了？

师姐撇了撇嘴："怎么着，你还想去安慰安慰他？你想对他说什么啊？"

我一想，这种事情，旁人确实没法安慰，甚至都没办法提。

"他啊，段位可高着呢。这些天正和一个昆曲名角彭香阮打得火热呢。就算这事昨天发生的，他也未必放在心上，更何况还是半年前的呢。"师姐说。

彭香阮，好像经过学校礼堂的时候，看见过大海报，她在京大演过《牡丹亭》、《长恨歌》，我还被"活的遗产，美的历史"这种广告词忽悠着买过一次票，结果没看到半个小时就出来了。熊士高估计是因为什么非遗的事情结交了她。小鱼，可是真够可怜的。她要是早点明白"多情却被无情恼"，就能够看到"天涯何处无芳草"了。

然而好戏还在后头。许格菲忽然现身新荡网"星在线"，声色俱厉加楚楚可怜地说自己被余老莲给骗了。她本来把这个视频给余老莲看看，并且千叮咛万嘱咐不要流入网络，结果还是出现这种情况。

主持人问，为什么余老莲会把视频抛到网上呢？

许格菲说，他说是被自己老婆发现了传给同学和朋友，然后就这样传开了。我觉得这是放屁。他一定是故意的。

"他为什么要故意这样做呢，你们不是好朋友吗？"

"已经不是了。我们现在是敌人。我要起诉他。"

刹那间，"余老莲"出名了，尽管还没有人见到他。无数人在问，这位阴损的阿莲是谁呢？

没想到的是，我从陆判那里知道了阿莲的庐山真面。

那是他刚从西安回来，打赢了燕家的官司，因为带着燕家送的一箱箱的板栗、核桃、木耳、烙花筷子，有好多是送我的。估计此时燕家人的心情就好像当年慰问抗日战士一样。东西倒是其次，能和陆判这个神人聊天倒是收获颇丰。那天我们在星巴克里坐着，他指了指窗户边上坐着的一个衣着时尚化着浓妆的女人，说她是个老北漂，直到最近才忽然靠剽窃了地铁歌手的一首歌红起来。陆判为了这个还替地铁歌手所在的丐帮做过法律顾问呢。

靠这个才红起来，也太跌份了吧。我说。

戏子们说着就红了，说着就绿了。你就说许格菲吧，你知道吧，去年还红得野火烧天似的，今年就沦落到自己爆料的地步。

陆判这话让我大吃一惊。

原来许格菲自从哭场事件之后被单位强行“病休”。她跑到湖南想卷土重来，但又被关天化耍了一把，被潜了几个月后，发现根本没机会浮出来，只好悻悻而归。正当天不应地不灵的时候，“余老莲”主动联系她，给了她一个“启发”。这个余老莲是传媒界的资深大混子，在传媒大学教书，平时以专家、顾问、学者等等身份混迹在媒体行、演艺圈，他的博客由于经常曝光媒体和艺人的内幕而异常火爆。许格菲认识这个人，他叫余杭生。他把许格菲的视频放到博客上，待此视频被疯狂下载之后，立刻删除。

余杭生？那不是我大师兄吗，吕导最欣赏的大弟子，怎么突然挖起许格菲的陈年旧事？

陆判说，余老莲的这个“星闻莲博”可是大名鼎鼎的，那些二三流艺人自荐的猛料，多得还贴不过来呢，他主动去挖一个半年前的旧闻，显然是有目的的。许格菲更绝，干脆剥了皮索性把肠子也拽出来晾。她要趁热打铁，把余杭生告上法庭。因为明显的事先协定，她完全没机会打赢官司，所以没有律师接，她就找到我们了，因为她听说“我们专门接别人不敢接的案子”。

那你们真的接了？

陆判摇了摇头，没有，我对她说，我们是接别人不敢接的案子，但从来不接别人不屑于接的案子。

我把这事告诉了师姐，师姐好像一点也不奇怪。

我问她，是不是早就知道了。

她说："是早就猜到了。早在熊士高家的那天，熊士高信誓旦旦地要筹建文学社会学教研室，我就知道迟早咱们吕导会动手的。"

经过一年的暗战，吕导终于如愿以偿，成了我们这个百年老系的系主任。

吕导上任以后主要的兴趣就是和大师兄余杭生商量怎么让中文系出位，怎么成为话题。

先是招收某出口转内销的A货女影星来读博士，后来被网友肉搜了一下，发现该影星没有硕士文凭，顶多先读硕士。但女影星觉得花三年时间才拿一个硕士，效率太低，就听了经纪人的，去加拿大读社区大学的博士去了。

某老师的博客上喜欢谈风月，经常连篇累牍地讲他经历过的一次一次风格万变的罗曼史。大内说，这个人典型的中老年男版芙蓉，超级自恋。猫朝他叫一声，他也觉得猫对他有意思了。但很多不知就里的男孩女孩对他很崇拜，每有新帖，后面都跟了几百层的高楼。媒体和网络对他也莫名其妙地兴趣盎然起来，称他为当代的徐志摩、胡兰成。吕导慧眼独具地发现了这个人的价值，还把他的博客链接到我们系的主页显眼位置。虽然系内常有学生在这位情圣的办公室门上用荧光笔写着徐自摸、胡滥情，但吕导坚持在各种场合将其作为系内名人给他发言的机会。

吕导经常在系内开大会时提醒所有人，咱们系已经今非昔比了，不是想当然的老大了。在教育部的排名里已经是小二了，如果再不搞出点名堂来，就要做小三了。

堂堂京大中文系做小三可是太尴尬了。还别不服气，你看人家"吓大"的，出了个电视上讲三国的，人家的高考的分数线就上去了几十分，那个"孵蛋"大学出了好几个美女作家，现在全中国都知道他们有个中文系了，我们呢？这么多年都是被窝里放屁，能闻能捂。

长此以往，装是装不下去了，只有装孙子的份了。如今这社会就是媒体通吃的社会，国家没有媒体都不灵。我系才俊一直很多，但都养在深闺，自开自落了，今后一定要改变观念，系里也会重点包装，打造一些学术明星。

当然，早已经成为学术明星的熊士高反而不在吕导的炒饭名单里。熊士高也没有配合他的工夫，他正为国家遗产普查工作搜罗通古斯卡民族的音乐和口述文化呢。他要我这个暑假和几个学生一起去东北做这项调查。我当然高兴，省得又被吕导抓去给“未来之星作家夏令营”改作文。

七

师姐语录：男人吃软饭没什么不好，吃到嘴硬就欠抽了。

就离出发不到一个礼拜，老倪突然来了。

他请我在一家昂贵的粤菜馆吃饭，还带来了两个女孩，其中的一个我认得，水汪汪的一双大眼睛，赭红的圆脸，不是夸春吗？

老倪似乎变了，除了每隔一分钟就接一个手机之外，忙里偷闲说的几句话，都是无关痛痒的寒暄。从他打手机的话听得出来，他现在好像官很大的样子，动不动就是“重点实验室拨款的事，我和教育部已经打了招呼了……”“和各院系负责人的工作会推到我从英国回来吧……”席间还说了好几次，“偏偏你师姐没时间来，遗憾啊。”让我听了颇有点“该来的没来，不该来的倒来了”的感觉。

另一个女孩长发如瀑，一身棕榈绿的半长裙。

她叫萧淑慎，从香港浸会大学跑到内地来，不巧赶上非典就留在北京。

她认识倪汇鸿，那还是在安特卫普的时候。她说去年从湖南运到香港的生鹅，好多都是病鹅，一切开，肾脏里都是薏仁米大小的结石。她是学社工的，就申请课题到湖南来调查。

“这些鹅好可怜。是什么原因鹅也得肾结石啊。”夸春问。

我听着萧淑慎的描述，下意识地捂了捂自己的腰，觉得后背起了一层疙瘩。

“调查显示很有可能是饲料。于是就去了武汉。因为湖南鹅场的饲料是从武汉的一家公司进的。我暗中观察那些来批饲料的人，后来又冒充佛山养殖厂主去询问那些买饲料的，发现他们养的鸡鸭、貉子、猪什么的都会莫名其妙地死掉。我就建议他们去杀那些病猪，果然猪腰里面都是结石。”

“哇，你真有FBI风范啊。”我竖起大拇指。

“那是一家什么饲料公司？必须查禁，否则不知要害死多少动物。”我说。

“是啊，可是这家饲料公司也不是原生产者，他们是从东北买来的，然后批销到华南各处。”

“啊，冤有头债有主，一定要查得水落石出。”夸春说。

“那当然，怎么可能半途而废。不过我人生地不熟，又没有帮手。”萧淑慎说话的时候不断打量我俩。

“哎，你可真是遇到贵人了，对不对小熊？”夸春问我，还轻轻拍了拍我肩膀。

我第一感觉是东北好遥远，但一想这些黑饲料不断地运送到全国各地，荼毒无数生灵，没准对人也有害处呢，人家一个香港女生都不嫌千山万水呢，我怎么能怕呢。

我立刻说：“我说不上勇猛机智，不过也说得上任劳任怨，给你做帮手没问题。”

萧淑慎程式化地微笑着，不知道心里怎么想，片刻之后，她干脆地说：“那太好了。明天就走。”

回来后师姐立着眉毛看着我。

“你要骂就骂吧，否则我没法安心收拾行李。”我说，但说实话，也委实觉得答应得有些冲动。

“你要跟熊士高说你退出他的考察团了？”师姐问。

“谁说的。我在那边解决掉这事，再和你们在哈尔滨会合，完全来得及。”

“哦，你奉天总督啊？你以为就凭你们仨就把人毒饲料窝点给端了。你知不知道人家那里水深水浅啊。东北人出了名的虎，你不惹他们，还朝你龇牙呢，你还洗得干干净净地送上门去了，一看你长得就像酸菜白肉似的，不乱炖你才怪。”

“萧淑慎那边安排好内线了。你别吓唬我了，我们也不是非要深入虎穴，附近买几公斤从他们工厂里生产的饲料也可以叫做抽检吧。”

“还抽检？看你欠抽。我明天送你去机场非要看看这俩妞怎么个彪法。”

在机场。

师姐故意把装好的东西从手袋里拿出，从用保鲜膜包好的香蕉和苹果到手纸、消毒湿纸巾。

“咦，你这几天眼屎多，头发分叉，这是缺维生素。”她一边说一边用手指在我头发上耙来耙去。“干什么啊，我好多天没洗头了。”我看见萧淑慎和夸春一直盯着我们俩，有些不好意思，轻轻推开她的手。

师姐就大大方方走过去，先朝萧淑慎伸出了手：“你好，我叫胡蝶，是小熊的师姐。”

萧淑慎立刻优雅地握手：“哦，小熊这次保护我们去东北。学校里面如果有什么急事请通知他啊。”

“那是当然。不过你们可真勇敢——我是指你们让小熊保护你们的事。”师姐说完抿着嘴笑。

“你对师弟也太溺爱了。”夸春说。

“我可不溺爱他，否则早收到房里给他搽脂抹粉描眉画眼了。别人给他扁担，我还要给扁担下面挂俩粪筐呢。那才叫锻炼。”师姐说。

我立刻对萧淑慎和夸春说：“快上飞机了，我和师姐单独聊聊。”然后把师姐拉到一边。

“你啊，就不能与人为善嘛。”我说。

“滚蛋，用得着你来教我做人啊。我和她们相处得不错啊。”

“还不错呢，跟夸春刚刚还夹枪带棒呢。”

“你懂什么？恰相反，我觉得夸春这个女孩很性情。那个萧小姐，我还看不出她的道行深浅，总觉得不伦不类。”

“哎呀，你可真是，搞得跟在一线服役多年的老干警似的。三眼两眼就把人家潜意识无意识看个门儿清？你放心吧，人家是港澳同胞，还在剑桥深造过呢，。”

“还剑桥，见鬼了。明明港腔里有股茬子味儿，怕不是从大连海边抱俩篮球偷渡到香港的吧。”

广播里播报了我们的航班要登机了。

忽然间看见师姐的眼睛里有了一丝慌乱，她抬起手想再次拍拍我的头发，但迟疑中又放下了。

“不知道怎么回事，我觉得现在这种生活很有劲儿，真的不想再回学校了。”我说。

“快乐有很多种，不都是好的。你得学会把握自己。”她说。

“是不是不求上进啊？”

“那又怎么了，觉得内疚？”

“嗯。”我其实内心中一刹那的想法倒是对她感到内疚。

“你看‘疚’字怎么写的？一种追求恒久的病就是疚。你感到内疚，说明你志向远大。”

“呵呵，你不是这段时间去了山西面馆了吧，太能扯了。”

“不要小瞧扯字。‘扯’字也很能说明问题。说明我要适可而止。否则你赶不上飞机了。”

“还真是。”

我握住她的手摇了摇，就急忙跑向登机口。

“真是你师姐?”夸春问。

“谁还会冒充这个?”

“她自己不说，我还以为是你师母呢。”夸春说。

我蹙起眉头问：“有那么老吗?”

“不是老，是那眼神，就好像玛利亚在看耶稣。我们学校这种圣像画看得我都反胃了。”

萧淑慎据说是个博士。

她身材秀颀，皮肤白净，薄嘴唇，平额头，怎么也看不出是岭南女孩。

她的声音清晰平静，没有港腔，也没有钱钟书说的“糖醋排骨”那种甜腻。

夸春和我每每问到她的家庭情况，她就稍作敷衍之后立刻盘问我俩。

夸春似乎怕她问自己的学习经历。

我怕她问我师姐和我的关系。

所以最后我们三个就像各自捂着脸跟对方周旋的拳击手一样。

趁着萧淑慎去洗手间，夸春好像忍了好久一样对我说：“萧淑慎的真名叫邱春梅。”

“你怎么知道?”

“护照上写着的。当然是我偷看的。”

“这个名字似乎和她很不搭嘛。”

“嘁，你咋也看不出来像曾国雄啊——不过确实够土的。”

到了长春，夸春和我原以为要住一晚。

但一下飞机，就被领上了一辆半新不旧的吉普车。

开车的是个记者，叫大欢。

“你不是说这里人生地不熟吗？明明早就安排好陪了的嘛。”夸春问。

“我们是在网上认识的，他也关注到有毒饲料的事情了。”萧淑慎说。

“对，有好几个地方的人打电话给我们报社，说养的貉狸和水貂吃饲料死了一大批。”

我们趁着夜色前往兴安岭脚下的新安。

大欢说他已经和“蒙利生科集团”里的内线联系好了，今晚就在“蒙利度假村”见面。

“你们早就安排了卧底啦？”我问。

“啥卧底，是一个被撤职的化验员。”大欢说。

“为什么撤职，因为他不能干昧着良心的事？”夸春问。

“这个——是吧，总有人良心发现。”

“然后呢？”夸春问。

“我们偷偷潜入仓库取样，在车间拍摄添加有毒物质的工序，在化验室翻拍他们的原始化验数据。”大欢说。

“哇，难度大不大？是不是有人像《谍中谍》那样吊威亚。”我真的有点担心起来，危险是其一，更重要的是我觉得这有点非法窃取的意思，这过程本身合法吗？

“没那么牛×。你要是看见实际的过程，‘科技’俩字都太抬举他们了。一个给猪牛生产饲料的地方能有啥生物科技啊，美国蒙大拿州来的科技吧。就是地方官们吃饭泡澡的时候相互吹吹牛×而已。你们县有啥啥高科技，他们市有啥啥创业园，你们那生产啥芯片，他们那搞啥转基因。还是我舅爷那句话在理：庄稼一枝花，全靠粪当家。啥饲料都不如粮食，啥肥料都不如农家肥。”

“那他们的饲料怎么这么畅销呢？”我问。

“那当然还是有点秘方了。这正是我们要弄明白的。”大欢说。

蒙利度假村不来不知道，一来吓一跳。

这个度假村坐落在一个火山口里，火山口内有一池天然的湖泊，蒙利度假村的核心建筑号称极乐城，背依青山，俯瞰湖水。

吉普车穿过茂密的原始松林，沿着火山外层的盘山路蜿蜒而上，然后再沿着火山内层蜿蜒而下。

在由外入内的山巅最高处，看见皓月如水，微云如画。下面精洁如翡翠般的湖面映着月亮的光辉，好像一个原始的圣湖里闪烁着神的心脏。

蒙利的极乐城明显仿造着布达拉宫的形制依山而建，璀璨的灯火粲然于湖水和林海之上，好像一座晶莹的仙宫。

“天哪，这是五大连池吗？”我惊愕了好久才说出话。

“五大连池？中央的疗养名单上记录在册的，他们哪敢这么显摆。这里发现得比五大连池晚，一发现就被蒙利集团给搞下来了。修了这个伊甸园，省里市里的人也乐得有这么一个独享的宝地，从来不去申请啥4A还是5A的风景区。”大欢说。

极乐城脚下的房屋、店铺、酒店、夜总会也是鳞次栉比，简直就是一个微型城区。

我们在一个买东北山货的土特产超市那里停下来。

那个“卧底”据说就在这。

下了车，抬头看见灯火辉煌的极乐城巍峨于上，让我想起“危楼高百尺，手可摘星辰。”

进了超市，一个红色碎花棉袄的妇女诡秘地朝里面努了努嘴。

我们几个就径直穿过超市进了“办公室”。

办公室很小，放着一张床一台电视，只见一个破木凳子，上面铺着一张《参考消息》，报纸上放着一堆鸡骨头、几只啃得半干不净的鸡爪，半瓶高粱烧。

估计是给晚上的更夫准备的屋子。

穿过这小屋，沿着一个狭窄的台阶往上走，来到阁楼间。

阁楼间干净多了。

一个U形真皮沙发，茶几、盆花、衣帽架该有的都有，墙上还挂着俗了吧唧的安格尔的《泉》。女人的裸体上还被人猥亵地画了几个巴掌印。

里面的那个卧底似乎已经等了好久了，茶几上的烟灰缸里一小堆烟头。

“你们才来啊。我在这里一小时都像一年。”这个瘦高的小四眼叫卞三。

大欢对我们说，比卞三大的可以叫他小卞，比他小的就叫他大卞。

“去你娘的，你妹子是我小蜜，叫卞秘。”卞三骂道。

卞三说晚上十点去仓库换班，到时候我们就可以偷偷溜进去。

“那化验室的那边呢？”萧淑慎问。

“我早偷偷配了钥匙。”卞三说。

离十点还有两个小时，萧淑慎和大欢说出去一下。让我们在这里等着。

小阁楼南北都有窗子，背面看得见极乐城，南面看得见湖水。

“你们这个火山口叫什么山，那湖叫什么湖啊？”我问。

“山叫小须弥，湖叫拈花湖。”卞三说。

“呦，好雅啊。你们东北不是见山就叫啥岗子，见湖叫泡子吗？”夸春说。

“那是。不过取名的人不是东北人。”

“谁啊？”

“吴法天。”

“没听说过啊？”

“在新安，他就是法，他就是天。没人不知道的。”

“哦，莫非他就是蒙利的老总吧。”我预感到。

卞三点了点头。

“这个人既然这么有禅心，怎么会做这么残忍的事情呢？”我有些不解。

“残忍？我倒没觉得。”他说。

“给动物吃有毒饲料，让千万只生灵饱受疾病折磨，难道不残忍？”

“你喝的豆浆里有明矾，吃的鳝鱼里有避孕药，泡菜里有苏丹红，腊肉用硫黄熏的，海鲜是福尔马林发的，洗发水里砷过量，洗衣粉里氯超标，坐在家里家具散发甲醛，走到街上汽车排放废气。比起这些，你觉得是吴法天残忍吗？”卞三面无表情地说着，好像对这个问题早有准备似的。

“这么说，吴法天简直算是我国商人的楷模了。”夸春说。

“商人嘛，不伤人还叫商人吗？吴法天也就是干了些对不起畜生的事，而其他老板呢？成天在干对不起人的事。我原来在内蒙古做过奶站的技术员，我的师傅每次都往收来的牛奶里添什么‘蛋白精’。后来我才明白，那东西学名叫三聚氰胺。这东西可是剧毒的。我在兴安岭两边来回跑，发现这个秘方还真是脍炙人口。”

哇，我还真没想到在蛮荒僻远的边陲之地，忽然撞见了一个具有强烈批判精神的知识分子。

“既然你觉得鸡鸭猪狗吃死了无所谓，那你为什么辞职呢？估计蒙利集团效益也不错，你应该也算个人才了。”夸春问。

“我不是辞职，我是被开除的。”他说。

卞三说自己在化验室本来干得不错，不过偏偏喜欢上了不该喜欢的一个女孩。这个叫丽霓的女孩在极乐城的台球厅里工作。卞三的台球打得相当不错，最崇拜的人是亨得利，打球的做派也故意模仿亨得利，冷静得像伯爵，细腻得像画师。丽霓很崇拜卞三，经常两个人勾结在一起挖陷阱，拉那些初来乍到的高官大款们赌球。但丽霓后来不知靠哪种浪法，搭上了吴法天。从此丽霓成了吴法天的指定用鸡。

卞三没有再往下说，但很容易推论，由于一鸡不能两用，所以当然只能是让卞三走人。

“吴法天人品还是成问题啊，你和丽霓一刀两断不就行了吗，干吗炒你鱿鱼啊？”夸春说。

“他让我去哈尔滨市里做一个分公司的副总经理。只不过我不去。”

“哦，原来是你自己不识时务，那确实怪不得别人了。”夸春说。

“你们怎么会认识萧淑慎呢？”卞三靠在椅子里，细长的两条腿高高地架起来。

“在北京，很偶然，觉得她很有正义感，我们想和她共襄义举。”我说。

他薄薄的嘴唇咧了咧，像脸上有伤不敢大笑的那种：“正义感？呵呵——你们俩还在读书吧？什么学校？”

“我是京华大学的。她是女子大学的。”

“哦，不错的大学，难怪了。”

“难怪什么？”我问。

他没有回答。

“你们真年轻啊。”他说。

这话说得莫名其妙，不知道是羡慕还是揶揄。

这时候，萧淑慎和大欢就回来了。

行动就要开始了。

我的心跳骤然加速，就像我每次公众场合发言的时候那样，心跳震得我的头发晕。

我们分成两组，夸春和我去仓库。萧淑慎和大欢去化验室。

我和夸春的任务也很简单，就是拿着摄像机全程拍摄，从仓库里饲料和有毒添加物取样的全过程。

吉普车先把萧淑慎和大欢送到“蒙利科研所”，然后把我们送到了大仓库。

从外面看，大仓库大部分都挖进山体深处，搞得像巨大的防空工程。

我和夸春进了仓库，卞三告诉我们饲料在哪里，添加剂存放在哪里，他负责拍摄。

当我们把这些“罪证”装进包里的时候，夸春忽然问卞三：“你的镜头盖怎么一直没打开？”

“用不着，你们要的录像早被闭路电视拍下了。”他冷酷地说。

接着忽然四面八方的灯都打开了。

保安和警察不知什么时候从饲料桶后面钻出来。

这是一个圈套。

我们怎么都没好好想想那句老话，这是谁的一亩三分地？

我们本以为这就是邦德度假时顺便解决的小case。

看来007的确最适合七周岁的人群观看。

那个年轻的警察把手铐熟练地扣在我手腕上，我忽然觉得那东西真的很凉很凉，或许不只是铁器本身的温度，那意味着一种隔离，戴上手铐的人从此将被剥夺被人道对待的权利。

夸春惊讶地瞪大眼睛，泪珠在眼眶里荡漾着不肯淌出来。

“你们出示逮捕证，否则我告你们非法拘禁。”她大叫，做出很凶悍的表情。

那些人没有什么表情，把我们塞进警车，而且和我们坐在一起。

我在想，他们会怎么样？

把我们关进拘留所，然后挑唆那些牢头狠狠收拾我。

或者干脆直接拉到吴法天的地下室动用私刑。

忽然之间，觉得自己宏大的激情和孱弱的力量、幼稚的行为是那么不般配，真的好像大内说的那只想强奸大象的蚂蚁。

只有真的面临刑具的时候，才能明白社会是一架巨大冷酷的机器，它要对你执行惩罚的时候，就像螳螂的大颚逼近蠕虫纤弱的身体。

我和夸春被关在一个审讯室里。

就像港片里的那样，阴沉单调得没有任何能让你分散注意力的。

对面是一面巨大的玻璃，我们看不到外面。

但我相信，外面一定能看到里面。

我们的手表和手机全都被缴去。

在刺眼的白炽灯下，我和夸春干坐着。

漫长的时间里，起初我们紧张地自言自语，或者相互说话但却不理会对方到底说什么。

接着，就像快倒完水的瓶子，有一搭没一搭地说话，往往是中断了十几分钟，忽然又接了一句，然后再陷入沉默……

夸春说，萧淑慎和大欢看来也必然被出卖了。我早该看出来的，萧淑慎不是香港人，一定是大陆过去的。她和这里以前一定有关系的。

我也明白了，萧淑慎绝不是和大欢偶然认识的。她的目的似乎绝不仅仅是调查有毒饲料的事，或许背后的动机更深。不过毫无疑问她选错了人。大欢和卞三一样都是做套的，他们一定早就串通好了。这一切的一切，萧淑慎肯定是在来大陆之前就运筹了好久，可是被吴法天的反间计轻而易举地粉碎了。

我和夸春就是陪绑的。

不过，我并不觉得这有什么可悲，我坚信不论是萧淑慎带我们来的，还是邱淑贞、丘处机带我们来的，抑或是自己跑来的，都不重要，这事情就是要查明白的。

可悲的是脑子太简单，把对方也想得太简单了。

夸春淡淡地说，我终于明白卞三说我们真年轻是什么意思了。也明白萧淑慎为什么带我们来了。因为你的学校越好，出了事情就越容易引发关注，投鼠忌器的策略。

是啊，这不难明白。

难怪师姐说她能看透夸春却看不透萧淑慎呢，这个女人的确是有些心机的。

不知道该怎么说，反正现在觉得对她很难不产生厌恶感了。

女人聪明是可爱的，但再往前走一下步，聪明到利用人的程度，就可恨了。

这反过来又让本来一件很勇敢很正义的行为打了折。

幸好还不是因为垂涎她的姿色跟来的，否则就彻底成了咎由自取了。

我想起师姐对我是多么不同啊。

我见过的女人大概还没有比师姐聪明的，可是她从来不利用我，因为她在乎我的感受。

我如果就这么不明不白地从世界上蒸发了，大概最痛苦的人就是她了，而我忽然间觉得亏欠她的是那么多。

漫长的禁闭估计就是审讯的前戏了。

被禁闭的人焦虑烦躁到了极点，意志力行将崩溃。

这时审讯者出场了，面对的是一个破绽百出的人，很容易就三刀两刀让囚徒心理缴械。

事实上，当卞三穿着警服出来的时候，我们差不多已经烦躁得要砸玻璃了。

高高悬挂的白炽灯强烈地照耀着我们，我们无法入睡。

凳子和桌子全都钉死在水泥地板上，我们无法挪动。

我试着用鞋去砸那几盏白炽灯，但上面细铁丝的罩子相当坚固。

我们看见卞三进来，像幽灵一样无声无息地坐在我俩对面。

“你这个奸细。”夸春说。

“不，准确地说是卧底。《无间道》里的陈永仁，你们一定很同情他吧。不是因为梁朝伟演得好，要做到出淤泥而不染的确非常非常令人敬佩。”

“是非常令人敬佩，尤其是你根本做不到的情况下。估计你早就被吴老板收买了吧。”夸春说。

“哼。你以为我不抓你们，你们弄到的那些东西就能扳倒吴法天？”

这的确也不费什么思量，既然内奸早已经通风报信，那我们能拿到的东西肯定事先早就给我“准备”好了，我们要真去化验，没准还真是品质超级优良，虽然是饲料，都可以给航天员做备用食品了呢。

“不过我可以明确地告诉你们，蒙利集团就是往饲料里添加了蛋白精。那是千真万确的。不过我不会支持你们。”

“吴法天给了你多少好处？是不是答应把那个什么丽霓的还给你了？”夸春说。

他低沉地冷笑道："好处自然是免不了的。不过丽霓的故事纯粹是我编的。没有回报，谁会付出？你们对萧淑慎的付出属于哪一种？不要告诉我你们早就知道她真正的目的但你们不介意。幼稚不要紧，承认了自己的幼稚才能成熟一点。"

我和夸春都又气又悔。

"我们要在这里等多久，你们不能不经审讯无限期关押我们。"我急了。

"不！这里有充分证据能够证明你们在这里没超过二十四小时，不论实际上是被关了一个月还是一年。至于要等多久，那得看看你们这件事在极乐城的主人的日程表上排在第几页了。在你们没见到他之前，我可以透露他是个热爱秩序的人。做事有条不紊、严丝合缝。所以你不用担心他会忘记你们。天边的那朵乌云一定会飘过来的。"

我们被从审讯室带到牢房里，那间牢房真的不错，除了不能出去之外，里面独立卫浴，还有个巨大的能俯瞰湖光山色的窗子，当然外面有铁栏杆。

夸春说这是关押高干的地方吧。

我说如果真有高干来，吴法天还不当成佛爷了。

难道这个牢房也在极乐城内吗？否则哪有这么好的地势。也就是说该地的警察局也设在极乐城里。极乐城可真是集住宿、餐饮、娱乐、购物、疗养、仓储、物流、科研开发、行政办公和司法刑讯于一体的多功能场所。

这个吴法天到底是什么样的人物？

卞三——大概绝不是他的真名了，这个人其实某种程度上是个通人了。但心甘情愿，似乎更是带着敬意地为吴法天服务，那么吴法天必然是个了不得的家伙了。

第二天，看守还真搬来一箱书。据说是卞三特意为我们准备的。

我和夸春拿出来一看，简直要吐血。

都是一些砖头那么厚的经典名著，俄国的一大堆斯基，法国的两匹种马以及佐拉、雨果、福楼拜之流，英国的莎士比亚、狄更斯、奥斯丁、福斯特、沃尔夫……

我俩就把这些高贵的垃圾扔在地上。

“你说萧淑慎她们现在被关在哪里?”夸春问。

“在吴法天看来，她是主谋，应该比我们这两个帮凶要惨点吧。”

“她的身份可是港胞，吴法天不敢怎么样吧。”

“反正都是阶下囚。怎么看你从来也没电话和短信?抓你是白抓啊。”

“我命苦呗，你师姐肯定现在有点麻爪了，再过一个礼拜要是还联络不上你，她会报案吧?”“我最后一次给她短信的时候还是刚到机场。她怎么能想到我现在被锁在长春几百公里之外的火山口里。”

“而且还是和一个女人锁在一起，这是她更不愿知道的了。”

“得了吧，你哪是女人，你还是女生呢。”

“我是想做女人的女生。”

我看着她，她的脸不知道是真的有些害羞还是本来发红的底色。我知道这微弱的火苗千万不能用手扇乎，否则在这种孤绝极端的环境下很有可能迅速变成熊熊烈焰。

我只好去地上随便抓了一本艾特马托夫的小说，佯装拜读。

每一天都如同拉面一样被拉到最细最长。我的神经似乎也被拉到那么细，脆弱得将被折断。

我就疯狂地做俯卧撑、像大猩猩一样摇晃铁栏杆，较文明一点的就是把书狠狠地摔在墙上，直到摔烂，书页纷飞。然后再一页页捡起来按顺序放好。

只有一本书我没有破坏掉。

因为一直压在夸春枕头底下。

就是劳伦斯的那本专写贵妇人和园丁偷情的小说。

“少不看《西厢》，老不看《三国》，你看外国人写的《西厢记》很不健康。”

“我现在就看这种诲淫诲盗的东西，最好失控。”

“失控？”我诧异地看着她，“失控了你要怎样？”

“就是东北大姑娘说的，俺要你要俺。”她笑嘻嘻地说。

我一直担心师姐肯定心急如焚我们失去联络。估计是一个月之后，这间小牢房里终于来了一个访客。

他个子和我差不多，但很宽很厚。

结实的肌肉饱满地充盈着他的蓝白格子衬衫和鳄鱼皮带。

圆圆的头，贴着头皮的短发，更显得一双耳朵迎风招展。

弯弯的眉毛、白白的皮肤，还有那男人少有的红润嘴唇。

总之，绝想不到他就是蒙利集团的头领，极乐城的统治者——吴法天。

“这个房间怎么样？”他问。

“你觉得好怎么自己不住？”夸春从来都不知道客气。

“每个人都要为自己的行为承担后果。”

我俩一时语塞。

片刻之后，夸春继续发难：“你在这里无法无天，要承担什么后果？”

“我正承担着，还有一些将来会承担，那是一定的。”

“我们已经被关在这个笼子里一个月了，偷半公斤饲料有那么严重吗？”我说。

“如果只是为了饲料，你们京华大学的学生不远千里来拿多少都可以。不过你们自己心里清楚不是五百克饲料的问题。”

“那你知道我们是什么动机，你又没有审问我们，不就是你大腿粗你说了算吗？”夸春说。

“小姑娘，不要跟我讲程序公正。如果你们成功，我是什么下场？我想你们不会让我住在这样房间，还有世界名著可读——哎呀，你们这样对待世界名著，更让我感到中国的高等教育彻底失败了。”

他提议带我们去转转极乐城。

沿着极乐城之字形的观景扶梯，看着玻璃窗外蝴蝶形的拈花湖水平如明镜，苍雁白鹭纷飞起落。

“一共有多少层啊？”我不禁问道。

“还用问，十八层。”夸春说。

“那是地狱。我这里是天堂，只有九层。”他笑眯眯地说。

经过第八层的时候，看见是一整座袖珍的寺庙，“妙应寺”。

远远地看着题匾、铜兽、佛雕、木石都古意盎然。

他说这座庙完全按照联合国教科文当年整体搬迁埃及阿布辛贝神庙的做法，从江西挪移来的。据说非常灵验。

“那些到这里疗养腐败的官僚富翁们成天提心吊胆，没有宗教安慰还真是食不甘味睡不安寝呢。”夸春说。

“你也拜佛吗？”我问。

“我的罪还有宽恕的可能吗？”他自我解嘲似的呵呵笑道。

我心里简直无法相信，看上去还带着一点憨厚的这个家伙真的是个赖昌星那样的人物吗？

最高层是他的办公室。

办公室外面有一个私人博物馆，叫三希堂。

我对古玩字画啥也不懂。

然后就进了传说中他的办公室。

三百六十度的无遮拦视野。

好像国外的占星师喜欢住这样的房间。

我看见一个巨大的玻璃柜子里装裱着他一篇篇的论文和奖状，课题审批文件，竞标优胜证明等等。

“哇，你原来是搞科研的——还是生物工程。”

“是啊。如果不转行没准现在也混上院士了。”

夸春不屑地说：“你这么能混为什么不混上院士再转行呢？”

“因为我觉得不值。我现在拥有的东西比院士多多了。”

“院士全国人民都知道，你一个土包子暴发户，谁知道你啊。”

“哦，你说给我听听。我国伟大的院士都有哪些？”

“专业领域的人自然知道。”

“专业领域的人自然知道他们都是段位最高的混子。我也曾经是专业领域的。当院士可以作为给提前退休者的一个安慰，可以作为一个钻营经费者的犒赏，可以不在国际顶级专业杂志上发表一篇文章，可以只靠写科普文章就能得到。这样的院士的确只有专业领域的人才知道他们穿着皇帝的新衣，而圈外的人还夹道欢迎，到处鲜花掌声。”

“你够夸张的。如果都是如此，当年原子弹一定是从苏联人那里借来的了。神五一定是在摄影棚里鼓弄出来蒙人的。”我说。

“小伙子，关键要看时间。如果四十年前我们的神五能上天，现在会怎样？诺贝尔奖不会颁发给落后四十年的科研成果的。文无第一，武无第二。我们这帮科学家拿不到诺贝尔奖，因为我很清楚，他们不是在搞科学，他们是在搞砸科学。哈哈。”

我摇头表示不信。

“我这里有的是科学家朋友。他们不是来朝我要钱的，恰相反，他们是来这里洗钱的。你要是想了解我可以介绍你谈谈，他们一定不会道貌岸然，他们会知无不言，言无不尽。我这么一个坏人都觉得无法和这些科学家继续共事下去了。”他说。

“你说乌鸦黑，不等于自己就漂白了。”夸春说。

“那是。我之所以不混在所谓的学术界，不就是想说真话吗？我做了坏事我一件都不否认，一如既往。”

他打开门，带着我们走到宽敞巨大的阳台上。

也是他的停机坪。

迎面的风吹来，层层松涛像磅礴的人浪一样在环形的火山内排山倒海。

极乐城仿佛在这绿色的波涛间缓缓漂移。

“你们可以在这里再待半个小时。放风时间就结束了。”他看看表。

“你能告诉我萧淑慎现在怎样了？”我问。

“嗯，还是你比较有爱心。她——在医院。”

“什么？你们太残忍了，对一个女的……”

“不不，事实上是她自己歇斯底里，还抓伤了一个女警的眼睛。我们正在用最好的医疗来挽救她。这是我和那些所谓的国营医院最大的不同，凡是在极乐城生病受伤的绝不问他交不交得起住院费或手术费。”

“她为什么歇斯底里？一定是你们吓的。”

“你觉得她是一个胆小的人吗？”

“那是因为什么？”

“对一个偏执好胜的人，失败比毒药还致命。”

是的，萧淑慎一定无法忍受大欢的背叛，或许更无法容忍中了吴法天的圈套。

“她一定和你有什么深仇大恨吧？”我问。

“否则她好几年来苦心经营筹划，难道仅仅是为了那些猪狗牛羊鸡鸭，呵呵，你觉得她像大慈大悲的观世音吗？说来话很长。”

“你要关我们多少天？”夸春问。

“事实上，我们低效的公安系统昨天才来询问失踪的事情。我立刻就告诉他们，这里抓获了三个窃贼。看来萧淑慎还真有点智慧，京华大学丢了人还真不是闹着玩的。你们现在就可以走。”

我们如释重负，真的高兴得要喊出来。

不过要走出这个密林深处的火山口没有车还真不行。

“坐我的车出去吧，保证比你们来时的车舒服。”吴法天说。

看着我俩满脸疑惑，他说：“市长的朋友就是我的朋友。”

市长？这跟我们有什么关系啊？

正这时候，秘书拿着手机来找吴法天。他的脸色忽然变得极其凝重。

他朝我俩指了指。秘书是个精干的小伙子，马上带着我俩离开了。

又是在夜色中我们坐着传说中的防弹宾利离开了小须弥。

夜色里，愈来愈远的极乐城那么缥缈。

在新安县城的武警装备部招待所里又见到了焦急的师姐。

“对不起，早该听你的，我……”我低声地说。

“你——”师姐含着泪光，伸出手指要揪我耳朵，忽然又落在我肩膀上，抱住了我。那温暖的身体让疲惫交瘁的我忽然有了生气，我也用双臂紧紧抱住她。“你也别难受了，谁让我喜欢你呢。对，我赚了；错，我认了。”她也低声说。

真爱不正是从包容恋人的错误开始的吗，是爱让一切都对了。这种发自内心的感动忽然让我的眼泪难以遏制地涌出来。

“哎呀，你们学校的同学感情真好啊。这么老远来接你，还这么亲。我儿子也让他考你们学校吧，这小子十岁才断奶。”这时候一个制服老爸走了出来。

我和师姐这才不得不平复一下情绪，和装备部的林局长说话。

而此时我越过师姐的肩膀，看见夸春落寞地回望了我一眼，悻悻地出了大门。

晚上师姐坐在我对面。

我就把事情的原委跟她简略地说了一下。

“又亏了你来，否则……”

“吴法天没成心隐瞒，否则也不会这么快就找到你们。”

“你怎么认识吉阳的市长的？”

“原来在咱们系委培过，那时他还在哈尔滨市宣传部呢。升得还真快。”

“系里面这次是不是很恼火？”我忽然感到有点害怕起来，至少吕导的一顿臭骂是免不了了。

师姐没有马上回答。

沉默中，我偷眼察看师姐什么表情。

她忽然问："你觉得这样好玩吗？"

"嗯，好玩——不不，我以后一定谨慎交友，择其善者而从之。"

"得了吧你，至少四十岁以前屁股上的刺掉不干净，人家说做学问板凳要坐十年冷呢。"师姐说。

"谢谢师姐，让我玩到四十岁——是不是很没出息啊？"

她站了起来，打了个哈欠，要回她的房间睡觉了

我心里想，她难道不留下来一起……

但我可不敢提议。

她正要进自己的房间，忽然转过身说："反正我能养活你，出息了算我们赚了。"

"什么？你养活我算……"

师姐哐的一声就把门摔上了。

什么叫她能养活我啊？

本以为这就要回北京了，但师姐说熊士高希望她能去吉阳市找个人。

是应该谢谢市长。但师姐说见市长还在其次，市长就像肯德基，每个市都至少有一个，但我们特意要见的这个人，比熊猫金贵。

可是夸春却不见了。保洁说她的房间昨晚好像根本就没有人住过，打她的手机也一直关机。

"她怎么回事，不辞而别？"我不得其解。

"别等了。走吧。"

我也不敢磨蹭。

师姐要找的这个人叫乌查宝力高，一个人能同时唱出两种声音，这种唱法叫"呼麦"。

呼麦被称为来自大地的声音，原来人们以为在国内失传，没想到在这里还有一个呼麦世家在延续着这种绝技。

"你们怎么突然对民间曲艺有兴趣了?"我问。

"这个人是熊士高特意叮嘱我要来见的。他现在正领着学生在鄂伦春和鄂温克人那里忙得不亦乐乎呢。"

火车并不快。

草原的草色还没有墨绿。大概还没有过膝。柔缓的草坂连绵起伏,长河如练,九曲九转。天上白云,地上羊群。洁白的毡房和红砖瓦房子的村落星隐星现。星隐星现的还有那穿着艳丽衣袍的蒙古女子。

师姐摸了摸我的头:"你别瞎跑了,跟我和熊老师一起忙拯救非物质文化遗产,这个任务也很重大,够你承担的了吧。"

"嗯——你们那么多能人,多我不多少我不少,还是别凑热闹了。"

其实我更担心的是,如果我掺和进去,势必天天对着聂小鱼和师姐。太尴尬了。

"那倒也是。有熊老师在,你得敬着;有我在,你得怕着;有小鱼在,你还馋着。"

"什么啊,谁馋她啦。"

师姐就笑嘻嘻地靠在靠背上。

"追风筝的人。"师姐揶揄我说。

追风筝?比追风筝难多了,是夸父追日,我忽然想起夸春了。

这个野性的女孩子还真绝啊。

或许今后再也见不到她了。

就如同荒野上的两条小路,偶然交叉一次就各自扬长而去。

夸春,你是个很好的女孩。

但和你恋爱绝不是我向你表达友谊的方式,我很遗憾你没有意识到这种自律的崇高之处,但我想当很久很久以后,你在一个离我很远很远的地方想起那段短暂的时光,我不奢望你会感激我,但你至少不会恨我。

我的心正随着不知所在的夸春神游万仞呢,忽然感到师姐正用脚尖踢我。

她朝我身后看着。

我回过头看，看见一个女人肃穆地站在我身后。

她像中东的女人一样用花头巾包着头发和半张脸，只看见高挺的鼻子和乌黑的眼睛，那双眼睛有着美丽的睫毛，眼神却很冷。

这蒙面的女子叫白丽音。是个蒙古长调的高手。更巧的是，她爸爸就是我们要找的呼麦大师乌查宝力高。宝力高是吉阳农学院的教授。搞笑的是这位呼麦大师开设的课程主要是大型畜类养殖，是名副其实的“教兽”。而他等到五十八岁才憋出一本专著《大型畜类的叫声与疾病诊断》，加上提前退休的条件才兑换到一个教授头衔。

“到这个年纪才明白：不研究兽叫，就成不了教授。”老头摊开肥厚的手掌憨笑着说。

宝力高就住在农学院的家属楼里。

吉阳农学院看来非常重视科研和实践的结合。

校内绿化能用高粱谷子的，就绝不用冬青侧柏；能用桃李桑麻的，绝不用梧桐杨柳。

有块水面长的那几丛东西，一定是水稻，不会是芦苇。

师姐问宝力高平时在楼底下看着大豆高粱，唱起呼麦是不是特有感觉。

“呵呵，左邻右舍能扔就扔能砸就砸，舍不得扔东西的，就放狗咬人。这儿可不管你遗产不遗产。就跟我楼上老夏的儿子说的：谁让他大早上不安生，他就让谁变成遗体。”宝力高说。

“这呼麦本来就不是在人烟稠密的地方唱的。您还不愿住卡娅山下的老家。那里可没人嫌你。”白丽音把茶给我们倒好，一双手真是佛手一样白皙修长。

“我怕我的呼麦把地底下鲜卑、女真人的魂叫上来把我带走了。我还没活够呢。你看人家这么远来请我去演出，生命中很多精彩还等在后面呢。”宝力高说。

“您也是别人生命中的精彩呢。这次的演出我们还会和法国诺曼电视公司合作，在全欧洲巡演。”师姐说。

宝力高眨了眨眼，“是这样啊！我的水平是国内级的，要是出国展示，那还得换个高人哪。”

这倒是出乎我们预料。

首先没想到的是这么个小城市竟然还深藏着另外一位呼麦高手。

其次，这位神秘的呼麦高手竟然让宝力高这位国内知名的大师甘拜下风，自认低一个量级。

“那为什么从来没听说过这个人呢?”我问。

“呵呵，他也从来没听自己唱过。”

啊?!

聋子怎么听自己唱歌。这个被宝力高呼作含衮的老人住的地方可真是英雄辈出的所在。

养熊场山坡上的枫树林里有零零散散的十几户人家。

其中茕茕独立在最边上的一个破院子就是含衮的家。

几个小孩趴在可以一跨而过的树枝篱笆旁边，用弹弓打那面挂在房子屋檐下的锣。

他们大概天天用这种方式取乐，所以已经练得神乎其技了。

看见我们来了，几个小混蛋似乎还有点表演欲，分别来了几个特技，诸如反身、胯下之类。

“你们怎么不在自己家门上挂一个锣打着玩啊?”

“那多吵啊。”小家伙们理直气壮地说。

“反正我扔手榴弹，聋子也听不见。”他们说。

还没见到含衮的人，但他的确让我觉得太神了。

其一神在他的呼麦据宝力高说地动山摇、长空霹雳，但他是个聋子。

其二神在他本人确实是个神汉。

“这个老家伙还有一样东西可能比呼麦还宝贝。”宝力高说，“他是个神汉。以前因为牛鬼蛇神封建迷信差点没被斗死。不过现在好像有学者开始研究巫师和咒语什么的。据说也算原始宗教文化。我以前见过含衮家里有十几卷羊皮纸的神歌唱词，后来被沈阳来的红小兵们搜去烤火了。不过含衮说自己全都能一字不落地唱下来。我不懂满语，要是能把这些东西记下来可能对研究满族文化很重要。”

这个我倒知道，东北的民族都有崇拜萨满的风气。

师姐说，东北人管这些萨满叫跳大神。

我说：“关内人拜神，都是自己去庙里。关外人拜神，那神是自己上门服务。”

师姐笑嘻嘻地说，去庙里的相当于中介代理，你有啥心愿都是通过佛像终端汇总到西天极乐世界，跳大神相当于人肉搜索，神在茫茫人海中看准了谁就上身附体。

等了好一会儿还是没见含衮回来。

隔壁一个大妈出来，告诉我们，含衮一大早塞了几个窝头，到山后采针蘑去了，估计天擦黑才能回来。“要是碰上柳树精，没准晚上就住林子里了。”

宝力高决定带我们去林子里找找看。

“只在此山中，云深不知处。”我叹了口气说。

“小伙子，没你想的那么困难。我有辙。”宝力高说。

宝力高令我们顺着山间的小路逶迤而上，越往上，枫树、白桦就越少，而一身细针的松树就多了起来。

一根根又黑又直、枝杈稀少的松树，好像天神的箭袋打翻了，万千支羽箭倾泻而下，插在这片山上。

宝力高带我们到了山脊上一块翼然凸起的棱岩上。

“你们以前听过我的呼麦没有？”宝力高问。

事实上，要不是师姐提到“呼麦”这俩字，我压根就不知道世界上有种吟唱叫呼麦，顶多我会以为，“呼麦”是割麦子的农民们抒发劳动的快乐时，喊的号子之类。

宝力高用脚踩了踩地，用手向天卷了卷。

然后一股低沉的声音从他的身体里发出来，就好像暮烟从辽阔的草原天际慢慢升起。

我确实不大相信这么低沉的声音是从他的嘴、喉咙或鼻子哪个地方发出来的。

我甚至不大确信那声音是从他身体里发出来的。

就像师姐说的，这声音好像从地表沿着大树的根脉从远处传来，或者是从遥远的巨大修长的牛角中吹出来，踩着千万里的树梢、麦芒和冰山的雪皮而来。

师姐附在我耳边说："他这是在召唤含衮吗？"

果然没过多久，似乎听见极其清亮尖锐的哨音在脚下的林海中响起来。

那声音像口哨，但又有种金属的硬度；像汽笛，又有种禽鸟的婉转。

尖厉时，如同一根铁丝抛向空中，或玉瓶在寒夜中突然迸裂。而轻灵婉转时又好像美人额上的金叶时而闪耀，或者回转于兰蕙之圃不时幽香。

不一会儿，一个头发花白、脸色黧黑、细瘦如刀的人来到高耸的岩石之下。

他背后背着一面蛇皮鼓，脚旁放着一个几乎半人高的苇篓，里面满满的蘑菇。

我和师姐大眼瞪小眼，心里想的都是一样："聋子怎么能听得见呼麦的召唤呢。"

难道真是有点半仙气。

可是看着眼前这个憔悴劳累、眼神混沌的人，真看不出什么神仙气，反倒像刚从电椅上放下来的。

宝力高跟他比划着。

他空洞的眼神和木讷的神情似乎没有什么反应。

宝力高却每每地翻译出含衮想说什么。

含衮有个女儿在吉阳市里，含衮想带些新采的蘑菇给她。

“他为什么不和女儿一块住呢？这个地方似乎太苦了吧。”我说。

宝力高摇了摇头：“儿女有的是来报恩的，有的是来讨账的。”

晚上，含衮就住在宝力高家。

虽然含衮浑身散发着松油、兽毛、泥土、汗酸等混合的强烈纯天然体味，不过宝力高父女似乎全不介意。

我们本来要去住旅店，但他们父女执意留住。

房子倒是够了。

宝力高去和含衮住，师姐和白丽音住，我是这种组合的受益者，自己一个人睡。

晚饭后，白丽音带着我们在农学院希望的田野上散步。

“含衮不是聋的吗？怎么能听见你父亲叫他呢？”我心里一直塞着这个大问号。

她摇了摇头，忽然又说：“你们相信有附体这回事吗？我信。”

幸好此时北方天黑得晚，这话听起来背上汗毛要起立。

“你是说含衮就是不用耳朵，也能通过某种神秘的方式听见声音？”师姐问。

“是的。但你不会相信我的。”她直直地看着师姐。

师姐耸了耸肩：“这是信仰的问题，我不会非要你同意我。”

“含衮的女儿是不是不太关心他啊？”我问。

“小松花？她从来没认为含衮是她爸爸。”白丽音说。

“你们东北话说，这孩子不是欠揍吗？”我说。

“谁舍得？她是我们这里的红人儿。我小时候和她可铁呢。”

“她是干吗的？”

“你们知道东北有三大怪吗？”她问。

“窗户纸贴在外，姑娘叼个大烟袋，养活孩子吊起来。”师姐说，“这三样都跟可爱不搭边啊。”

“还有一个说法是：喝烧酒不吃菜，一床大被全家盖，两人炕上转起来。”

“莫非她是个唱二人转的?”师姐果然聪明。

白丽音点了点头：“你们要是想听她唱，我还能弄到‘高兴大舞台’的票。周末她出场时一票难求。省里也常有专车过来捧场。”

“高兴大舞台？什么地儿?”我问。

“这个市，可能也是全省最出名的娱乐场所之一。”

“你是不是以前也在……”

没等我说完，白丽音就脱口而出，“我不去那种地方。”似乎颇不屑。

晚上我偷偷问师姐：“白丽音为什么成天戴着面纱?”

“要么太漂亮了，要么太……反正都能要人命。”

“应该不会太丑吧。我看她家老头挺威武的。”我说。

“你要是惦记，你今晚偷偷把面纱揭了。”

“那我可不敢，你们真的要带着含衮去法国演出吗?”

“他的呼麦的确厉害。美国盲人彭纳因为学会了呼麦成了奇迹，但和一个聋人学会呼麦相比就算不了什么了，你说这会有多轰动?”

“可是我觉得他好像精神不是很稳定似的。保不准突然神仙附体了，谁知道他能干出啥来?”

“但就算不让他去表演，把那十几卷神歌记录下来，这次任务也堪称梦幻。”

“还是师姐高明，总是同时握着几个小锦囊。我以后可不替你操心这些事了。”

“你以为就山寨港姐能把你蒙得团团转?”

“咳，你就甭提萧淑慎了。不知道她现在咋样了呢?”

“人的心眼不能太多，否则外科医生都不知道修哪里管用了。”

我一人刚躺下没一会儿，师姐忽然蹑手蹑脚地进了我的屋。

“你这是干啥啊？小心白姐姐过来揪你回去。”我压着嗓子说。

“喊，就是她让我过来的。”

“为什么？”

“她说她怕晚上面纱掉下来，吓到我。”

我和师姐冷静地并排躺着。

东北的七月夜里还会有微微的凉意。

那屋里宝力高和含衮的呼噜就像他们呼麦的两个声部一样，高低错落、此起彼伏，时而如同地热泥浆里的冒泡，时而如同信鸽掠过时的呼哨。

“你想什么呢？”师姐迷迷糊糊地问我。

“我想他们了。”我昏昏沉沉地答应着。

我想大内、李玄、李白、赵春、老葛、花嘉第……甚至是闪着蓝光的何灵……

甚至是隔着厚厚的玻璃一条细如笔痕的鱼。

梦境里那鱼的眉眼每每将要清晰之时忽然又被涟漪打碎。

一大早听见宝力高大叫。

我们立刻爬起来。

含衮不见了。

“是不是去遛弯了？”我说。

“从没见他有这种习惯。”宝力高说。

白丽音去厨房看了一下，出来说：“估计是扛着蘑菇去找松花了。”

“这老东西，一如既往地犯贱。”宝力高说。

我们在“高兴大舞台”后门找到了含衮。

他躺在一丛凤仙花里。

凤仙花鲜艳的花浆抹在他青黑肿胀的脸上，像血污，又像胭脂。

他仰面朝天，眯着眼睛，像失去知觉，又像在享受阳光。

就好像他真实的处境一样，逍遥又凄惨，半神又半癫。

旁边一个花子看着我们走过来，赶紧把那条拧得跟盆景似的腿扳到前面来。“是来找他的吧？这老头没事。就是挨了几个耳刮子，几个二踢脚。我可是看着他挨打长大的。老头越打越结实，啥钙片都不用吃，骨密度嘎嘎高。还是可怜可怜我这样的吧，天生一条腿长一条腿短，走不能走、跑不能跑。就是这条长点的腿吧，他妈的脚尖冲着后脚跟，你说天老爷是哪里人啊？哪里脑袋让耗子嗑了？咋把我造得这么次呢？不能靠天不能靠地，只能靠兄弟姐妹叔叔大爷投俩纸币硬币，你们付出一点点，我给你们念佛三百天。”

在北京出一趟门可以见到各种流派的乞丐，练得差不多已经铁石心肠了。

不过第一次听这种东北风格的耍贫乞讨还挺有意思，随口哇啦这么大一堆，有点本山流的意思。况且人家确实是残疾，绝不是那种背带裤子里面塞个坐垫就愣充孕妇讨钱的那种。

我正要掏出五块钱给他。

白丽音急忙把我的手按住。

花子见状道：“大姐你长得仙女下凡似的，心灵一定老美丽了。慷慨能延缓衰老，施舍使人身体健康。”

我们只好走过去，围着含衮。

宝力高正要伸手试试他的鼻息。

忽然含衮鼻子里发出一连串哼唧声，然后长长地出了一口气。

“你们别害怕，真没啥事。这老头呼噜打得可有水平了。一口气跟韩国电视剧似的，老长老长了。不知道的人还寻思他休克了呢。他以前是不是当潜水员啊，肺子肯定老大老大的了。”花子继续贫嘴。

临走的时候，师姐还是偷偷给他的破钱盒子里放了十块钱，师姐把手指压到嘴唇上让他别出声。那花子突然单腿立起来给我俩合掌致谢。

在宝力高家，宝力高跟他说我们邀请他去北京演出，还要出国。

含衮忽然用满语夹杂着手势说了一堆。

宝力高说，他无论如何一定要见女儿，和女儿说些话。

“小松花会见他吗？每次都免不了鼻青脸肿的。”白丽音说。

“这次这老头很坚决啊，看来不完成这个心愿，他哪里都不去。”宝力高说。

“这父女俩怎么成了这样？是因为含衮是个神汉？”师姐问。

“大概如此吧。反正松花自打上了中学就跟人说她爹姓潘，其实老潘只是她的姨父。老潘现在是文化局的副局长，职业很体面。老潘也喜欢松花的天分。现在除了我们少数几个人，都以为她是老潘的亲女儿呢。”宝力高说。

“那回来再跟她女儿见面不行吗？况且那时候含衮的身份就不是神汉了，而是非物质文化遗产艺人，没准全省都知道了。”我说。

宝力高看了看我们，忽然凝重地说：“这老东西说自己的命不长了——他说他这次看得很准。”

“咳，每次世界杯占星大师都跳出来说荷兰队能拿冠军……”我正要说下去，忽然看见宝力高和白丽音都异样地看着我，我只好咽了回去。

“先不管真假与否，我们想辙让他们父女相见不就行了。”师姐说。

想来想去，觉得世间事还真诡异啊，亲爹要见亲生女儿，唯一的办法就是通过后爹的帮忙。

宝力高作为呼麦艺人和文化局长老潘自然不陌生。

老潘说：“我那个连襟真是麻绳拴豆腐提不起来啊。跟你们说要不是当初我暗中护着，他早被送到精神病院去了。别说是松花小时候抱着我的腿不肯走，这要是在国外，含衮这样的心智不健全的人对孩子是没有监护权的。”老潘看了看我和师姐，又接着说，“他成天就这样神神道道，在我看要么是无意的神经病，要么是有意的蛊惑。你们都是大学里的人，宗教是宗教，迷信是迷信。佛是佛，李大师是李大师。他到底是咋样，松花是最清楚的。她也是成年人了，我尊重她的个人选择。”

“宝力高老师说他的呼麦技艺非常精湛，而且还能唱诵几百支满族神歌，我们这次中国非遗的世界巡演很可能让他有机会成为国家级的非遗传承人，这也是咱们这里的两大文化发现。”师姐说。

毫无疑问，师姐的有的放矢，让潘局长立刻就明白了含衮的价值。

中国官员对“政绩”永远那么敏感。

老潘答应劝劝小松花。

就在我们要出去的时候。

忽然门一开进来三个人。

谁这么嚣张，敢不敲门就闯进局长的办公室。

也不难想象，一定是比局长更大的某某长。

但我还真没意识到，进来的这个穿着蓝色卡帕半袖衫英气勃勃的人竟然是吉阳市的市长郗盛品。他一眼就看见了师姐，立刻伸出手来握手，师姐直摆手：“上次和你握手，差点让你甩脱臼了。我可不敢跟你握手了。”师姐接着笑说，“本来想从这屋出来就去你办公室拜见市长大人呢，正巧你亲自来了，省得我上楼了。介绍一下，这是我师弟，还得多谢谢你。”

我急忙走过去，连说谢谢。

“不用客气，对我来说是塞翁失马，否则我和你师姐还说不准什么时候重聚呢。想起在你们京华大学的那段时间，真是痛快。”

市长问师姐：“找老潘有何贵干？”

“哦，我这次是奔着地方曲艺来的。这位宝力高老师你认得吗？”师姐说。

“名字熟悉，宝力高是我们这里的呼麦大师，哦，幸会幸会。”说着和宝力高握了握手。

“我还想去你们那个什么高兴大舞台看看呢。”师姐说。

“有眼光，票倒是很紧。不过……”还没等市长说完，刘澎就说：

“我们公司后天正好有预订，位置也不错。如果愿意……”

“那怎么好意思，我的朋友我来想办法。”市长说。

“本来这预订的位置是奖励表现出色的员工，幸好没一个表现出色的。”刘澎说。

“你这奖励规格够高的。少说也是他们小半年工资了。”大祝说。

“祝大哥得多支持，现在药厂的生意不好做。”刘澎说。

“你啥意思，让我多得几次病？再说你那药我也用不着，该硬的都硬着呢。”大祝说。

“行了行了。三句话就包不住了。肚子里是草是泥从你嗓子眼里就看见了。”老潘说。

临走时市长说我们离开前一定和他叙叙。

师姐说要在市政府的哥特式大堂里拍几张照片。

“这大堂设计得还有点意思。”师姐说。

“这还是我们市长出的最初草图呢。”老潘的秘书说。

“一猜就是他。他去欧洲考察还真不是纯粹公费旅游购物的。”师姐说。

宝力高忽然走向太湖石后面的沙发，那里面坐着一个穿着相当泼辣省布的女人。

那樱桃红的衣服就好像随便的几条绷带缠身上一样。

“松花你怎么也在这？正要找你呢。”

“咦，大叔。找我？什么事？小白好不好？”她摘下巨大的红边墨镜。

“先别提她了。你爸想见你。前些天见到你没有？不知怎么的，反正满脸青一块紫一块。”

小松花表情没有什么变化，低声说：“我们早就恩断义绝了。他只要不来烦我，就能寿比南山。否则我可保不齐高兴大舞台的打手们会手下留情。”

“就见一次吧。他也没多少时间了。”

"什么?他……病了?"小松花脸上有了一丝惶恐。

"没有。只是他说……"

"咳。那就算了。装神弄鬼地诓我过去，不是让我吃死孩子的天灵盖，就是泼我一脑袋狗血。我可受够他了。他啥时候要咽气，您通知我一声吧。"她说。

宝力高还要继续说，忽然浑身好像冻结了。

对面一个扎着斑马纹领带、拎着澳洲黄金鳄皮包的男人也突然定住了。

小松花立刻站了起来，想把宝力高扳转过去，不让两个人四目相接。

但哪里扳得动。

这可让我看见蒙古汉子的凶猛，宝力高冲了过去，那个男人似乎还要伸手推挡，却被宝力高一手揪住那条昂贵的阿玛尼领带。

我和师姐，还有旁边的工作人员急忙上去隔断。

两个人如同被裹了淀粉的两个丸子远远地分开。

宝力高满脸通红。

那个男人脸色煞白，眼角被宝力高擂了一拳，色如紫李。

自始至终，两个人没有一句话。

但从宝力高的眼神里看得出，非血海深仇不足以如此。

过了几天那个叫刘澎的人还真送来了三张票。

那个刘澎，细眉细眼，说话还有点娘娘腔，做事倒挺大方。

"大方个屁！能帮市长一个忙是这些人做梦都盼着的。"师姐说。

"你又说人家包藏祸心了。但至少我们是受益者。"

"不喜欢这种娘娘腔。"

"据说男人女相往往还能干大事呢，张良就很娘娘腔啊。"

"难怪叫张娘呢。"师姐笑着说。我知道她又在取笑我的湖南普通话了。

她常常用一句"兰花下面晾南瓜，酿完醪糟摘茶芽"难为我。

据宝力高说，这个刘澎本来是养麝的，卖麝香。

后来不知道在哪里鼓弄出中药的方子，生产“乾元麝力丸”。当时招了一千人在东三省推销这东西。据说赚了不少钱。现在要转型了，市中心筹划中的卢浮MALL就是他和大祝合资弄的。

还卢浮MALL，这么个二三线城市之间的地方，家乐福都开不了。我说。

别小看这地方，老郗刚才说了，是全省官僚的后花园，是一个官僚集中腐败的地方。你知道云南对面缅甸的小镇子吗？那就是因为有我们伟大祖国的公仆的捧场，才有望成为世界第四大赌城的。还是那句话，庙小神仙大，池浅王八多。

宝力高坚持让含衮和我们两个去。

高兴大舞台守着花鹿山和跳虎温泉，是块宝地。

一进高兴大舞台真把我给镇了。

不是说如何的金碧辉煌，而是规格和形制完全按照人民大会堂的格局弄的。

一层层同心圆的壮观葵花灯，延伸到四周和立面墙的接合浑然一体，也是水天无际的效果。

这在古代就是僭越，孔夫子最看不惯这个了。

不过如今不奇怪了，县政府都能修成白宫的样，市里面弄出一个山寨版人民大会堂有何不可呢。

没想到刘澎的这三张票还是在包厢里。

不一会儿，刘澎和另外一个留着板寸的男人也来了。

“谢谢你请我们来这里看演出。”我寒暄道。

“也不知道你们习惯不习惯，东北人啥话都敢说。尤其是二人转，太荤了。”刘澎说。

“哦，原生态嘛，现在兴这个。”我说。

师姐始终看着舞台。

但我知道她其实并不在乎那些二三流歌手、杂技和模仿拙劣的本山流小品。

“现在这些都是暖场的。”刘澎说。

“压轴戏是小松花和小丰满的《傻女婿拜寿》，‘关东第一浪和关东第一逗’，我第一次来东北，真的吗?”我拿着布面烫金的节目单。

“是。没的比。你们和郗市长是在北京认识的吧?”他问。

我用脚碰了碰假装对节目入迷的师姐。

“哦，对。在北京。他那时在党校进修。还真没承想这么快就做了市长。”师姐说。

“郗市长刚上任没多久。我在卢浮MALL有间喝茶的地方。一直想请他，市长哪看得起我。正好你俩来了，就去我那里坐坐，一切都免费。”他说。

“咳。就是和市长聊几句，喝不喝茶无所谓。他也不是那种讲情调的人。”师姐用手托着下巴，乜斜着眼睛，眼皮不怎么抬，语气似乎也不大热衷。

“二位初来乍到，对乾隆茶室不大了解吧。这茶室有一套圆明园里流出来的茶具，有全省找不出第二罐的五十五年的大红袍。到目前为止有幸去过那里的人也不超过十个。”那个一直铁人一样沉默的板寸哥们忽然夸起富来。

“哦！很转了。不过还可以更转。”师姐说。

刘澎和板寸面面相觑，然后不解地摇了摇头。

“北京也有一家茶室，据说一天只泡一壶茶。预约的人都排到2018年了。转吗?”师姐说。刘澎笑了笑说：“有招法。”

“刘总这茶室本来就是给自己款待朋友的，没想赔本不赔本的事。”板寸说。

“哦，那用你们东北话讲，我们是去串门儿，那也没有免费不免费的事。”师姐说。

板寸被噎得无语了。

就这当儿，听见有人说：“大哥，爆破专家找好了。”

包厢门帘砰的一声掀开，一个魁梧的男人进来。

同时一股酒味也在包厢里弥漫开。

刘澎低沉而严厉地说："小声点，正演出呢！"

那人一看到我、师姐和含衮，似乎很意外。

刘澎声音立刻又变得柔和绵软起来："介绍一下，这位是高兴大舞台的老板。这是郗市长的朋友，北京来的两位大学生。"

刘派梳着锃亮的大背头，一身硬挺的西服，明黄领带，鲜明的色彩和硬朗的轮廓更像一个男模。

我心里暗自奇怪，这样一个花瓶男能做大老板吗？

"哦，幸会。我叫刘派。"然后他把长头发一甩，"我大哥叫刘欢。二哥叫刘氓。"

"你刚才是说礼花公司已经找到了？"刘澎死死盯着刘派。

刘派定了定神，点头说："对。绝对牛×。人家的礼花还出口到波黑、阿富汗、伊拉克呢。"

"那些国家进口以后当炮弹使吧？"师姐笑着说。

刘澎脸色很难看，但只要一朝向我和师姐立刻就一副谦谦和乐的样子："月底，我们市中心的卢浮MALL开业庆典，到时候请光临。我们给两位备有几千块的购物券，不成敬意啊。"

然后对板寸说："石环，你不是和刘老板还有别的事情说吗？"

石环愣了一下，马上恍然大悟道："对对，刘老板，我们出去说。你站这就跟一个没盖盖的酒精罐一样，熏死人了。"

终于到了传说中的《傻女婿拜寿》了。

小丰满是个又白又嫩的小胖子，像个花生宝宝。

扎着一个冲天辫，光着膀子前面一片红肚兜，下面灯笼红的肥裤子。

吉阳好，吉阳好。

要说吉阳哪里好：

机关枪，高射炮。

哎呀，大姐可别说我瞎他妈唠，

我小丰满，人有膘，话上道。

机关枪，说的是鸡多官儿多枪手多。

鸡多，深度拉动内需，间接锻炼身体。

官儿多，开会连着疗养。

枪多确实没辙，

（小丰满手压嘴唇，做保密状）

不瞒大伙，

俺们都是胡子的后代，对枪充满热爱，

平时自主研发，偶尔搞搞破坏。

大哥又问，高射炮是啥玩意？

这可是吉阳的新三宝。

不看高兴大舞台，来了也当是白来。

睡前闻闻麝香膏，男人晚上有好腰。

泡泡温泉抹抹泥，舒筋活络去死皮。

天南地北八方客，追求都是一样的：

幸福在哪里？

幸福在哪里？

（绿裙绿衫的小松花上了。两只手各一根手指头顶着手帕，嗖嗖旋转。一扬手，手帕飞出去，在空中转了一圈，跟鸽子一样又转回来，小松花来了个高难度，一个贵妃醉酒，后仰着干净利落地把手帕用手指接住，而且还照样转着。然后开始笑盈盈地寒碜小丰满。）

眼睛小不是罪，

怕的是你年纪轻轻，记忆衰退。

骑驴找驴，摸心找肺。

明摆着的答案，一个大字不看，

还记得这地叫啥不？

含衮一看见小松花上了台，忽然站起来，啪啪地拍着栏杆，张牙舞爪。

我和师姐怕他摔到楼下去，急忙拉住他。

这时候石环回来了。

“石环，这老人肚子不舒服，你帮忙送回去吧。”刘澎说。

“那我们一起回去吧。”我说。

“你们不着急。演出之后，我请你们熏熏麝香、泡泡温泉。今天一定要把吉阳三宝来个全套的。”刘澎说。

“以前听名医说过，麝香这东西，常闻虚火太旺，透支生命。我们带着老人家出来的，不能让人家落单回去。”师姐说。

含衮喉咙里咿咿呀呀的，挣脱了我俩，要冲出包厢。我还真怕他突然来段呼麦，把今晚的演出给搅和了。

石环急忙扣住他胳膊，让他如同被扳手钳住一样不能动弹。

含衮双目暴如龙眼，连花白的鼻毛都杂草似的钻出来。

我想他一定是铁了心要去找女儿了。

石环忽然用三根指头捏住含衮的脖子，也就是几秒钟，含衮好像断了电，一下子趴在石环身上。

“你这是干什么，他怎么没气了。”我急了。

“放心吧。我的手头准着呢，让他剩几口气就剩几口气。”石环说。

“哦，你以前是煤气公司的吧？想给人多少气就给多少气。”师姐说。

师姐立刻转身对刘澎说：“你这么高规格的贴身保镖，做的不是一般的业务吧。”

“咳，我就是个卖药的。而且很多人和你一样误会，以为我是卖春药的。石环这两下二把刀的手脚都是参军的时候学的，他啊，跟坦克改装成推土机一样，都是军转民的。”

“有了军转民的坦克在你身边，就算真有吃错药的也不敢来找你茬了。不过刚才我俩是眼见着他把这老头弄没气的，这要是有啥后遗症，你可赖不了。”师姐说。

“咳，没气尽管找我。不过好戏刚刚开始，真遗憾。你们先回去吧。改天记得去我那里喝茶。”刘澎说。

车在霓虹璀璨的街市不紧不慢地穿行，不时躲避着满街大摇大摆、逍遥闲逛的鸡姐、官僚和花子。

鸡官花，师姐笑着说。

就如眼前这个畸形的街市，鸡冠花实则是花中的怪胎啊。

我一直等待着含衮苏醒过来，忽然听见了他那熟悉而又恼人的鼾声。

“这老头真是每天的大悲大喜，一会儿惊涛骇浪，一会儿风平浪静，弄得我们都快神经了。”我说。

“就像有些人每场流感都不错过一样，这跳大神的人也得有点特殊天赋。你看他女儿在台上如鱼得水，难道不是继承了他的天赋。说哭就哭，说笑就笑，真是神婆的好材料。要不是赶上娱乐业繁荣的今天，估计父女俩也就搭档开坛布法了。”

“我看你也有着天赋呢，你直觉也特准的。”我说。

“那是。我现在更坚信刘澎不是个好东西。”

“就因为他老是拉着我俩跟市长套近乎？”

“不是因为这个。商人嘛，商字怎么写？八字眉，开口笑，一个立（利）字头上罩。顺藤摸瓜趋炎附势，这正是本色。我是觉得他不是个善茬。看皮——羊羔一个，看眼——豺狼一条。”

我笑了笑。

“嘿，你不信？”

“信。我也这么认为。”

“你跟我混了这么几天，对你的智商大有帮助啊。”

“呵呵。我没有你那神乎其神的直觉，不过看看他最贴身的人也能知道他的为人。那个石环看来一定是个穷凶极恶的家伙。”

“这个地方，就像毛主席说的，庙小神仙大，池浅王八多。咱们让这老头赶紧圆了心愿跟我们尽快走人。每多呆一天，都觉得烦躁得不得了。”

两天后的一个雨夜。

小松花忽然拨了师姐的电话，约我们去一家“二姨旅店”见面。出了农学院的南门不远，在一个狼藉的菜市场后的巷子里，旁边还有一个成人用品店。也真是奇怪了，成人用品店不论是在边陲小城还是首都北京，店面都这么猥琐。而且几乎无一例外的，旁边还有一个卖烟酒的杂货铺子。不知道是暗示性与喝酒抽烟都是上瘾的东西呢，还是说基本上都是男人的日常活动。

小松花在一个房间的一张床上靠着墙坐着。

老板娘把墙上都贴了东北风格浓烈的花布。珠圆玉润的小松花在浓烈的花布背景里落寞地吸着烟。胸脯太高，烟灰只好落在上面，她就用手掌托着两只豪乳向上猛地掂几下，那烟灰就如同雪花簌簌落下。看得我目瞪口呆。和舞台上那个成熟端庄、活泼健康的小松花好像是两个人。小松花邪恶地笑着，用吊着的眼梢在我脸上钩了一下。

“这叫打雷下雪。”她说。

“难怪人都说二人转是艺好学，风骚不好学。”师姐说。

“得了，我求你们帮我个忙。”

“我们能帮你什么忙？我们还要求你帮忙呢。”我说。

“咳。其实是一码事。我让你们帮的忙，就是求你们别让我帮你们的忙。”

这话虽然听上去绕得跟西直门立交桥似的，但我们三个却都明白。

她显然不想和她父亲见面。

“和父亲见一面，对于一个女儿，或者退一步说，装一次女儿有那么难吗?”师姐问。

“谁说他是我父亲?”

“宝力高和你们家不是世交吗？你现任父亲，那位潘局长也承认啊。”

“我老妈死前赚钱养家糊口，养我教我的都是我妈。她死后，养我供我的是我现在的爸，你说跟那老家伙有啥关系啊?”

“就算是纯生理的那种关系吧，人之将死其言也善。假如一个你的超级大粉丝要死了，临死前背着行李从阿拉斯加来找你，要和你见一面，你见不见？更何况还是你生物学意义上的父亲呢。”师姐说。

我想这可是师姐亮出底牌了，也很有说服力啊，如果能满足一个陌生人的请求，为什么拒绝自己的父亲呢？

“陌生人如果有这种请求我不能拒绝，因为他没伤过我的心。”

“可是他现在很后悔啊，虽然不能说话，但我们真的能看得出来。你不论接不接受，总得给他一个表白忏悔的机会吧。”我说。

“他忏悔？他说他要死了，我都听得耳朵起茧了。”她说。笑着把耳朵眼亮给我看，但眼泪长长的两道却一直流着，她一抹，就把艳丽的口红擦到耳朵那里，长长的一缕绯红，在她粉白的脸上，真有点旦角凄美的味道。

“有些东西如果你错过，以后你想起来一点也不可笑，你会难过。真的。”师姐说。

“我们小时候都听说过，撒谎的孩子老是喊狼来的故事。狼总会来的。就像人总会死的。你父亲总会有这一天。他自己说不准。你也说不准。万一要错过了呢。”我想了半天终于也想出一点道理来。

她低下头，长长的睫毛就像美丽的蕨类的叶子。

其实她比台上那个二人转女王要小得多。她此时看上去就像所有童年不幸的女孩一样脆弱。

“如果我见他，他的死期也就到了。”她忽然抬起头说。

因为她是高兴大舞台的台柱子。

肩负着把二人转高雅化的重任，所以她良好的出身和教育是至关重要的。

老潘有他的考虑，就算经过权衡，觉得还是来调和一下亲生父女的关系，但有人绝不容许她这么做。

“你们不知道，这个地方可没看上去那么简单。白天是新社会，晚上是黑社会。”她说。

“我知道。来的时候看见铁路旁边的标语：举报私藏枪械者重奖万元；还有什么‘要想双手齐全，首饰莫露外边’。‘刨锛身后把命催，晚上出行戴头盔’。但跟这件事有什么关系？是高兴大舞台的老板，哦，那个刘派？”师姐说。

“刘派？哼，他就是一个摆设。”

“不会是文化局吧？”我想，地方文化局为了树立二人转的新典范，不惜一切要从源头上让这种粗俗曲艺彻底消毒，塑造得像昆曲那么高雅。

“是刘澎吧？”师姐忽然说，“那天在市政府，你不是偶然在大堂里的，你其实是和刘澎一起来的。”

“对，没错。你看没看出来，我是傍他的？”她平静地对我们说。

“不用看也知道。凡是个星，没有几个独立自主、自力更生的，星都有星座，否则一屁股坐下去，如果没有个座接着，就一头栽下去了。”师姐说。

“那也未必。你靠实力靠技艺吃饭，都已经成了高兴大舞台的台柱子了，还傍他做什么呢？”我就奇怪了，刘澎难道有什么门道能让她冲出吉阳，走向全国，继而走向世界？刘澎也不过就是一个土包子，哪有那本事。

“你知道我学唱的时候，吉阳一个地方有多少二人转班子吗？对了，普通话叫剧团，一百五十多个。这里面得有多少脸蛋、身条、嗓子出类拔萃的女孩？可是高兴大舞台却只需要七八个演员。这七八个还不是都从吉阳一个地儿挑的，那也是从东三省各地海选了一拨又一拨的。你觉得我唱得怎么样？”她看人的眼神真是媚得人骨头发酥。

“很好听。”我情不自禁地说。

“对，可是真的好到关东第一的分上了吗？我师爷当年唱到什么份上，张作霖钦点他去大帅府唱过多少回啊？可是他从来都只说自己学到的就是仨瓜俩枣，蟠桃仙果眼里是见过一次两次，可自己这坯子是学不了。高兴大舞台是从来上不了央视的。但这地儿的一张票可一点不比周杰伦的演唱会便宜。刘派说，来这里看演出的不是省市要员，就是富豪名流，这票价要是比那个大舌头的演唱会还便宜，能对得起一方父老和社会主义制度吗？”

“那你干吗不傍刘派啊，傍别的老板还不如傍自己的老板，最好傍成老板娘。”师姐说。

“因为我的真老板不是刘派，是刘澎。我既然要傍，当然傍最上头的。”

“那就是说刘澎不愿意让来这里看戏的达官显贵们知道，你亲爹是个跳大神的。所以他会来狠的。”师姐说。

“他发狠的时候，连市公安局长都会大小便失禁。前几个月他们在新安的蒙利度假村打猎，结果把度假村老总的儿子给毙了。这就好像去人家逗孩子玩，结果把孩子掐死了。回来之后，同去的田市长吓得赶紧疏通关系，平调到省里面去了。他知道与虎谋皮的下场。”

新安？

难道是吴法天的儿子被人打死了，难道就是刘澎这帮人干的。

“那你岂不是更危险，人家只是与虎谋皮，你可是身处虎穴。”师姐说。

她伸了个懒腰，晃了晃脑袋，慢慢站起来：“反正你们不用费心安排我们父女见面了。还有，就是你们看得神乎其神的呼麦，对于神汉巫师可不是表演，那是招魂请神的。你们如果要搞什么演出那就找宝力高，不要打那老头的主意，他可有职业精神了，绝不会为了给别人解闷儿唱神歌的。”

我早就憋着一个疑问一直犹豫着，此刻看她要走了，我不能再忍了：“你知道白丽音为什么戴面纱吗？”

她愣了一下，眼神木然地看着墙：“我这个姐姐命太惨了。一个美人如果脸毁了，真的跟死了差不多。”

“她被毁容了？是谁这么没人性？”

“说起来故事可长了，毁了她的人就是她曾经爱得掏心挖肺的人。那天在市政府你们也撞见了，宝力高要和他拼命的那个。他叫戴维。”

“啊？看起来衣冠楚楚的。”

“看起来衣冠楚楚的实际上是个衣冠禽兽。”小松花说。

“那他怎么不在监狱里呆着？”

“谁有本事把这位省内最好的律师送进监狱呢？讲法律，谁能讲得过他，论关系，谁能深得过他。听说人家被北京啥大学聘去做教授了，你们回北京去没准还能经常看见他呢。”

为了庆祝卢浮Shoping MALL不久后开业，要举行盛大的烟花表演。股东和两位经理大祝和刘澎邀请很多人去观看。

我和师姐沾了市长的光，也被请去了。

这些嘉宾就坐在新卢浮的巴洛克式阳台上，观看广场上空的礼花。

郗市长的西装领带白色衬衫质地精良、做工上乘，再加上他总是意气风发的神情，在一大群男人中间非常打眼。

他寒暄了片刻，就端着一杯红酒直奔我和师姐而来。

“小地方事情却不少，就怕你们不辞而别，我连东都没做上。”他说。

“市长还要自己做东？你可小声点，不知道有多少老板支棱着耳朵，等着替你买单呢。我们也正想要跟你道个别之后就回北京，今天正好，来！干一杯。”师姐说。

我们三个一饮而尽。

郗市长豪爽地拍了拍我的肩膀："你师姐可是个了不得的人物，你和她交往深了就知道了。"

他估计是个南方人，身材也不壮硕，但气场很大，声音好像环绕立体声，前后回响萦绕。但我窃笑，他还以为自己跟师姐交往比我深呢。

"当年你在北京进修的时候，觉得你动不动就叉着腰敞开外衣哇啦哇啦地口若悬河，像列宁同志一样，我真不敢想你能当市长。我印象里在中国当大官是不能即兴演说的，一个字说错了就像铅球掉下来砸断了双脚前面的路。"师姐说。

"呵呵，你的成见太深了。当官也要看你想做什么事，想法对了，口若悬河才更显得雄辩无敌，否则就是巧舌如簧、颠倒黑白的政客了。"

"政客是替穷人说话但为富人做事，政治家是替富人说话但为穷人办事。"师姐说。

"精辟。就是这样，你要在中国为老百姓做点实事，前提就是别把富人惹毛了。否则一定弄得两边都不是人。"郗市长低声对我们说，露出诡秘而顽皮的笑容。

"您想为吉阳的老百姓做什么事呢?"我问。

"我？想做的就是替老百姓洗钱。"

"洗钱？这里的老百姓都是贼吗?"我惊诧。

"对啊，这里的人贼有钱!"师姐戏谑道。

"呵呵，那倒不是。我从省里来的时候就对省长说，我要让吉阳市的黑钱变成白的、绿的、透明的。你们看见的吉阳市区灯红酒绿，但这个市的财政收入五分之四来自火力发电、煤炭、造纸、化工，吉阳交给地方和国家的钱都沾着污水和烟尘。我要让这些脓肿疮疤从这片号称塞外天府的土地上消失。让大学城、旅游度假和会展业成为新的财源。"

我也情不自禁地跟着他的豪言激动起来，好像畅想着东北内陆的一座新城如同堪培拉或巴西利亚一样升起。

师姐微笑着，但眼睛里似乎只有淡淡的涟漪。

我忽然看见那个没人性的律师戴维正在人群里穿行。我就让师姐和市长继续海侃，自己尾随戴维。他从阳台一侧的楼梯走下去，接着在楼梯的一半处拐进侧廊，侧廊那里支着一块牌子："正在施工，请勿擅入。"他没理会，沿着侧廊，拾级而上，推开一扇门走了进去。门内是一条长长的过道，里面等待招商的空间还没有完全装潢好，成堆的建材凌乱地摆放着。过道尽头豁然开朗。是一个巨大的玻璃穹顶，下面是一圆形的水池。难道在Shoping Mall里有海豚表演，还是游泳池？

他站在池边沉默了片刻，然后就走了进去。在水没膝盖的时候，他坐在水里。真奇怪，要自杀也不找个水深的地方。更何况，像他这种冷酷无情的禽兽如何会想到自杀。他如果要自杀，可能还有些未泯的人性。

我就绕着水池走到他的对面。他惊异地看着我，但没有说话。

"我们见过。"我说。

"那一定，否则你何必跟踪我。"他说。

"你觉得我像坏人吗？我就是特别好奇，一个人怎么忍心把硫酸泼到自己老婆脸上呢？"

"你觉得我会告诉你吗？"他平静地说。

"这么令人发指的事情，你也做得出来，而且还说得面不改色心不跳，你不是心理变态吧？"

他环顾四周。"你知道这里原来是什么地方吗？"他又笑了笑，"当然你不可能知道。这里原来是一所小教堂。碧绿的铁皮圆顶，紫红的方砖，描金的窗户和大门。我和白丽音就是在这里的教友会认识的。"

"你们都是基督徒？"

"准确地说是东正教徒。"

"那更不可思议了，上帝的教导你都当成耳边风了。"

"在没有碰到她前，我很自豪我是上帝所爱的，在茫茫人海里，他指引我，让我爱他。我对我的工作也充满了激情和信心。但自从和她生活在一起，我天天处在满腹狐疑和沮丧挣扎中……”

“我搞不明白了，你是做律师的，她难道让你歪曲法律、颠倒黑白？我才不信。”我打断他。

他苦笑道：“哼，她老是摆出一副法律女神的样子，好像正义的猎犬一样监视我，她沉默不宣，却又洞若观火。在她眼里我的事业就像犯罪，我的幸福和自豪感也荡然无存。”

“哦，我明白了，你天天跟着刘澎这种人渣混，为他们颠倒黑白，逍遥法外，难怪你自己心虚。明明知道她是对的，但你不敢承认。”

“这个世界真的有黑有白有对有错吗？总之，自从娶了她，我就再也没有曾经的那种真真切切的聆听上帝的感觉，尤其是那个晚上。看着硫酸在她脸上蔓延，她的皮肤像开水一样冒泡。”

“你聆听的不是上帝，你鬼迷心窍。”

“当年，我主耶稣也被愚蠢的俗人们视为淫乱邪恶的首领。我想这是上帝的安排，碰到她，然后爱上她，然后开始恨她，最后忍无可忍，开始折磨她……反正我不知道这是为什么？只有死了之后才明白吧。”他不再理我，闭上眼睛，躺在水里。

我想我来教训这个偏执残酷的人肯定是段位不够。这时候，听得外面礼花绽放的轰鸣。接着，大朵大朵的烟花在夜空中绽开，玻璃穹顶此时映射着一刹那一刹那的缤纷斑斓，彩色的光辉也落照在池水上，似乎也将他融化了。

“我要到光明磊落的地方好好看烟花。你小心点别在池子里睡着了，每年淹死在浴缸里的人比死在大海里的多。”我说完就往外走。

忽然，我听见一连串炸雷般的声音在头上响起来，灰尘和碎块随着地面和墙壁的痉挛簌簌坠落。我急忙靠在一个墙角用手抱住头。突然听见玻璃碎裂的巨大声响，看见整个玻璃穹顶如同被巨人的手掌一下拍得粉碎。这是一场致命的雨，无数玻璃碎片如同水晶箭镞，射向它笼罩的一切。爆炸声仍然不绝于耳，我偷眼看见前方的过道已经坍塌，堵住了回去的道路。我急忙蜷缩在一个墙角，据说两墙结合的三角地带是幸存几率最大的，从破毁的墙，看见烈火和浓烟滚滚升腾。真是衰透了，看来这个家伙真是颗灾星，跟他这么一次就碰上这事儿。

不知道外面的师姐怎么样，阳台上没有什么遮蔽岂不是更危险。在摇摇欲坠的巨大废墟里，黑暗和恐惧也如同塌落的屋顶，我就要在这个夜晚在爆炸和烟花里被埋葬。我心里祈祷吉阳市的消防队真能给我个惊喜，不是一帮平日里养尊处优、救火时带的水管总是差一米够不着水龙头。他们中能不能有一个智勇双全的大哥穿过烈焰浓烟一把将我夹在胳肢窝下面，坚定地告诉我："你安全了。"

或者其他地方都倒塌了，只有我身后这两面墙和一小块屋顶屹立不倒，仿佛圆明园的大水法那几块坚挺的石头。

或者最坏最坏的假如我真的难逃一劫，就让我像《人鬼情未了》里的那哥儿们没有疼痛地站起来，接引天使立刻显形在身边，带着百合的香味和柔和而辉煌的光芒，她说："走吧，我带你回上帝身边。"或者根本不是长着翅膀的白种人天使，而是黝黑皮肤的印度菩萨，要接引我去极乐世界，或者是骑鹤来的白胡子仙人带我去洞天福地……或者……千万不要陷入比这黑暗还要黏稠的黑暗，四周比冰水还寒冷，或者比烙铁还灼热，声音一离开嘴唇就如同花瓣掉进沥青里，连自己都听不见，看不见的恶鬼的手脚如同海葵、章鱼或者蜘蛛什么的，从四面八方伸过来，在身上撕掉皮和肉……他妈的，要是没读过那么多怪力乱神的书也好，临死前就没有这么多地狱的想法。不不不，我短短的这辈子没做过什么大奸大恶之事，死后的世界如果真有主宰，应该会毫厘不爽地有一份我的信用记录。来世投胎接着过我被突然中断的后半辈子。

如果没有那么好的福报，也千万不要让我变成猎食动物，总要依靠别的动物养活；当然也别做猎物，被吃的滋味肯定不好受。不能做草，每年春天都被烧一次，也不能做花，人采人折不说，还老有虫子往里爬……希望三心二意不是什么重罪。但谁能说喜欢淮扬菜就一道川菜都看不上呢？

不过我现在很确定，我知道这一刹那，除了恐惧，谁占据着我的心。甚至如果今晚上天就是要安排我们两个有一个人要死掉，千万不要是师姐。她对我心地这么真，这么执著，我还从没有真正地回报过。如果她真的活了，我真的死了，千万不要让她看到。就让我被烧得灰飞烟灭，或者碾碎在沙砾中。

让死亡因此变得缥缈一些，就好像大雪覆盖了战场，遮蔽了裸露的血肉和骨骼。可是……这是我最后的祈愿了，却偏偏来不及对她说。难道不正是来不及的时候才发现自己在生死之际，是为了谁而来的。仔细想来，和师姐的相遇其实正是到目前为止，我庸碌平淡的人生中最有意义的事，或许是唯一有意义的事。

爆炸声好像停止了。远处有杳杳的嘈杂人声，可周围却死一般静寂。

墙壁似乎安静了。我悄悄打开自己蜷缩好久的身体，像只壁虎沿着墙根挪到水池旁，一个人仰面朝天，身上插满了亮晶晶的玻璃碎片，鲜血流满全身和周遭的水，整个就好像一条搁浅的鲤鱼精。

竟然还有一个趴在池子边上，一半在水里一半在岸上。走到近前，仰面朝天被切成生鱼片的那位是戴维。没想到这么快上帝就解除了我的疑惑，他人神共愤，死得其所。不管今晚我死活与否，老天的公道至少已经验证了一半。

另一个是怎么来的呢？难道我和戴维说话的时候，身后还有人在跟踪？我趴在地上看看他歪在一边的脸，啊！怎么会是含衮呢？他到底是个神汉，还真是个神仙，一眨眼的工夫就跑这池子里来了。他是为了戴维，还是为了我而来？我把手指放在他鼻孔边上。他还活着。

四周大火开始蔓延，那些正在装修的大小店铺里堆放的东西看来都是助燃的好材料，火焰从四面八方开始合拢，多亏有这么一池子水，我只好也泡在水里，靠着含衮坐着，这才知道啥叫水深火热。我时不时地拍打拍打含衮，希望他醒过来，或许他知道啥密道，怎么进来的，也能怎么把我带出去。或许他是念着咒语从天上掉下来的，从外面穿墙而入的，或者会个土遁、水遁啥的就更好了。

他终于醒了，看见我，他愣了片刻，木然地点点头。

我不知道这是说“我认识你”，还是说“有你陪着上路真好”。

火势更近了，楼上东西裹着火焰不断掉落下来，灼热的气浪滚滚而来，我只好不断用水泼在自己和含衮的身上。忽然，含衮伸开双臂，一种声音从他的身体里发出来，就像牛角的声音从天际四围升起，渐渐在高天里聚拢，由遥遥的低沉潜流汇成了撼天动地的巨浪大川。而在这浑厚如莽原闷雷的声音里，忽然一丝极其锐利清凉的声音如同一把匕首刺穿厚厚的帐幕，破空而去。我觉得我周围的池水都开始激荡起来，四周熊熊的火焰和里面噼啪爆裂的声音都淹没在含衮的声音里。他的声音在沉厚和尖锐里还能起伏跌宕，如同大海雄浑的啸嗥和蓝鲸清远的歌声相互应答。

不得不说含衮是个谜一样的人。没人知道他为什么出现在这个危险的地方。我也不知道，他那声动天地的呼麦是他以为大限将至而献给神鬼的，还是有意求救的。总之，消防队员真是循声而来。当那个消防队员吊着保险索从空荡的穹顶徐徐而下，一瞬间我真觉得他的姿势就像超人或者施瓦辛格那么帅。我如同孙悟空逃出火焰山一样，被从熊熊烈火中凌空吊出来。

五分钟后我看见了师姐。她坐在市长专车的车顶上，郗市长绕着车子焦躁地走来走去，旁边乌泱乌泱围着一大堆官员。她手腕上缠着厚厚的纱布，面颊、大腿、肩膀和锁骨上都是一条条的血痕和斑斑的淤青。在夜风中，她凌乱的头发像战火里茕茕孑立的旗帜，眼里的泪光仿佛高傲而绝望的星斗。就在那一瞬，她远远地看见了我。她像弹簧一样站了起来，就听见车下的郗市长叫道：“你腿可能骨折了，快坐下。”

果然她一个趔趄，栽倒下来。

我惊叫一声，就好像卢浮宫馆长眼见着米洛的维纳斯从台子上倒下来。那一刹那的惊恐，就像刚才我蜷缩在墙角里看见一根巨大的柱子砸碎在我脚边一样。我不顾一切冲过去想把她接住，但接住她的是郗市长。

我从他的怀里接过她，就如同接着自己被劈开的另一半脊骨。她金属般冰凉的绝望融化得太快，这让她的神志不清。

“我就知道——你准在最麻烦的地方。”她泪光闪烁，却笑着说道。

原来我离开后，师姐和郗市长海侃了一会儿，刘澎就请郗市长下了阳台，到他宽敞的凯迪拉克房车里密谈。这时候师姐发现我不见了。她找来找去，就经过了那个写着““正在施工，请勿擅入”的入口。师姐望了望昏暗的灯光和幽深的走廊，没有进去。

但就如同幽谷中没有风也能听到树木神秘的歌声一样，她即便没有看见我走进去，似乎也隐隐感觉到我的身影渐渐消失在走廊尽头。但那一瞬间她感到有些害怕，于是就沿着台阶想走回阳台，没准儿我那时正在原地等她呢。她矛盾地想着。

忽然头顶上就传来了爆炸声。碎片像撒旦大把大把撒向人间的虫子，包着火焰。更可怕的不是大厦顶上的爆炸，而是从阳台两侧的扶廊台阶上惊惶逃逸的人群。师姐首先被一个人撞倒，还没等爬起来，一双高跟鞋扎在她手上。她很明白，这时如果她不站起来，就永远也站不起来了。她拼着命抓着扶廊的铁栏杆，在疯狂拥下的人流中勉强趴在栏杆上面，然后一下跳下来。那里距地面七八米高，不过下面是忍冬树丛。

“我的血就算全贡献给吉阳市的绿化，也不会留给那些官僚和官太太擦鞋底。”师姐后来说。

那天夜里阳台上都是官员和名流们。所以没有秘书拿着麦克风大叫“孩子留下，让领导先走”。

但干部和名流们形成的人流同样可怕。失控造成的人流一定会出人命的！不论是在妇科医院，还是在逃命的阶梯上。一个招待自助的女服务员被踩碎了胸廓，窒息死掉了。石化公司经理被吊灯上一颗巨大的玻璃珠子砸成植物人。他住院后曾有人送了一篮鲜花，卡片上写着：生是石化人，死是人化石。

师姐虽然手腕骨折了，但毫无疑问仍然蒙受了老天的恩惠。

在医院陪她的几天里，忽然发现她眼睛里不再那么灼热火辣，就如同滤去了光芒的太阳，热情依然洋溢，但不再不可逼视了。我抓着她的手时，就像手掌伸进手套，那么自然安心，不再觉得自己的骨骼微微颤抖。

“你好像长大了。”她说。

“我原来还是生瓷胎，一烧变硬了。”我说。

“我是说你这几天络腮胡子顾不上剪，我早上一睁眼，吓了我一小跳，还以为前几天那个药品推销员枕我胳膊睡觉呢。”

“那明天你一睁眼，看见我没枕着你胳膊睡觉，你会不会吓一跳？”

“那天你困在火海里，你除了害怕还在想什么？”她问我。

“先是怕得什么都想不起来了。后来只在想你，忽然间就如同一刀砍断了石头，露出里面包着的玉石。不忍受这么一刀，还真不知道自己这辈子干吗来了。”

“那——你是干吗来了？”她温柔地问我。

“就是为了碰见你，让我平淡的生活有了意义。”我说。

我们轻柔地拥抱在一起，床头栀子花的香气，沉静而又浓烈。

又混杂着医院里特有的药味、她手腕上的石膏味。

“不论明天碰到什么，我都不会绝望得像死了一样。”她说。

“真庆幸，我们能提前这么多就明白了命运的安排。”

“永远不离不弃……”

“永远莫失莫忘……”

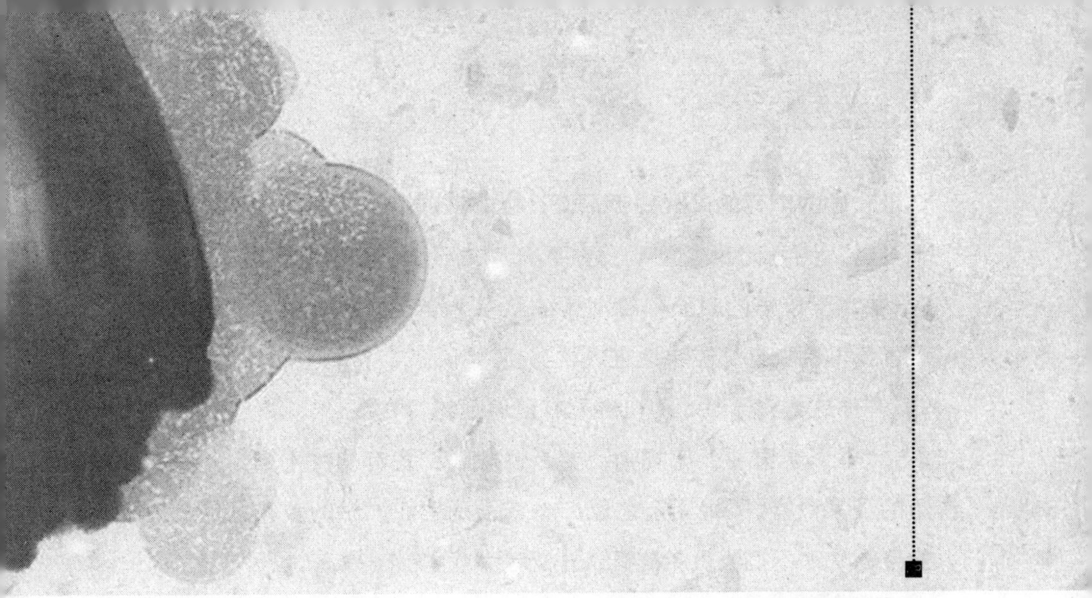

插播　小鱼的故事三

熊语录：在漫长的黑暗里，酒把自己酿成了光亮。

给玛雅整理回忆录的工作延续了两年多的时间。

她真的和那些顺嘴口述的老糊涂不一样，口述不是漱口。每天晚上我估计她熄了灯之后都是躺在床上蚂蚁一样拼接零散记忆里零散的细节，然后打腹稿，当坐在我对面的时候，她说的事情流畅完整，几乎不怎么需要重新安排和整理了，越到后来越如此。以至于听完了，我托着两腮好长时间醒不过来，真是像李商隐说的，此情可待成追忆，只是当时已惘然。

有的人的回忆录好像是掉皮屑或出汗，玛雅的回忆录好像是掏空了她的身体。直到回忆录完稿那天，我忽然意识到，她靠在椅子上，有种心事已了、此身可抛的感觉。

晚上，熊士高来给玛雅庆祝。听玛雅说他已经和彭香阮分手了。但当他来的时候，陪着他的是一个更年轻的女孩。她叫谭新眉，是演话剧的。熊士高说她的声音很好听，还让她给玛雅读了半个小时的回忆录。她的声音的确很好听，而且也非常贴合文字里面的感情。这很不容易，毕竟比我也大不了一两岁，又不像我和玛雅生活了这么久。“原来在学校里的时候，经常排练前半个小时给我剧本，然后就得上了。我得像吸毒那样快地进入状态。”她说。

“你这么有天赋，演电影更有前途吧？”我说。

“电影圈里要么床规则，要么钱规则，我有的我不愿给，我愿意给的我又没有。”她无奈地说。她爸爸是之江大学的教授，是个道学先生，从来不把演员叫演员，一概呼为戏子。

吃完饭，熊老师说谭新眉要指导他学怎么发声，于是他挽着谭新眉走了。我在阁楼上望着他们，心里一阵阵地，像遭受静电的刺激。为的不只是失落。戏子戏子，其实并不戏自己，而是戏别人。你自以为人生如戏，想与她们共同沉醉，那就太一厢情愿了。戏子势利如命，为了名利是没有什么不可牺牲的。前段时间让熊士高特别狼狈的“堕胎门”不就是典型的戏子无义吗？在广州期间一直以来的疑惑竟然延迟了这么久以这种方式真相大白。熊士高还不知道怎么回事呢，就“被父亲”了。许格菲为了咸鱼翻身，还把自己的视频公布出来，把自己塑造得很悲情，让我本来对她还有的一点同情扫荡一空。她既不在乎自己被吕品和余杭生作为校内权术斗争的工具，也不在乎熊士高的感受，反正只要她能红，她不会顾忌是红斑还是红肿的。熊士高也无需解释了，网上的“打熊”哄客们早有了定论：事实胜于“熊”辩。

彭香阮虽然唱功平平，但被一个台湾公司包装成“性感版《牡丹亭》”的女主角就火了。然后毫不犹豫地蹬开熊士高去搞“两岸关系”了。眼下这个谭新眉，毫无疑问也是在京华大学这个平台上伺机寻找跳板呢。

我胡思乱想着，无端地为他和那些戏子一起荒废自己的生活而失眠。

忽然听见玛雅咳嗽起来。她这半年身体急剧衰弱，好像每一次咳嗽都把一些生命力损耗了一样。

我起来给她去药店买了些川贝枇杷糖浆。

午夜的时候，不但没有丝毫好转，反而还发起烧来。

我看见冰凉的汗珠从玛雅发际和脖子的细密皱纹里涌出来，汇聚、流淌。

她只是说用湿毛巾凉敷就好，明天一早就没事了。

但我很怕延误，毕竟七十多岁的人了。

我犹豫再三还是给熊士高打了电话。

“好的，我马上开车过去。”熊士高说。

我忽然听见电话里还有一个女人惺忪撒娇地说话：“别出去了，你不去会死人啊!”

电话就挂了。

OMG，谭新眉真的指导到床上去了。

不愧是“花”剧演员。

五分钟后，他就到了。

他头发有点乱，衬衫的一个领子一边朝外一边窝在里面。

他把玛雅抱起来。

在医院里，玛雅昏沉沉地睡去。

我和熊士高坐在午夜医院寂寥阴森的过道里，他很细心带来一条薄毯子，我围着艳丽的毛毯坐在长椅上像一只迷惘的大鹦鹉。

“玛雅如果真有一个你这样的孙女就好了。”他说。

“玛雅要是真有你这样的儿子也好啊。”我说。

“那么——就是说我要是有你这样的女儿就好了。”他说。

我吓了一跳。

我差点喊出来，不不不。

那绝不是我所希望的。

我不要做他的女儿。

可怕的是第二天，玛雅没有醒来。

熊士高联系了他认识的住院部主任，请呼吸科的大腕来治疗。

这位黄医生，我还在《中华之子》的电视节目里看到过呢。

没想到竟然是肺癌晚期，而且还伴有心脏衰竭。

“还能活多久？”熊士高问。

“肺癌大致有一两个月。”医生说。

我当时就觉得一股滚烫的热流从头顶奔涌而下，把泪闸哗啦一下子猝不及防地推开。

大约昏迷了三天后的中午，玛雅终于醒了。

她一睁开眼就看见桌子上一盆灿烂的菊花。

我轻轻叫了她几声。

她没有理会。过了好久她才转过来看我：“我想菊花很适合我。”

“那是，菊花是长寿之花。”

“不。菊花是鬼魂黄泉路上的提灯。它太明亮了。我醒过来就是要带这个走的。”

我的双眼也早被一幕泪墙蒙上。

这时候熊士高也进来了。

我内心里已经明白，死亡的气氛就像桌上的菊花一样饱满地绽开。

玛雅忽然抓着我的手，又用另一只手指了指熊士高的手。

我们三个人的手放在一起。

“我记得那天夜里红卫兵来搜我们秘通帝国主义的罪证。什么都没有找到。你们说我们会有吗？”她笑着说，“有的。我注定是要留给你们的。就在客厅那个罗马柱正上方，你们把柱头拆掉，推开那块铁板，爬进去，里面有个小储物间。我小时候以为圣诞老人是从那里下来的。后来我父亲把那里堵死。或许他也觉得乌云从天边升起来了。他告诉我那里面有中国人的遗产，无论如何都不能带出这个国家。你们去把它取出来，代我保存。但你们要发一个誓。”

“玛雅，虽然我还不知道那是什么东西，但一定很珍贵。我想可以考虑捐给京大。”熊老师说。

“不，我要你发的誓就是不要给京大。我——不相信它。”

“那捐给国家博物馆。”

“我不确定。我能确信的只有你们。”

“玛雅，我只是一个学生，还没有资格接受你的赠物，还是由熊老师处理。”

“不，我希望你们在一起。”

我和熊士高都睁大眼睛。

但我惊愕的不是这句话本身，而是这个时候，这仿佛就是玛雅的遗愿。

“玛雅，你不能……”

“我只剩下那个密室留给你俩的遗物，这个担子够沉重的了，能把你俩绑在一起。”

玛雅清醒的时间越来越少，而昏迷的时间越来越长。医生说随时都有可能在昏迷中离开。

我每次都是把新买的菊花插好之后才把开始枯萎的菊花扔掉。生怕花瓶变空的一瞬间正赶上她离去的那一刻。我不能让玛雅手里没有一盏提灯走向那条黑暗的彼岸之路。

我们在那个密室里弄出来两个巨大的铁皮包边的樟木箱子。都放在熊士高家的地下室里。熊士高还专门用一块布把他自己家的杂物和玛雅家搬来的东西隔开来。我问他为什么，他说他不会独占玛雅的东西的，为了以后别弄混了。我和熊士高小心翼翼地将其中的一只木箱打开，发现里面最上面的一层是一棕黄色织锦卷轴，外面套着海蓝金色蟠龙纹锦套。翻过来绣着“大明占城皇舆一览”。

“明朝的地图吗？”我问。

熊老师点了点头，“而且还是在越南地区的地图。”

我正要解开布套。

忽然听见一个女的喊道：“大熊，你在下面吗？”

谭新眉穿着茶色旗袍别别扭扭地走下来。

"哦，你们俩人呢。"她说。

熊士高说："这是明朝的东西，每翻开一次就破损一些。还是先封存为上。"

"哇，这是明朝的文物？是不是玛雅给你的？"她问熊士高。

她说戏曲学院的院长要找她谈一部戏，想让他陪着一起去。

熊士高把地下室的钥匙交给我："你来保管。"

我正惶恐着准备推辞，听见谭新眉说道："这里面的东西非比寻常，你还是自己拿着的好。"

我一听这话，有点生气，便一把从熊士高手中抓起钥匙，揣进兜里。

那天在医院里，李玄突然开门进来了。

"你怎么来了？"我问。

他没答话，把手插在裤袋里。黑色的休闲西服，恰当地收腰。豆色的休闲裤，双腿颀长。青苹果色的衬衫越发显出他的眉清目秀、唇红齿白。好多女生都对这个柏原崇式的花样师兄魂牵梦系，但他似乎对哪个女孩都有礼有节，清澈的瞳孔里从来没有一点点暧昧。这使很多女生绝望地送了他一个外号"牧师"。不过我知道他虽然表面上温文尔雅，实际上他内心里高傲得不得了。因为他太爱他自己了。

"你知道吗？有传闻说熊士高要去之江大学，至少是兼职的。"他忽然说。

"不会吧，我想象不出来他会离开这里，这可是他出生长大成名的地方，他舍不得吧。"

"据说，系主任吕品邀请他联合申请国家重点学科的事情，但是条件谈不拢，他要帮着之江大学申报。"

"条件？他也不需要提教授博导，也不缺房子跑车，还要什么条件？他想做的事情不跟别人讲条件啊。"

“不是为了他自己，是为了将要调进来的人。不过吕品似乎早就内定了明年要进的人，于是两人就谈崩了。这对熊士高就很险了。”

我不由得一哆嗦，一下子就联想到上一次吕品用许格菲的那件事来诋毁大熊，让大熊向学校申请成立文学社会学教研室的事情泡汤，这一次正面冲突，估计吕品会使出更狠的手段来。我忽然想到了玛雅的遗物，这会不会给大熊带来新的谣言呢。所幸现在似乎只有我和大熊两个人知道。

“听说玛雅的父亲收藏过很多珍贵的宫廷舆图。”李玄说。

真是哪壶不开提哪壶，这个人精怎么知道的呢？

“呵呵，你不要惊惶，我是从玛雅的父亲和一个地理学家发表的通信上偶尔看到的，非常偶然。葛老先生似乎也很谨慎，在目前所见的中文材料，包括京华大学史料几十卷里都没提这件事。所以你不要担心有人会觊觎玛雅的遗产。”

“可是——真成了烫手山芋了。玛雅偏偏把这些东西给了熊士高。就放在他家地下室里。我怕迟早会被人知道，玛雅又没有遗书，到时候真是说不清楚了。”

“比那更糟的是，地下室里适合存放吗？要是受潮或者被老鼠嗑了才真是说不清楚了。”他说。

我更紧张了。

他狡黠地盯着我：“你不是有地下室的钥匙吗？”

于是我就和他来到熊士高家的地下室。

一进去，他就说，果然是世家的地下室，知道好东西多，造得这么宽敞，你看还有下水口，怕进了雨水被灌满，真是周到。估计还有暗室和夹层什么的呢。

你印第安纳琼斯的探险片看多了吧。

他忽然说，你知道吗，熊士高的爷爷跟名伶英铃兰有过私生子。

你怎么这么八卦啊。

当时学校的教员里搞进德会，乙等的标准是不赌不抽不嫖，甲等的标准除此之外再加上不纳妾、不藏娇。熊士高的爷爷没上得了甲等。可见当时这是大家心照不宣的。

我看了看他，似乎有点明白他为什么要来地下室了。

“别这么看我，我们都想了解熊士高。我知道他有一个带着银马头的皮箱，里面一定有很多你感兴趣的东西。”他说。

你怎么知道的?

“他自己德语诗里写的。在八二年西语系的一期系刊里。”

他对熊士高的了解简直有点匪夷所思，而且他把我的心理玩弄于股掌之间。我的确很难拒绝他的建议。

他盯着一个满是灰尘的皮箱，压在两个纸箱子下面。他用手轻轻把锁钮上粘着的塑料揭开。露出一个银色锃亮的马头。哇，诗里的东西真的存在!

里面塞得满满的。这只皮箱就好像吃得太多，反刍了一样，一下子把装了好久的东西稀里哗啦吐了出来。最多的是花花绿绿的信封信笺，以及从信封里掉落出来的照片。

他喜欢读信，吸引我的是那些照片。

忽然他让我看一张相片，我一打眼觉得有些眼熟。

这张是彩色的，颜色有些发黄了。

女孩穿着带花边的连衣裙抱着一棵树，跷起一条小腿。

她的头发烫得卷卷的，弯眉笑眼，扬起嘴角和灵动的酒窝。

她和别的照片里那些人不大一样，她的表情和pose显然非常到位，似乎对着相机没有一点拘束。这在那个年代是很少见的。

这个女孩难道我见过吗?

“你在哪里找到的?”我问。

“是有个信封的，而且还没拆封，挺诡异的，好像是从上海寄来的。我拆开一看就发现了这张照片，和你有些神似。”他说。

“别胡说了。我根本不认识。”

他从脚边拿起一个薄薄的信封。

那地址我记得，六岁以后才从那里搬走。

会不会是——怎么可能呢？

我从没听妈妈提起有过京华大学的朋友。

她只在北京待过一年，那是工作需要。之前之后都一直在上海。

我紧紧攥着那信封。

心跳骤然加快。

大熊：

这是我最后一次给你写信了。

如果还没有尽快得到你的回信，我会答应老聂的求婚。那时候我将成为他的妻子。无论如何，身为人妻的基本原则我是不能不遵守的。从此我们将不可挽回。

或许你不觉得这对你是种遗憾。你是月亮，每个池塘都心里装着你，可你的心里并没有池塘。美国人的研究说月亮上没有水没有花草，只有岩石和戈壁。就像你的内心一样吗？

我曾经不断地问自己，是不是我哪里不好让你下不了决心和我在一起。

我是个演员，我也很善于表演。

但我也只演过一部电影。而且没有这部电影，我们也不会认识。

或许这短暂的银幕经历就是给我们提供一个缘分。自打在你们学校的湖边你第一次握住我的手，我就在心里决定不再做演员了。

我明白，你不会接受一个女演员的生活方式。

在我心里，只要我们在一起，那都不算什么大不了的损失。

我就是回上海制片厂跟领导说明我的意思。

结果很费了一番周折，简直把整个制片厂的老老少少男男女女都得罪光了。

但我一想到你在北方正等待着我，我就有勇气那么坚决。

可是我一回来就发现你身边已经有了别的女孩。

我只不过刚刚离开你两个礼拜而已。

你让我住在你家里。你真的很好。也幸亏如此，否则我已经进退无地，站在长安街上不知所措。

但是我不是冲破一切回到北京来借宿的。更不是天天看你打扮得漂漂亮亮去约会别的女生的。我跟你说我们要结婚的时候，你的眼神好像看见了飞碟。这真的把我吓坏了。

你要知道我已经为你失去了一切。但我知道我是等不来了。

那天晚上你醉醺醺地从外面回来躺在沙发上哭，像一只受伤的小狗。

你神志混乱地告诉我，梁咏旗跟你摊牌了，彻底抛弃你了。你错过了一辈子真爱的女孩。

你知道你有多残忍吗？即使你是神志混乱，即使你是在说梦话。

你的女朋友很多，我从没介意过，因为我和她们是不同的。

我是认真的。我改变了我整个的生活来适应你。

她们为你做过什么？梁咏旗为你做过什么？

我知道我只能离开了。

我垂头丧气，像一个被抓的通缉犯一样回到了上海。连亲爹亲妈都不正眼看我。上海人本来就势利。幸亏有老聂。但我到现在还在犹豫着。

我犹豫着你会不会突然出现在上海。你有时候会这么冲动的。

你或许会意识到我不辞而别时的哀伤，你会为此心软的。

但没有。我就希望你能回封信。也没有。或许我想可能是寄丢了。我又再写。再再写。后来我自己都不敢写了。怕你一看见这个地址就厌烦地扔垃圾箱了。

我甚至还打了一次电话。保姆说你去了德国。

那一切都来不及了。并不是因为担心他的等待会过期。而是……

我写这最后一封信。如果你从德国回来能来找我，那就是我最大的惊喜。为此我仍然会像以前一样坚定果断。

蕊

九月初三夜

可怜九月初三夜，蕊的眼泪像冰海里寂寞的珍珠，绝望的爱情像断了弦的弓。

一个叫蕊的女孩——那也是我妈妈的名字。

最后嫁给了姓聂的人——那也是爸爸和我的姓。

住在胡家汇清廉巷——那也是我童年住过的地方。

不是我妈妈还会是谁呢？

“又是一个痴情女，而且连信封都没拆，估计大熊那段时间在德国，保姆就和别的信一起收拾起来，估计他到现在都不知道有这封信呢。”李玄说。

虽然家里没有母亲年轻时的照片，柜子里也没有年轻时的影集，但即使没有这封信，也不难看出来这个女孩就是当年的妈妈。

只不过我心里面在声嘶力竭地抵抗着：不可能，不可能……不可能！

怎么会这么巧，怎么会这么惨？

我辗转反侧，直到后半夜真的是难以忍受，只好给胡蝶打电话，她说正准备收拾行装去东北干一票大活。她问我是不是碰上人生大问题了。

“假如有一个人曾经欺骗过你母亲，你怎么对他？”我说。

“你是说我老爹？说是比我妈大两岁，实际上小三岁。”

“哦，我说呢——你们家的取向好像是家传呢。不过你这是在打岔，我真的是想听你的想法。”

“骗得惨不惨？”

“惨，我妈妈为这个人抛弃事业，抛弃成为明星的前程，和单位和家人决裂。”

“停——爱得也太没底线，不是歇斯底里，就是正版花痴。那个男的不还给她一个肾，她肯定没完。”

“她只是想嫁给他。”

“——他有不娶她的权利。”

“好嘛，男人最喜欢全世界的女人都像你这么明事理了。”

“我也很同情啊。可是别人的同情再多也不能兑换成自己的幸福。女人的爱就是拿着刀鞘寻找注定的那把刀，不是将那把刀当成凿子把自己抠成鞘，那自己是很痛苦的；也不是让那把刀打着卷装进鞘里，那会让他很痛苦的。”

“可是谁能把握那种微妙的缘分呢？或许那把刀上了几层锈，没有极端的敲打，锈是不会自己掉的。”

“每头驴都喜欢草，但绝不是驮在它背上的那捆。所以实在要抉择，与其让爱变成负担，倒不如留作怀念。”

“总之，你对骗子没有谴责。”

“骗子容易揭穿，如果是女人自己骗自己，那谴责别人只不过砸碎镜子自己听个响而已。如果真是我妈，我劝她别给爱情打太多白条。”

虽然什么事在胡蝶处理起来都如同庖丁解牛，该怎样就怎样。但我却一时无法自拔，为什么妈妈偏偏爱上了我爱的人呢？我也明白，其实我应该问自己，为什么偏偏爱上妈妈爱过的人呢？本来也只是一个学生对老师的幽怀爱慕，可是命运偏偏让这个恋情有了一个不可思议的前传。这是妈妈和我的陷阱，命运在坑边掩口而笑。

我不再去他那里，也不接他的电话。去看玛雅之前也会在医院楼下给护士先拨个电话，确认不会碰到他。我偶尔忍不住透过槐树看见熊士高家的灯光彻夜亮着。他似乎已经感觉到我的异样，打过两次电话我没有接之后，就没有再联系我了。无可奈何的流火长夜啊。难道他从没有感到我的面孔似曾相识吗？我守着这边的窗子，忍受着夜色向我深处腐蚀。

有一天，我被同宿舍的小凤仙拉着，跟京大的爱鸟协会去给校园里的流浪猫做绝育，而野猫最多的就是瞬园了。在食堂门口，小凤仙一定拉着我在那里招募志愿者，目的是给瞬园的野猫做绝育。他们在海报上写着“爱它就给它绝育。”

有男生跑来问我：“是不是只针对那些生过一胎的猫呢？”

小凤仙抢道：“猫生育不论胎论窝。对猫不实行基本国策。”

“也太残忍了。处猫也要被净身吗？”

“那你能准确分辨哪只猫是处猫吗？”

“不能。”

“那就没办法了。该扎就扎，见了就抓。”

我们戴上皮手套，攥着猫粮假装去喂猫。

抓到一只，就抱进一个纸箱子里，那是个临时的手术室，小凤仙的男朋友大田是医学院外科的学生，今天都由他来操刀。

“哇，你行吗？”我问。

“小case，再说人的结构比猫复杂多了。”他说。

一只金黄色大狸猫东蹿西跳，谁都搞不定。

“一定要净了这家伙，它可是这园子里的猫王，每年开春，它叫得最凶。超生主要就是因为它。”一个男孩说。

大家围追堵截，那猫就钻进熊士高家的院子里去了。

“小鱼，你跟熊老师不是很熟吗，你进去把猫抓出来。”

“我不去。”

“为什么？”

“怕他说我们闲出毛病了。”

“这不是闲。防止猫害，人人有责。猫制造噪音、脱毛、到厨房偷食物、攻击小孩，而且露天表演少儿不宜的行为。”

正在门口推推搡搡，看见熊士高从里面出来了。

“咦，小鱼，好些天没见你了。这么多人干吗呢？”

“我……看他们……”

“熊老师，我们正义务给流浪猫做绝育呢。有一只跑你家院子里来了。”

“呵呵，还义务？猫儿们一定很感激你们吧。”他笑着说。忽然转向我，“过来，我跟你说件事。”

我俩站在槐树下面，他凝重平静地说，玛雅走了。很遗憾，他通知我，而我没有接。

“对不起，我……那天太累，睡了整一下午。”

“没什么。她没有醒过来，就在昏沉中离开的。”

然后他就离开了。我不知道他是不是在生气。行百里者半九十。我因为回避他而错过了送别玛雅的时刻。

后来他带我去郊外一处幽静的公墓，我在玛雅的墓碑前想起橙色的灯光下听着玛雅讲述过往的好多夜晚。想起她郑重其事充满热情地过感恩节、复活节和圣诞节。她曾给了我很多个年少时渴望的温馨的晚餐和烛光。请原谅我，玛雅。但愿我梦里的泪水能循着你的脚步多送你几程。

冬至前后，忽然网上出现了我最担心的谣言。那天，李玄突然给我打电话。

“你快看看BBS的首页吧。”

一个署名叫“杀死比尔——Kill bear”的人发了一篇《名媛之死，你得到了多少》。

说京大的先驱美国人葛德恪和熊士高的爷爷熊西铭是挚友，前者在德国时就认识留学的熊西铭。后来熊西铭回国后在京大任校长，立刻延聘葛德恪来华任教。葛丧妻很早，是在熊西铭的引见下和林晚陌结婚的，他们的女儿就是葛爱林（小名玛雅），一位在四五十年代芳名馥郁的知性美女。那个年代学术精英心中的女神。两家的友谊世代相传、久经考验，不知不觉间传到了熊士高这一代。熊士高这个人是一天生的风流贱客，对女人和物质都挥霍无度。葛爱林作为他的阿姨辈，可以说是看着他穿开裆裤长大的，甚至在熊士高年幼丧母的情况下用“自己的乳汁喂养过他”，然而熊士高在葛爱林饱受残疾折磨的后半生中没有对这位伟大的女性有什么回报，他所做的就是视而不见。然而最近熊士高为什么“一反常态”忽然生出了对葛爱林的感恩之心了呢？不但将发病的葛爱林送到医院，而且还每天悉心照顾，如待生母。答案并不难猜。当年葛德恪以研究中国地理而闻名，曾经在国外搜集了很多极其珍贵的舆图和界图。这批珍贵的文物历经了抗日战争、国共战争、“文革”等历次劫难依然幸存。对于这一点秘密，熊士高从小听长辈说到，耳朵都生出老茧了，他怎能不知道？他很显然要趁葛爱林最虚弱、最无助、最犹豫的时候表现出他的“所剩无几的人性”（是不是伪装也难说），来博得葛爱林的好感。根据医院的消息，葛女士的病情非常严重，康复的可能性很小。所谓“人之将死，其言也善”，一向品德高尚的葛爱林怎么会介意熊士高此前的龌龊行径？或许她此时念及的只是两家世代的交好。她会不会把这些珍贵的遗产交给一个错误的人呢？如果真是如此，这些国宝的命运就岌岌可危了。一个腐化堕落、沉迷享受，常与明星名流为伍，贪慕虚荣而又无尺寸营生的人，唯一的选择无外乎变卖葛家的遗赠。当国家斥资数亿收购流散海外的圆明园牛首猴首之时，“败家子”正觊觎将更为珍贵的国宝据为己有，并将来一卖了之。京华大学的学子们，有识之士们，不要让悲剧再重演，让我们援引国歌：“中华国宝到了最危险的时候，每个人都发出愤怒的吼声……”

我看着就觉得天旋地转，两眼发黑。

这文章写得就如同署名一样，简直不是一般的造谣污蔑，而是完全抱着必欲除之而后快的歹毒心机。“自己的乳汁”，玛雅从没有过孩子，哪里来的乳汁？

熊士高和浸宁正在什刹海岸边的院子里解读满族神歌呢。

我只好马上给李玄打电话。

“这个人到底是谁？我有种预感，绝不是一般学生的无聊造谣。”

“那很显然。大内在BBS的熟人已经查到了IP，但人家说是转载。”

就像之前李玄预言的，会不会又是吕品和余杭生师徒开始双黑行动了呢？

“大内那边有超级黑客，一有消息马上告诉你。我们和你一样关心熊老师。虽然动机不一样。”李玄迅速地挂了电话。让我根本无法质问他什么叫“动机不一样”。

我就一遍一遍刷新BBS上的回帖。

谣言真的和洗衣服不一样，后者越刷越白，前者越刷越黑。

现在的学生都怎么这么轻信！

我本来想发一个帖子回击一下，一看回帖都已经七八十页之后去了。

而且凡是有人反击的立刻就被群起而攻之，说是托儿，分了熊掌，领了熊口费。那些表示质疑者，被骂为“脑袋生痔疮了”；那些说要“客观”的人，被骂成“什么客官客官的，一听就是老鸨”。那些说要调查事实的人，被骂成“与其要狮屎，还不如去领点熊便”。

这简直就是语言的暴力刑场。

李玄终于打电话来了：“帖子是从之江大学辗转贴来的。估计是之江大学听说大熊要去那边做特聘教授，他们中有嫉贤妒能的人担心自己被抢了风头，就先发制人了。”

可是之江大学的人怎么会知道呢？我忽然记起来，熊士高曾经提过谭新眉的伯父就是之江大学文学院的，而且那天她在地下室确实听到过我和熊士高关于那些明朝舆图的话。真是，竟然一直把她给遗漏了。

“可是咱们学校的BBS怎么能转贴这种东西呢，还被顶上了十大。”我说。

“这就是我们一直争取的东西——言论自由。”

“这不是言论自由，这是众口铄金，积毁销骨。简直是我校的耻辱。”

“放心吧，大内已经说服站长了。你再刷新一次看看。”李玄说。

果然那个可怕的页面已经“not found”了。

当熊士高回家的时候，他惊诧地发现，一楼客厅里聚了一堆人，在沙发上东倒西歪。

可是，在BBS上被删掉的那篇帖子忽然又出现在首页上。

大内打电话给站长，站长跟唱川剧似的，红脸换成大白脸，严厉地教训大内：“这是一所以兼容并包为信仰的伟大学校，怎么能因为一己之私袒护包庇呢？”

大内急了，骂道：“靠，我是拿你当哥们儿呢，才跟你说一声，我随时都能踹死你这个BBS。还兼容并包？是不是拿了哪国的卢布了，糊涂站要是不关闭，你们不知道要做多少年二奶。还并包？赶紧找个地儿隆胸得了。”

对方冷笑道：“你骂死我也没用。反正我后面也有大人物顶着呢。”

“就知道后面有人顶你，你丫超级大屁精。你等着，上次给凤凰园找的俩猛男一直等我给介绍新活呢，我就让他们去你那再就业一次吧，肯定把你弄得特舒坦，保你后面可以进动车。”

“雇打手是吧？你先看看熊士高家周围是不是有保安在那里遛弯啊。我可以很负责任地告诉你，他们可不是来保护人民教师安全的。”

我们立刻趴在窗子上往外看。

前门后门，整个院子真的被一群“灰乌鸦”给包围了。

熊士高让大家回去休息。

我们不肯。“学校看来对玛雅的东西眼馋了，只要他们大大方方开口，我就给他们。不会有流血冲突的，你们放心好了。”

我们从大熊家出来，大内走到一个保安面前：“兄弟们辛苦了。我一个礼拜丢了三次内裤，你们不能治理一下学校里的色情狂吗?”

那个小保安咧着嘴，淳朴地干笑了两声：“那事不归我管。”

“那啥事归你管哪，大晚上在这蹲坑是想管什么事?”

一个年纪大点的保安从柏树后面绕出来：“别妨碍我们值勤。”

“值勤？你们值的哪门子勤啊？你们要是能到家属区管管人室行窃，那叫家禽；要是和偷车贼对着抡，那叫猛禽；可是你们要是天天围着好人家转来转去，人家拿着拖把轰你们，你们那叫禽流赶。”大内说。

最搞笑的是学校在玛雅已经入土为安两个月后突然搞了个吊唁会。

此前玛雅的身世被校方挖掘出来，大肆在校内和媒体上宣传。

吊唁会布置得规格很高。来的人很多。

但规格再高，名人再多，这个葬礼也太奇怪了。

人有死两次的吗?

之前校方派档案馆馆长前来试探。大熊说，玛雅的确赠给了他和我一批遗物，但前提是不捐给校方，因为京华大学对她伤害太深。我们不能这么违背她的遗愿。这些东西我们也不会自己留着，时机合适会无偿献给合适的收藏机构。

学校碰了一鼻子灰，更加紧了舆论攻势，不明就里的学生竟然有在熊士高家周围示威的。

本来，熊士高是决不去官方搞的这个吊唁会的，但看了网上的视频，发现玛雅的遗像竟然是找人手绘的，而且完全没有玛雅年轻时的气质，他无法忍受。

那天熊士高穿着平整的黑色中山装，上衣口袋别着黄色的小雏菊，腋下夹着一个黑纸包着的四方扁盒，在窃窃嗟议和诡异的目光中中穿过人群。

熊士高撕开黑纸。

我能猜到，那里面一定是熊士高家里保存的那张照片。

那张玛雅一笑莞尔的半身照。

还有玛雅自己的签名。

这是一张足以证明两家深交的物证。

他在众人的惊愕目光下把那张蹩脚的遗像扔在一边。

玛雅的葬礼就像校方组织的其他无数次葬礼一样，按部就班地操作下去。来附庸风雅的人成百上千，但我知道，真正悲痛的只有我和他。

这位京华大学开创者之一的独生女，著名建筑学家的妻子在看似隆重的场面下被凭吊着。

但其实和她都没有关系。

讣告不是她的讣告。

葬礼不是她的葬礼。

大厅外面是入冬以来少有的大雪。

熊士高深深鞠了躬之后，离开了。

就在他走出大厅撑开伞的时候，一个瘦小的身影迅速追上去，就听见熊士高大叫了一声，猛地回手一肘，那个黑影本想从旁边逃走，正被迎面来的一肘打在脸上，尖叫一声仰面倒下。

我急忙跑上去，熊士高右手按住后背。

一把匕首插在左肋后面。

我筛糠一样抓着他的左手。“去那边坐一下，我马上叫120。”

“没什么大事，你不用慌。”熊士高然后对着门口的保安说，“帮我报一下匪警。”

他坐在墙边的椅子上。

大部分人把那个行刺者围住，有几个跑过来询问伤势。

我打了120之后，立刻又打给大内和李玄。

两三分钟后，大内李玄等一帮人就跑来了。

李玄带了纱布。

但刀还插着，也没法包扎。

大内竟然还带了点大麻，偷偷地说紧要的时候可以顶一阵。

没几分钟，阿甘和我们系的几个老师也来了。

大内他们此时冲进了人群把那个凶手揪住了。

此时学校派出所的人到了，把那个人带走了。

小凤仙跑过来对我说，那个人就是那天在熊老师家捉大公猫的那个尖声尖气的男生。

“那厮我太认识了。”大内说，“那家伙考了五六年京大的研究生，文史哲都考个遍，没一个导师看上他的。他说现在的教授良心都让狗吃了。人家孔子收学生不笔试不面试，不收学费不看姿色，不看背景，就要两块干肉。可是他把自己的肉割下来，教授也不要。有朝一日他一定要割个教授的……”

阿甘立刻插话说：“我看还是我开车马上送医院吧。”

幸亏救护车已经到了。熊士高被抬上救护车。我坐着阿甘的车随后也到了医院。还是那家玛雅刚刚离开的医院。

“外面有两寸，估计里面有三寸。”大内说。

“人家不常说冰山露出来的只是九分之一吗？”李白说。

“你傻啊。拿一把太极剑捅人。”大内说。

我们等在手术室外面。

他会死吗？老天似乎刚刚显示一种缘分的迹象，似乎我是被托付给他的。他应该还有很长的路要带我走。

“哎，你哭得这么厉害干吗，伤口离心脏大脑很遥远。不过就是皮外伤而已。”大内蹲下来问我。

我茫然抬头：“我哭了吗？”自己还没意识到，就看见眼泪顺着指尖在地上聚了一小摊。

“你也太夸张了，不知道的还以为你失禁了呢。”李白还没说完，大内就把伞套塞他嘴里了。

手术室的门终于开了。

主刀医生从里面出来。

“有危险吗?”我们围上去问。

“你们还挺有共识。老黄非要我来做这个手术，还以为被插了多少刀呢。真是。”这位医生摘下口罩和帽子，眉心一颗高粱米大小的红痣。

我们几个吐了吐舌头，看来这位医生似乎有些意犹未尽。

这时候熊老师的那位朋友黄主任来了，拍了拍这位医生的肩膀：“老解，这次大材小用了。你肯定不过瘾。今晚上去鹿优鹿曲放松一下。”

“改日吧。哦，对了，那把刀已经放在塑料袋里，等警察来取好了。”解医生说，然后转身离开。

阿甘上去和黄主任寒暄，然后问：“这位解医生医术很高超吧?”

黄主任笑了笑说：“京城四大名刀的第一把。有一次一位首长会阴长了个疖子，他怕影响性功能和排泄功能，要求不用麻药。这没有关羽那两下子可不成。最后只能让老解出手了。老解做到了在病人产生剧痛之前，结束了手术。”

“哇。熊老师看来不是治病，简直是疗养来了。”李白说。

这时候护士们把熊老师推出来。

他脸色依然苍白，不过笑着，说：“没事没事。李白、大内你们在医院里要保持安静。”

三天后，他坐着阿甘的车回来了。

吕品带着一干人等前来慰问，“士高啊，明枪易躲暗箭难防，作为公众人物，你可要谨言慎行啊。要看清大局，学校和系里是特别珍惜你这样的中青年人才。风物长宜放眼量嘛，对不对。有舍才有得。安心休养。”

走了后，米四淑就说："这话好像起酥蛋挞，话里话外似乎分了好多层意思。什么叫'有舍才有得'啊？"

大内说："系领导估计早领了学校的上谕，这是兼带着劝降呢。"

"别屌这帮知识粪纸。被人家当手纸用过了还自我感觉良好呢。你们说那个疯子到底什么动机啊？"李白问。

"在区公安局审着呢。还没审出我公安干警想要得到的事实呢。"大内说。

"不审也知道，所谓京大边缘人。在学校里逮谁蹭谁的主儿。自己明明是个冬瓜，但就觉得怀才不遇，久而久之，变态成了常态，常态成了变态。"

"不过这几天，熊老师还是要有人照顾一下。"小凤仙说。

"谢谢了。都出院了，还照顾什么。抬脚就是食堂。即使不舒服了，转弯就是校医院。"

李玄声音清冷地说了句："还是让善于煲汤熬粥的小鱼和米四淑来吧。"

我心里暗暗欢喜，正是自己不好意思说的话。

其实米四淑哪里会煲汤啊，事实上也就和我来过一次，她在屋里和熊老师侃大山，我在厨房料理，然后她端着汤进去对熊老师说："来，尝尝我俩的手艺。"

熊老师说："来，我俩尝尝小鱼的手艺。"

我们三个就相视大笑。

一天中午，忽然接到学校资产管理部的电话，告诉我尽快搬出玛雅的住宅，按照学校规定，一旦现在的房屋主人去世，就被学校收回使用，学校要将这栋别墅辟为"校史陈列馆"。

这真是讽刺啊。这里最精华的塔湖图、一草一木都是玛雅父亲的灵感和心血，没有他，哪里有京大的校园？而他女儿刚刚离开不久，房子就没了。

晚上我去熊士高那里。

看见他正围着围裙在厨房里忙活。我愣在那里。

“小鱼，我跟你们说过我也是意大利菜的高手。这道菠菜奶酪牛排一好，地道的米兰晚餐就齐活了。”

“可是，你还没……”

“痊愈到最后阶段就是心理上的，我心理很过硬的。”

“你去屋里打电话给米四淑，叫她一起来。”他戴着薄乳胶手套，鬓角的头发上还沾着一星半点的奶油。黑色纯棉T恤里是宽厚的肩背，宜家的彩虹条围裙系在结实的腰上，凸显出微微凸起的肚腩和紧致的臀部。我感到脸在迅速变热，急忙进了他书房去打电话。

米四淑在电话那边说：“我们刚吃完火锅，正要去蹦迪。算了，我先谢过了。”

我走出去，他已经摆好了。

红酒、牛排、例汤、沙拉、奶酪、吐司、意大利面、七枝烛台。

有型有款。

“米四淑什么时候到？”

“她请假不来了。”

“米四淑不来真可惜。”他说。

“不可惜，她有更大的西餐。”

“什么东西？”

“她找了个外国男朋友，nice boy。”

“传说中的NBA。Nice Boy of American。好了——开酒。”

“这酒的红色真美。”

“葡萄美酒夜光杯。在漫长的黑暗里酒把自己酿成了光亮。所以红酒最适合在晚上喝。”

“喝进去，你也变成夜光的了。可惜我不会喝酒。”

“可是一个人要学会醉，否则世界太枯燥了。”

“那好吧。”我说，“但不如变得有趣点。一个杯子有酒，一个杯子空着，轮到谁喝酒的时候，谁就闭上眼睛，摸中了有酒的就喝下去。”

“嗯，有趣。那摸到空杯子了岂不遗憾?”

“不遗憾，摸到空杯子有权利要对方讲个故事。”

“哦，什么样的故事?”

“赢的人想听的故事。”

“哦，不就是真心话大冒险吗，还拐弯抹角的。”

我倒了一杯酒和一只空杯子放在一起，“你闭上眼睛。我要像魔术师那样让两只杯子跳八字舞了。”

他一下就选中了有酒的。

“这酒的中味最好，就像仕女最美的腰，荷花的梗。”他抿了一口在嘴里，仰起黝青刚劲的下颌。

轮到我了。我早拈起一把小叉子在手里，闭上眼睛，随便轻轻敲了一下一个杯子，知道这个杯子里有酒，便端起另一杯。

果然，我端起的这杯是空的。

我笑着看他。

他蹙了蹙眉头，笑着说：“我忘了你从小就弹琴的。耳朵好使。不公平。不许敲的。”

“事先又没说不可以。再说我也允许你敲。”

“熊猫允许我吃竹子，我可得能吃啊。”

“多说无益，我要听一个你的故事。开始吧。”

他无可奈何地笑了笑，靠在椅背上，似乎把伤口压疼了，条件反射似的弹开：“哎哟，好吧。好像屋里有小精灵替你仲裁了。”

我六岁的时候去书法家孙碑钦家，他送了我一只小鸭子。书法家喜欢养鹅和鸭子什么的，你知道吧，因为王羲之喜欢这些东西嘛。我看了安徒生的童话坚信这只鸭子其实就是天鹅。我每天很重要的活动就是站在花坛上一次一次把它往草丛里扔。后来这鸭子越长越大，也越来越喜欢从高处滑翔。

后来我就上学了，顾不上陪它玩了。

有一天放学回来，发现鸭子不见了。死找活找最后在湖北岸的一个破败的小院子里发现几个工农兵在那里支了一堆柴烤鸭子，旁边一堆鸭毛。其中一个说："奇了怪了，这年头还有这么肥的鸭翅可吃。""瞧这翅膀，没准儿本来是只会飞的野鸭子，后来看见谁家粮食多就不走了。这种革命意志不坚定的鸭子见一只吃一只。"

我笑着说："耍赖，说了不许讲死亡的故事。"

"我没说他们烤的肯定是我的那只小鸭子，我坚信我的那只小鸭子可能是天鹅，飞走了。"他张开双臂说。

"狡辩。继续来。"

结果他又挑中了有酒的杯子。

我当然毫无意外地挑到空杯子。

我不讲鸭子了，但还是跟鸟儿有点关系。我大四的时候有一次家里来了一个阿姨和一个女孩。

我爸说在西南联大的时候和女孩的爸爸一起去纳西族村寨调查东巴文字，结果我爸被热辣的纳西妹妹看上，非要就地婚配，关键时刻幸亏女孩的爸爸挺身而出，李代桃僵。我爸说还没有报答人家的雪中送炭呢。我当时没太明白，这报答是什么意思。

我爸爸让我带着这个叫张萍的女孩在京大转转。

我就带着这个女孩转来转去。

她说她刚考到北京，在读水木的土木建筑。

你一个女孩怎么学土木呢?

她说：我姐姐让的。

……

夏天这么热，怎么不穿裙子？

我姐姐不让，蚊子会咬大腿的。

……

你会跳舞吗？

她说，不会。

为什么不学？

我姐姐不让，跳多了容易晕车。

……

你姐姐叫什么？

她就张开双臂，做翱翔状。

哦，张飞！我说。

她怒道：张雁！她判断我是故意的："你这个人不太严肃。"就不怎么搭理我，要求我带她回去了。

这是我第一次官方的相亲经历。

"呵呵呵，这个叫张萍的女孩也挺单纯的，你不会这么脆弱吧，应该继续追啊。"

"因为我很快就陷入了一场新的恋爱。"

"哪一位？"

"张雁。"

"她姐姐？挺不可思议的。"

"是啊。费了一股子牛劲才让她离开土木系，才让她学会穿裙子，学会跳舞。然后，她就去了美利坚去给美国人造大楼，陪美国人跳舞，穿美国人给她买的裙子。"

"不说分离的故事吧，太伤感了。"

"呵呵，这不是分离，是放飞。"

"是她自己要离开的？"

"我还没有真正抛弃过谁呢？我说是放飞，同学说我是放生。我没那么虚伪。”

他又是摸到了装酒的杯子。

“这次我要你讲一个你认识的最漂亮的人。”

嗯，他沉吟起来：“每个人我刚认识的时候，都觉得是最漂亮的。”

好吧。他有点晕的样子，或许不是酒的作用，大概有些回忆比酒精还让人恍惚。

八五年的时候我替学校接待一个德国考察团，带着他们去西藏。

那也是我第一次去西藏。

几天后忽然一个叫安娜的女人类学家不辞而别，偷偷离开了团队。

我们只好联系当地政府四处搜寻。

最后在几百公里之外的察隅传来消息。

我被派去专门领她回来。

她就在政府招待所。

见到我她就哭起来。

她跟当地人解释得筋疲力尽，但没有人能听懂。

你知道她想干什么吗？

她想找一个康巴男子，怀上他的孩子。

后来她还写了一部小说。

苏梅遮还说以前中国人西方取经，如今德国女孩来东方取精了。

我问她为什么？

她说她父亲在奥斯维辛曾经做过焚尸炉的工人。

每次想到这里就觉得有种马克思他老人家描述的感觉：每个毛孔都滴着血和肮脏的东西。

她要下一代能洗血，最好的选择就是和她认为最圣洁最平和的宗教民族结合。

她是个非常美丽的女人，金发如明橙，瞳仁如晨曦。

我就带着她在那个县四处寻找有这个志愿的康巴汉子。

这个意思我可不敢跟当地的汉族和藏族官员说。只能借口说寻找康巴男性进行体质人类学调查。后来终于找到了一个刚从青海来的老藏。五十来岁，跟汉族人接触很多，明白我转述的意思。他说，他要调养几天身体，不能怠慢万里迢迢来到的客人。

于是我们只好供养了几天好酒好肉，还要陪他去大大小小的寺庙里奉献供养之物。

最后终于说到了吉祥的日子。

结果没到半个钟头，安娜从老藏的帐篷里气冲冲地跑了出来。

接着，我和安娜一起度过一个非常美丽的夜晚。我们俩趴在厚厚的羊毛毡毯里，看着帐篷的天窗外华丽璀璨的星空。

我们哼了一晚上Louis Armstrong的what a wonderful world：

I see trees of green， red roses too

I see them bloom for me and you

And I think to myself what a wonderful world.

I see skies of blue and clouds of white

The bright blessed day， the dark sacred night

And I think to myself what a wonderful world.

The colors of the rainbow so pretty in the sky

Are also on the faces of people going by

I see friends shaking hands saying how do you do

They're really saying I love you.

I hear babies cry， I watch them grow

They'll learn much more than I'll never know

And I think to myself what a wonderful world

Yes I think to myself what a wonderful world.

一年半后，安娜给我寄来一封信说，她早已经生下了一个漂亮的女孩，她叫Lola。

我说恭喜她终于如愿以偿。

她说这个孩子眼睛像西藏的天空一样蓝，但性情像我一样温和……

她说要寄给我小姑娘的照片。

我说，千万不要，我会忍不住去把她夺回来。

她一听忽然警觉起来。

你知道德国人是非常认真的。

后来我去德国的时候真的难以控制自己的想念，就按那个地址去找她们。

结果，安娜早就搬走了。

听说移民去了法国。

我知道，我已经错过了她们的世界。

错过了一生中最美的女孩。

“你——又说分离了。”我觉得我的声音有些哽咽，冰凉的液体从我的眼角落下来。他的脸开始红了。眼神也迷惘起来。泪花在眼里打着转。“来吧，继续。”说着他又倒了一杯酒，一仰脖子就干了。

“你——喜欢过电影演员吗？”我问。

“肯定有过。但也不记得名字和样子了。”

“上海的。”

“好像是。但后来突然不辞而别，再没有音信了。”

我跟他告别，他沉浸在酒醉勾起的伤感里，不知道有没有听到。但我却如同受到万有引力，在他的房子外面踌躇了很久。

这是要做一个重要的决断了。要爱，就冲上楼去，不想此后如何结局。要不爱，就露从今夜白，永远以师长相待。我就从他家到玛雅家之间走来走去。好像丢了生命的钥匙。好像失明的精灵。这时候听见元培广场上传来阵阵的欢呼声。我就下意识地循声而去。很多人横七竖八地躺在地上，坐在礼堂台阶上、花坛上，仰望着天空。

流星雨吗？每有一颗星划过，就激起一阵欢呼。我轻轻地跟着他们叫喊。一颗更明亮的划过中天，我亲眼见到了。我就让声音更大些。很快地，那声音就好像要从我身体里自己飞出去，我就和所有人一样被几光年外的一瞬闪光施了魔咒。我感到一层坚硬的表皮在悄然剥落。我的尖叫让剥落的痛感似乎减轻了很多。我大叫着也不管天上是否有流星划过。我听见旁边有人在悄悄说：这个美眉好high啊。我不理会。我不尴尬。我离开广场，走向我要去的地方。

餐桌上的酒瓶果然已经空了。

卧室虚掩着，看见他就斜躺在床上，姿势像一个夸张的K，腰上还系着围裙，脚上还穿着皮鞋。

指间的酒杯落在手边，残酒在洁白的床单上润成一朵花。

我刚才也应该喝点酒的。

他轻轻地打着鼾。

T恤由于别扭的睡姿撸到上面去，露出肚子，灯光下，发着柔黄的光泽。

我拿来一条厚毯子，轻轻地盖在他身上。

然后掀起一边，想了想，又转头看看他酡红的脸庞和脖子。

我就轻轻地钻进毯子躺在他身边，把头偎在他的腋下。

就好像雾入松林，水润花根，薄薄地揳入他的梦境。

他轻声嘟囔了一句，翻了个身，变成个大字。

我在他留给我的小小三角空间里蜷着，怕滑到地上，便轻轻地抱着他。

我闭着眼睛，等待他惊醒后会发生的一切。

他会斥骂我吗？

或是不屑地说：出去。

但无论如何，我不能趁着他茫然无知无觉中偷偷地离开。

我不能。

我能感到自己的身体在哆嗦。

更觉得他厚实的肌肉在红酒的灼烧下散发着蒸腾的热。

我觉得自己身体里仿佛血在汇集在荡漾，仿佛一朵花在身体里膨胀，即将开放。

我的手指不自禁地抠着他的脊背……

清晨的时候，忽然一阵电话把我惊醒了。

他睡眼惺忪地越过我抓起电话，我能隐隐听到是催话费的。

他哐的一声撂了电话。

重新躺下。

片刻后，他突然砰的一下弹起来。

他睁大眼睛看着我，我半睁着眼睛望着他……

那个早晨对我来说是梦幻般的。

我熬过了一整夜，无数次想偷偷溜走，就像偷偷溜进来的一只蜻蜓绕着灯转了一圈无声无息地飞出去。

但我坚定地躺着，并且度过了在这张床上的第一个夜晚。

那个早晨对他来说就好像007一觉醒来总发生一些睡前没有料到的事情。

他坐在那里没有说话。

他在回想昨天晚上的事情。

当记忆如同晚出的蝙蝠陆续回来连缀完整，他就明白了。

其实他早就明白。

他明白，无数次课上，那个总是坐在最前面的女孩的眼神。他平平地望过去，尽量避开她的目光。就好像风高高扫过，害怕树梢的扰动。他明白，她有时莫名其妙地疏远和不满，但从来没有斩钉截铁过，就好像是小孩子吸引注意的把戏。他明白，在玛雅家的餐桌边，她没有拘束时的可爱和单纯。他明白，他被刺的时刻，她眼神里感同身受的痛苦和惊惶。他明白这一切细节，和细节背后一颗患得患失、敏感踌躇的心。但他也一样不得不恪守着矜持和端正。他是老师。一个和她爸爸年龄相仿的老师。我能隐约感到，公论设置的鸿沟对他的威慑力。

我可以。他不可以。

没几个人会认为他追求自己的学生是一种爱情，很可能被认为是色情。况且他在淤积陈旧的传言里早就被描绘成一个登徒子。

“你真的爱我吗？不是对礼物的那种爱，我不是什么礼物。”我问。

“我心里好像一直放着一张你的照片，模模糊糊，你出现时就把它擦得越来越清晰了。当我流血的时候看见你的眼泪，一瞬间我心底的那张照片就翻过来了，就像那反面写着：我爱过。”

是的，当他沉默了很久，终于第一次张开双臂把我轻轻揽入怀中，我感到，我们爱过。

我不想继续对这种神秘的体验夸大其词，也不会认为这是可以推荐给小凤仙或者任何女孩的爱情试剂。但那就是我当时的感受。就是暮色里，叼着烟袋的渔翁和他肩头的水鸟。就是狂风过后静止的秋千和踏板上的落英。就是香炉里蒸出的最后一缕烟。就是美人榻旁最晚一盏灯。就是一只纸鸢和春燕伫立柳梢，飘飘洒洒微雨中。

时光在最惬意的温暖中凝止。不论是偶遇还是重逢，在这拥抱里，觉得生命中最极致的喜悦。并且让我更相信、更勇敢、更坚定。

一年后，他从彼得堡打电话给我，说要给我一个惊喜。

接着就是一个多月的等待。

既焦虑又幸福。

他比原说的归期要晚三天。

原来是中间去了香港。

我问他去那里干什么。

他说去看姑妈。

然后他就拿出一个俄罗斯白银套偶。

他说，这可不是旅游商店买的。

那上面精致的雕工确实不是粗制滥造的工业产品。

我说，就是在那里买的又怎么了。

他笑着说，因为旅游商店买的套偶里面没有馅。

馅？

呵呵，还灌汤包呢。

你不信就一层一层揭吧。

最后一个冬枣大小的银偶揭开，里面是一个碧绿的戒指。

翡翠。

他说，我也是第一次拿着传说中的“高绿一口气”。

“收起你的高绿一口气吧。我知道你家有不少这些东西，但我不需要。我不习惯。”

“我也不喜欢这些东西。但是我姑姑早承诺过给我的婚戒。我姑姑还很国粹，坚持要用这种毫无修饰的平环。绝不用钻石之类的东西。”

“婚戒？”我心里突然忐忑起来。

“婚戒也可以订婚时戴。”

“订婚？”我抓着他的手，“你这个主意很雷人。有些土啊。”

“这就是我要带给你的惊喜。我要让该知道的人都知道——你害怕啦？很正常。可以预料，会有很多人劝你，会有很多人骂我。”

“不怕。我不是个胆小鬼。”他的双臂就是我固若金汤的城池，我感到幸福。

他发了很多请柬，却不让我告诉任何人。

我那天就装作若无其事，和小凤仙、米四淑、李玄等人打一辆车。

地方就是“重阳采菊”。

我问大熊为什么订那里。

他说，因为那是店主的命令。

到了那里才知道店主竟然是阿甘。

“其实我只是法人而已。袁鲤才是大拿。”他指着身边一个国字脸凤眼入鬓的中年人。

李玄说：“袁鲤是个大美食家。这里大多数菜都是他自己构思出来的。”

袁鲤笑了笑，然后跟阿甘和李玄打着手语。

我心里暗自吃惊，可惜袁鲤竟然不能说话。

学校、系里、朋友、学生，把整个三楼站得人头攒动。

我在化妆室里穿好可爱的荷叶裙。

我曾经跟大熊说不要穿这种babydoll式的衣服，以免看上去和他之间年龄差得更远。

“我们之间的代沟可不是你穿穿旗袍、我穿穿美特斯邦威就能掩盖的。你就是你自己，我爱的小鱼确实还是个本科生。这也是我们要在订婚时必须让他们清楚的。”

当大熊轻轻把方巾掀掉。

随着系党委书记一句“乱弹琴”一干人等鱼贯离去。

接着一些同学把带来的鲜花扔在地上离开了。

但结果不是毁灭性的。

毕竟还有一些真朋友留在身边。而且系主任吕品也出人意料地留了下来。

“我说呢。不让我插手照顾熊老师。原来是这居心……”米四淑摇了摇我的胳膊，“不过，真的恭喜你啊。”

“别一副口水横流的样子，有女生正和你们家大德搭讪呢。”

“哦，可不。那女生不是去年跟什么津巴布韦的酋长儿子混吗，还想黑白通吃。我得回防。”

小凤仙过来诡异地附着我的耳朵说：“恭喜恭喜，真没看出来，小鱼真把大熊给吃了。你下手也太早了。”

“你说的什么啊。把恋爱说得像打猎。”

“哼。长江后浪推前浪，前浪倒在沙滩上。你可不要沾沾自喜，看着后来的师妹们怎么使手段吧。”说完，小凤仙就跑开了。

楚国雄站在人群的外层看着我，我能感受到他目光里的幸福。当宾客散得差不多了。他偷偷问我，是不是回想起来，当初立志要追熊士高简直有点不可想象，好像白日梦。

我说我现在好像还有点晕乎乎的，像生活里发生了一次强烈地震，之后总是余震不停，幸福得有些恍惚。

我问他有过这种感觉吗。

他笑着说，他现在双脚已经落地，既幸福又扎实。

2008年情人节的时候，我们一帮人坐在胡蝶的商务舱浩浩荡荡去看《爱情呼叫转移》。

“去年的今天，我和几个西语、葡语系的女孩在一起。我给她们读了几段卡斯特罗和切·格瓦拉的通信。其中一个女孩问我，古巴领导人怎么也搞一夫多妻呢？我说，哪跟哪啊，谁告诉你的？她还纳闷呢：‘不是你说的卡斯特罗和他的妾——格瓦拉吗？’”大内说。

我就说，大内你老是这么损女生，以后情人节我们都不理你了。

这干人里只有大内和李玄还孤家寡人，我们一路上都想着各自身边的人哪个适合他俩，给他们做个月老，但让我们惊讶的是每蹦出一个人名来，立刻自己就否定了。这两人可真绝了，大内是哪个女生给了他都觉得糟蹋了，而李玄是哪个女生给了他就把他糟蹋了。

最后，胡蝶给出的方案是，大内和李玄来断背算了，一起解决了俩公害。

“断背就断背，不过我们要求领养两头熊仔，大熊和小熊的各一头。免得俺俩老无所养。你们得加油啊。”大内说。

楚国雄给了他一拳，我也呸他。

“干啥啊你俩，别告诉我，大熊太老，小熊太小，生不出来啊。”大内继续挑衅。

我虽然有些害羞，但我真想告诉他们我就要当妈妈了。

当我知道自己已经有了孩子的那一刻，那种巨大的喜悦和不安是无法按捺的。我想立刻告诉大熊，但他在江西和福建被遗产申报的事情忙得半夜才有工夫给我电话，我真不想再分他的心。更自私地说，我不想让这个好消息在他心里被其他事情牵绊。我要静静等待一个他安定的时候。

他回来之后说去了朱熹在武夷山里的故居，有了一样很大的收获。

“就是鼓吹饿死事小、失节事大的老家伙吗？你不会学了什么家法家规来折磨我吧。”我说。

“哪舍得啊。他还说不孝有三，无后为大呢，所以朱熹的后代喜欢吃一种两栖动物，叫多子龙，他们还给了几条风干的呢。”说着就从皮箱里抽出来一条一尺多长的壁虎一样的东西，黑背青肚，肚子鼓得像鸡蛋那么大。他指着说：“和别的两栖类不同，他是体内受精孵化。所以你看里面满满的都是它们的子孙后代。”

我一想起里面是蠕动的千万条小虫子，胃里翻腾，真的吐了出来。

他急忙拿出纸巾给我擦干净。“怎么了，知道你晕车，没想到你还晕菜。”

“你才晕菜呢，我，我这是妊娠反应。”

他愣了一下，轻轻把手伸进我衣服里，隔着内衣轻轻抚摸着我的肚子，慢慢地把我抱在怀里，沉默着拥抱了很久。

“采访你一下，你什么感觉啊？”我问他。

他轻轻叹了口气。“不知道——好像从此以后的每个夜晚每个早晨都摊在眼前，我人生的一切一切都尘埃落定了一样。”

“怀孕后，我怕自己在你眼里开始像一个容器了。等果汁倒出来，你就把盒子扔一边去了。”

“那可是个了不得的容器，以前你我的心再怎么亲近，也总隔着薄薄的两层皮，生下孩子之后，孩子的心就像一个标准钟，把咱俩的心律都调成一样的了。”

“真好啊，那就是三位一体了。”

他沉默了一阵子，忽然说：我们应该结婚了。

大熊决定就在5月份，再推迟，我的肚子就没法穿婚纱了。

我告诉胡蝶的时候，她惊呼道：“嗨，差点忘了还有这么个步骤了。早该给小熊一个名分了。”

“嘻嘻……看把你强悍的，是不是每天楚国雄按规定必须得向你撒娇啊。”

“哈哈，男人撒娇，非病即妖。我和小熊要不也凑个热闹吧。好事成双嘛。打算在哪啊？”

“好想去奥地利，茜茜公主的美泉宫，梦了很久。但我现在可不大方便。大熊说就去九寨沟。”

“哦，他祖籍是四川人，你是上海人，可真叫君住长江头，我住长江尾，日日思君不见君，饮君洗脚水啊。”胡蝶说。

“猜到就猜到了呗，非要恶心我们。这只是原因之一，更有意义的是那里是玛雅的爸爸和他爷爷在西南联大的时候结伴考察的地方。”

“哦，你们是结婚兼带着向先人的国际友谊致敬，那跟我和小熊有啥关系，不陪你们玩了。再说，四个人在一个地儿，我还真怕有些意志不坚定的人突然变节呢。我们还是在同一天同一时刻在地球的两端各自举行婚礼吧。”胡蝶说。

“你啊——那也好，离我们远远的天涯海角，你们俩找个只有一个木屋的珊瑚岛，就好像第一对来到地球的情人，或者最后一对离开地球的情人……”

“行了行了，听着美轮美奂，寻思着怎么好像经历了大灾大难。”听见胡蝶朗朗地大笑。

我先给贝姨打了电话，听得出她高兴得有点哽咽。

“你会来吗？可能我——要请我妈也来。”我说。

“那是应该的啊。她来是她的权利，我来是我的荣幸。”

给妈妈打电话反倒要鼓起很大勇气。

不仅仅是可预见的素来的冷漠，还有不可预见的东西。我和她，我的母亲，竟然喜欢了同一个人。

“妈妈，我两个星期后要结婚了。”

“……你不是研究生还没毕业吗？”

“我提前毕业。”

“那毕业了再结婚也不迟啊。”

“不行，我已经——怀孕了。”

十几秒钟的沉默。

“那男孩子学什么的？”

“中文，不是男孩子了。”

“已经工作了？记者、编辑，还是文学青年。”

“我们系的教授。”

“老师？”

“对。”

“……他离婚了吗？”

“他是单身。”

“他多大？”

“和——爸爸年纪差不多”

“那他是不是有毛病啊？打这么多年光棍！”

“他姓熊，叫熊……”

我就听见电话哐的一声摔了。这是预期中的打击。事情是可以预期的，但痛苦决不会因为这预期而减弱。

大熊用轻轻的拥抱抚慰我。但我却不能告诉他，为什么我和妈妈之间的裂痕又被怎样一把利斧切得更深。他仍然不明就里地揽着我，不得要领地说着："别难过了，你自己马上就是母亲了。你要是感到生命里有点缺憾，你就会补偿给我们的孩子。你知道盲诗人列加申科怎么赞美怀孕的妻子吗？他说，从远方归来，看见你，长夜里的风暴在黎明时止息；去往远方，回望你，像把花留在阳台上。"

一周后，妈妈突然打电话给我。

"上次妈妈做得有点鲁莽，但你知道换作别的母亲也会有意见，更何况我还是神经脆弱的。比你年龄大那么多，你到了妈妈这么大时怎么办，我后半辈子注定要一个人过，这是天有不测没办法，你呢？偏要自己选一条半截子路。"

"就算过一年快乐日子，也比二十年相互折磨强。"

"——我明天就去北京看看你和那个熊士高。"

"你怎么知道他叫熊士高？"

"啊……这还用问，京华大学能有几个姓熊的。"

我的心就像被击穿的潜艇猛地朝冰凉的深海里坠去。

本来还以为这将会是个她和我坦言过去的好机会，但她又拿出戏剧演员的套路欺骗我，我知道我们几乎没有彼此重建母女之情的机会了。

我便冷冷地说："好啊。我们等着你来。不过，我身体不舒服，他正好有个会，你反正对京华大学也熟，就自己打车来吧。"

第二天，妈妈说她住在新锦酒店，太累了，不愿去京大，让我们去新锦酒店找她。

新锦酒店里的浙江菜除了菜量名副其实之外，别的都有些山寨。

我和妈妈木木地面对面坐着。说话的时候，强制自己的面部肌肉勒出僵硬的笑容。服务员拿菜单来的时候，我俩都相互推诿着。

我温馨而木然地说："妈，你点吧，我好久不吃浙江菜了。你点你平时喜欢吃的。"

"一看菜单你就想起来了。都快要亲自当妈妈了，还让老妈照顾你啊。”

这句话简直听得我心酸得要掉出眼泪来，她照顾我什么了？还真好意思把自己说得含辛茹苦似的。

“还是你点吧。我们做东。”

“你们做东，那就你点好了。我既然是客人，那就客随主便。”

最后漂亮的女服务员大概是平生第一次看见这么一对奇怪的母女，说了声抱歉，就放下菜单离开了。

过了半个小时，大熊和阿甘一起来了。大熊可能是怕自己的年纪太大造成尴尬，所以就抓了阿甘来。一照面，大熊似乎根本就没认出我母亲来，但阿甘却似乎有些纳闷的样子。不过妈妈的眼睛直勾勾的，像两根筷子，戳在大熊身上。

“今天晚上正好和阿甘参加三民书店的百年庆典。这家百年老店不容易，扶持过不少学者。”大熊一边说，一边翻菜谱。

“你以前喜欢过自己的学生吗？”妈妈忽然问。

“嗯——没有。您把小鱼托付给我，我会全心全意珍惜的。”

“全心全意并不难，善始善终才见出真心。”妈妈说。

“妈，他点菜呢，点完了再说吧。”我忍不住打断她。

“小鱼，我来北京就是要把一些话说完的。”

“小鱼，你让你妈把想说的都说出来。你不是说这么多年了，她可是头一回来北京，不就是为你吗？”

“是。我不能让我女儿受到欺骗。”

大熊似乎觉得有些不对：“您是不是听说过对我的……”

“我不相信自己的耳朵和眼睛，我知道会演戏的人能说出很真诚的声音，露出很真诚的眼神。”妈妈说话的时候，表情已经没有了最初矜持的平静和仪态，嘴角绷出深深的褶皱。

阿甘忽然问道：“听小鱼说你在剧团工作，年轻的时候想来也是名角吧？”

熊士高好像在坚厚的记忆之墙上找到了一条缝隙，被那恍惚的光亮和身影所淆乱着。

“小鱼，妈妈的手机忘在楼上房间里了，你去帮妈妈拿下来，我说破了嘴才请了一天假，团长要我保证二十四小时不掉线。就在衣柜那个白色提袋里。”

我只好离开。其实我心里也有些胆怯，不知道留在这里，观看妈妈像心理医生唤醒失忆症患者一样唤醒大熊会有怎样的感觉。

反正当爱已成往事，反正大熊的心已经尘埃落定。没有什么能够改变我们的承诺，没有谁能让我们分离。或许妈妈的摊牌就是最严厉的考验。我已经默默准备了很久，就像为了抵抗妈妈这次注定无法逃避的冷酷突袭，我已经把自己治疗得极其坚强。我不惧怕她的任何训斥和嘲讽，即便她有足够的勇气对我说，大熊和她曾经恋爱过，我也不会退缩。就像我和她恰好喜欢听同一首歌、喝同一种汤一样。这没什么可耻的。

但大熊能抵抗得了吗？爱我就必须受得住这一拳。

我神思慌乱地走着，拿着房卡到了1906，插了几次都报错。忽然门开了。一个留长发的男人，穿着紧身的内衣内裤。我赶紧说抱歉，走错了房间。

我仔细看了房卡，原来是1609。不知道是我一开始就听错了，还是妈妈故意说错的。我进了屋。找了半天，哪里来的白色手袋啊。临要出门，忽然看见门内侧贴着一张纸。

小鱼：

妈妈承认自己是个很自私的人。为了自己年少单纯时犯的错误一直没办法全心全意地爱你。

本来以为我的日子就像一根烟，点燃后一截一截不可避免地化成烟灰。

我温暖不了这个家，温暖不了你，也温暖不了我自己。

但这次我一定要为你做一件事，就好像要把捏在一起的伤口再次扯开，我想了几日几夜，决定承受这个痛苦，也算是我的良心发现。

或许在你看来，我比以前变本加厉地冷酷，但这一次妈妈向你保证，我在救你。

不要问我，也不要问任何人。这一切就在今晚了结。一个很早开始的错误就此结束。

我看了之后觉得冷汗沿着脊梁急流直下，好像这比我预期的还要可怕。如果我只是爱上了她以前的情人，至于写得这么悲壮吗？本以为妈妈抄在背后的手里握了根棍子，看了这信，觉得她是在自己的脊骨里锁着一把利剑呢。一抽出来，不知会对谁有致命的杀伤力。

等我下了楼来到餐厅。刚才我们四个坐着的桌子却坐着四个穿着奥运志愿者服装的孩子，他们仨都不见了踪影。

我找到领班，领班淡淡地说："先是那位女士离开了，紧接着两位男士也离开了。没点菜，只喝了我们一壶茶。"

我下了楼，沿着甬路没头没脑地走着。璀璨的路灯下，我的视野里一片黯淡。

不知不觉就走到了长安街上。人流车流勇往直前地东西流淌。我要找的人一卷进去将永远消失吗？我站在通往所有方向的路口，可是这一刻我不知道该走向哪里，仿佛到了世界尽头。

八

师姐语录：有时候会有人用真心话伤害你，有时候我会用谎话来保护你。

吉阳的大火让我更觉得人的命能善始善终是多么幸运的一件事情。我收了心好好跟师姐在城里宅着，更何况博士论文也到了最困难的时候。师姐每天心满意足地把我锁在房子里看书敲字，她自己则扑向她如鱼得水的商业社会。

李玄说过，师姐是商业动物。毫无疑问，师姐是个特别适合商业社会的人。她和施法炎合作的“城市名片”计划势如破竹，成功地为江南六个古镇进行了全方位的文化整形和推广，使这些小城最撼动人心的美从万千小城中凸显出来。在这一系列眼花缭乱的城市推广活动中，他们从地方政府和广告商那里获利巨大。而且从鲁宁文化城开始，她又胆大包天地涉足地产业……

那我呢？我问李玄，也问我自己。

你？是桑叶动物。吃的是叶子，抽的是丝，你要去做思想家。

我是吗？我在准备博士论文的煎熬中，看着那些英文、德文的皇皇巨著，越看就越觉得自己是班门弄斧、关前耍刀，人家已经高屋建瓴了，我还在这里茅檐低小，溪上青青草呢。师姐安慰我说，你干吗老看洋人写的东西啊，看看中国学者写的东西，多长信心哪。

那倒是，中国这帮学者乌泱乌泱的，没几个有思想的，他们都在思饷，从政府拨来的大洋，或者他们思的是飧，就是混口好饭。

吕导虽然恨不能“新荡”的首页里天天都能看到跟我系有关的新闻，甭管是好的还是坏的。可是教育部开始新一轮的重点学科评选的时候，并不看各大网媒娱乐频道上有多少帖子跟我系有关。就在这时候，白寿辉来了招特狠的，突然宣布要去金陵大学。他这一走就意味着，带走了一个重点学科，那剩下的各教研室，大都是虾兵蟹将，很可能明年我系要被剃光头了。吕导知道，这种结果虽然很可能以“全国学科洗牌，京大中文裸奔”的形式被顶上新荡网的头版，但这个风头，他是不敢出的。他抛出了各种筹码想稳住白寿辉，白寿辉一直冷笑着不松口。吕导当然明白，白要留下的筹码就是吕导让出位置，对吕导来说，这当然不可能了，没有求人救命要以捐肝捐肾为代价的。

吕导只好祭出杀手锏，他直接给金陵大学校长打电话，要揭出学术界的一个天大丑闻，那就是白寿辉的成名作实际上是他老师没刊发的手稿。当时老先生死了之后，白寿辉去办公室整理遗物，就据为己有了。问题是吕导怎么知道的这事情呢？金陵大学的校长想必一定问了这个问题，吕导当然不好说其实是两人一起去的，他也威胁白寿辉自己复印了一份，约定好了各取所需，互不揭发，但不同的是白寿辉还是青出于蓝，自出了点机杼，而吕导本就隔了一行，加上大脑里脂肪太多，没能悟出什么门道来，原封不动地占为己有还是有些不敢。而这次鱼死网破顾不得这么多了。他只好回答：“我如何知道那不重要，重要的是我有原稿，一对便知。”金陵大学校长反击道：“我知不知道其实也不重要，重要的是我有了这个人，他要是每本书都抄袭，都抄到这么高的水平，至少说明他眼力好。那我也要定了。”

这些话都是师姐和余杭生喝酒的时候零零星星套出来的，加上一番重构，倒也合情合理。吕导碰了一鼻子灰，只好从长计议。他想起了熊士高，文学社会学本来就前景广阔，争取一下明年的重点学科其实很有把握。吕导想通过我向熊士高转达一下他的意思。“小熊啊，你博士这几年，正赶上我忙于系里工作，疏于指导，幸亏熊士高对你青眼有加，让你上了道，否则我还真不敢让你毕业，坏了我吕门的声誉。我们得好好请他一次，对吧。”吕导说。

这话真跟大个苍蝇一样，听到心里，恶心得我有点痉挛。

什么吕门，还钢门呢。他是我导师这事儿，没有人严刑拷打，我还真不愿意跟别人说呢。不过他的处境我很明白，他的想法也未尝不是亡羊补牢，熊老师当初不是跟学校申请成立文学社会学教研室吗。只是这事还真猥琐，当初明里暗里咬牙顶着，如今又嗔着笑着觍着和人勾搭。

我跟熊士高一说，熊士高想了片刻，马上抓起手机给吕导拨过去了：“老吕吗？我明白你的意思，我还是在饭前把我的想法先说出来，否则怕你边听边吃消化不良啊，呵呵。”

熊士高抛出的条件是要成立这个教研室，明年就得进两个人，组成一个国内最强的研究团队。事情本就该如此，没有金刚钻怎么揽瓷器活呢。但吕导敏感的斗争神经立刻就被触发了：其一，每年系里的用人指标都很珍贵，这可是吕导挥舞权力大棒的独舞场所，他今年要进的人心里都安排好了。大师兄余杭生甚至早都把自己的东西堆到他未来的办公室里了。其二，熊士高要进的这两个人，一个在康奈尔大学，名重于欧美，一个在广州，蜚声于海内，这两个人一来，加上熊士高那真是三座大山，巍峨耸立，把吕导等人衬得像一群侏儒。尤其是康奈尔那位，据师姐说因为在一个粉丝众多的学术网站上曾经不点名曝过吕导在美国做访问学者时的一些糗事，吕导曾在某圣诞节的时候给他寄过一次“贺卡”呢。这是吕导认为自己一生当中几件永不公开而师姐却知道的秘密之一，贺卡里夹着一张手纸，上面抹了一点棕黄的花生酱，酷似从便纸篓里拈出来的，吕导在贺卡上写着：长舌后，请用此物清洁口腔。

当然，熊士高未必知道这些事情，他是用心很正的那种人。但因为吕导的心是邪的，所以就把熊士高的心思想歪了，尤其是当他本来就没打算正经弄一个文学社会学教研室，而只是借做一个招牌，想诓一个重点学科回来，他就在心里把熊士高更加妖魔化了，以为熊士高是成心作壁上观，甚至落井下石。

熊士高因为本来也没指望吕导能答应他的条件，所以也没什么失望的。他正忙着和著名的满文化学者浸宁一起解读我们从含衮那里带回来的三十多张羊皮卷子呢。浸宁老先生是低调的清朝宗室，从来不说自己姓爱新觉罗。他从小跟着大清礼部遗老学习满文，今天，绝对是无出其右的满学大师。不过他住在什刹海北面的老宅子里，早上豆腐脑，晚上冷水澡。既不上电视教育大家学习人生哲学，也不接受任何关于回忆清室遗族的芝麻谷子的稿约。而且老先生出奇地谦虚和严谨，因为这些羊皮满文不是高雅庄重的庙堂文字，而是民间传唱的野歌散调，老先生希望要请真正的萨满艺人来一起切磋，而且路费他来承担，到了北京食宿就在他家，不给熊老师添麻烦。

我们马上就想到了含衮。可是当我联系乌查宝力高时，声音洪亮的呼麦大师忽然低声说含衮已经死了，声音很低却很沉劲，好像压抑着冻结的愤怒。问他原因，他沉默了片刻说，“意外自然死亡”。

这很矛盾，什么叫意外自然死亡呢？

但宝力高告诉我，那就是吉阳公安局去年给出的官方解释。

我们拨小松花的电话，却一直说无法接通。

无奈之下只好动用师姐的关系了。

师姐联系郗市长，他说他问过刘派，小松花请假多日了，不知道哪里浪去了，没准儿过几天回来，用刘派的话说，她想退出舞台。人家齐达内挂靴，她打算“挂脸”。

我们正等待着郗市长传来小松花的消息，却很快等来了郗市长车祸丧生的噩耗。

肇事者逃逸中，只有那天夜里同行的刘澎说，在一个红灯路口，一辆卡车从侧面撞上来，他当时在路边松树后面方便，而郗盛品却坐在车里……

这命运的残忍，足令人无语了。

我在吉阳的几个民间论坛上都看到坛主首页上巨大的悼念图片、很多网友悼亡的帖子。我知道，这些绝不是当地政府雇来表达民情的"哭托儿"，也不是只通过当地新闻了解公仆的淳朴百姓。其中的一个被狂顶的帖子来自一个"退休鸡工"的网友，她说自己经历过吉阳政府几代班子的扫黄打非，但每次被呜呜叫的警察拉走后，到了城外，交了银行卡和密码，就又被拉回来，继续投身鸡情澎湃的工作。只有在郗盛品这几年，才真正弄了一些靠上半身工作的行业，她是宁愿去度假村做卫生间保洁，也不想再回到灯火通明的广场上钓客人了。

但我也看见个别帖子提到，"君子不立危墙之下"，常和刘澎刘派这等人在一起，难免会被殃及池鱼，谁敢否认那卡车可能本来是想撞死刘澎的呢?

我对师姐说了这个，师姐摇了摇头，叹息说："你以为他愿意啊，身处虎狼之地，不与狼共舞，只能一边凉快去。唉，当初他还咨询过我是留在一个大国有公司呢，还是去做地方官，我真后悔我当时的话。我说大国有公司如今口碑一个比一个差，全民所有制都快被他们弄成权臣所有制了，他这性格忍受不了的，还是从地方开始好，他还有掌握全局的可能。谁承想呢，人算不如天算。"

我们正准备去吉阳参加郗盛品的追悼会，突然接到一个意想不到的电话。

竟然是踏破铁鞋无觅处的小松花。

在师姐那里，她仍然一脸惊惶悲戚，心神不定。她好像逃亡而来，连个包都没带。

“吉阳市我呆不下去了。咳，省里我也藏不住，只好跑北京来了。我想刘澎胆子再大也不敢到这里追我吧。”

她为什么要躲刘澎，她和刘澎不是那种关系吗？

“这种关系算得了什么。就像一只养了几年的猫，多少有点感情而已。可要是这猫舔到了他的疮疤，他恨不能把我油炸了。”

可是小松花到底怎么得罪了刘澎呢？

“因为我绝不相信是——我爸爸纵火烧了新卢浮大厦。”她说。

原来吉阳卢浮MALL大火最后被推到含衮身上。他成了纵火犯，引起了那天夜里骇人听闻的爆炸和大火！

“可是他为什么要这样？我绝对不信。”小松花说。

“公安局的人说这是神汉的迷信行为。我知道那都是刘澎指使他们编造的。”

“刘澎为什么要这样？”我奇怪。

“刘澎只是新卢浮的投资方之一，大约出了五分之一的钱。可是经过这次火灾，别的股东都觉得这个地方晦气，不肯继续出资，这样刘澎就跟买烂柿子一样自己拿走了这块黄金地段，而且还赚了个打扫烂摊子的美名。”小松花说着，咬着嘴唇很愤懑。

“这种下三滥的手段，岂不就是黑社会的做法？”师姐说。

“哼，吉阳市是个老油子老混子都知道，刘澎刘派哥俩一个白脸一个红脸，红脸的在明处，白脸的才是黑道。只是——我那时候没好意思告诉你们，我以为看在我的面子上，他们不至于这么绝。”

“那……你爸爸后来就死……在监狱里了？”我问。师姐偷偷拧了我一下。

“他……还能怎样？在看守所里就死了。我去看的时候，脑袋上分不清哪面是脸，哪面是后脑勺，整个就像一块腐乳。”说着，她有点哽咽。

“可是公安局的人总得给个说法吧？”我问。

“说他夜里闷了，和犯人玩蒙眼抓兔子，撞在铁栏杆上，引起了并发症，就死了。他们说这叫‘意外自然死亡’。”说到这里小松花就忍不住哭起来。

“看来他们是一定要让你爸爸做替罪羊了。”师姐说。

“不是，还有更要命的，我爸爸撞见了刘澎的人在天台上装炸药，所以他们立刻就……”

“刘澎的这个计划，你又是怎么知道的呢？”

“负责监督施工的人正好是我高中同学，他偷偷告诉我，在天台上刘澎坚持堆放了几十桶油漆。其实油漆桶里灌的是汽油。刘澎自己的上千平方米店面一直拖延施工。那是当然了，他早知道迟早要化成一把火，所以何必浪费这笔装修的钱呢。”小松花说。

“他大概能感觉到你其实心里并不恨你爸爸，所以他不信任你了。”师姐问。

小松花点了点头。“刘澎这个人心思像女人一样细，像蝎子那么毒。刘派看着飞扬跋扈，刘澎一瞪眼，他吓得打火机都拿不稳。我真想晚上把他剁了！”小松花说。

小松花还偷偷调查。她又联系到了那天晚上和含衮关在一间牢房里的一个人。可是她提前了两个小时到了那个小城去见那个人，但正好找错了楼，通过走廊的窗户，忽然看见几辆车停在她要去的那栋楼底下，其中一辆车她太熟悉了，是郑石环常开的。接着，下来五六个人静悄悄地上了楼，而车也静悄悄地开走了。

小松花知道要不是自己上错了楼，很可能就中了刘澎的埋伏。

她知道刘澎要对自己下手了，便打了车直接去省城让朋友订了张车票，去了哈尔滨，想躲一阵子。刘派打她的手机，她不接。发短信，她不敢看。后来她的朋友告诉她，据说公安局可以通过手机信号来锁定她的位置，即便是在关机的状态。如果刘澎让公安局的内线帮忙，那她的行踪可就暴露了。刘澎肯定派杀手来灭口。小松花只好把手机放一商场女厕里，离开哈尔滨，直奔沈阳。

她在沈阳查看自己的邮箱时突然发现了自己的养父老潘转发的郗

市长的信，要她赶快联系他。她就用公用电话打给郗盛品，郗盛品问她为什么不辞而别，北京那面有教授正要求助于她呢。她就抱着电话大放委屈地哭了十几分钟，弄得旁边的大妈都过来安慰她："姑娘，长得这么俊别那么死心眼儿，有话好好说呗，说不下去，就好心分手呗。"

郗市长知道了之后，告诉她赶快到北京来找我们，他一定把这黑幕调查清楚，让她早点回到吉阳。

"可是没想到……我不该跟他说这些，"小松花又抽泣道，"我的命实在太硬了，克死娘克死爹，连市长都被我克……"

"唉，得了，别把自己说得跟克拉钻似的。你要是真硬，再接再厉，把刘澎、刘派也给克了吧。"师姐说。

师姐打算把小松花引见给熊士高和浸宁。

我问她，这就over了吗？

那还能怎样呢？小松花现在的下场多少有点咎由自取。

可是就算抛开小松花一人不说，刘澎也的确在为害一方啊。我说。

"为害一方又怎样，小布什还为害一方呢。你把自己看成谁了？再说和施法炎那个鲁宁文化城周边高档小区的规划正是要紧的时候，我得去济南一趟了。可能赶不上老郗的追悼会了。唉，目送不如梦送。"师姐说。

"不会吧，怎么着也得对老郗的家人说句节哀顺变啥的吧。"我说。

师姐不是这样的啊，难道她现在真的是越来越"商女"了吗？

"你师姐我是把人生想得很明白的。老郗作过一首打油诗：伊人刚咽气，他人亦已歌。最悲何必泪，你们好好活。现正好用上。你要想表达进一步的哀思，也不必非要披麻戴孝，在你毕业论文扉页上来一句'献给世上最好的官人吉阳市人民政府郗盛品市长'。你要实在还觉得悲愤难抑，就去未名湖边上朗诵《记念刘和珍君》吧。"

师姐飞济南去了。

我左思右想，觉得师姐这么做很反常啊。她和郗盛品的友谊非同一般，绝不可能这么道家做派，而且既然去谈大生意，她丝毫没有踌躇满志的样子。

我立刻打电话问她住哪家宾馆，她随口编了一个名字“柳岚酒店”。我卖个破绽，问她是不是在趵突公园旁边那个，我在网上查到了。她愣了一下说是。

我就知道她是在撒谎了，济南趵突公园旁边哪里有什么柳岚酒店呢。毫无疑问，她是声东击西，肯定去了吉阳。真是奇怪，去吉阳干吗瞒着我呢。

我第二天就买了去吉阳的车票。当我用吉阳的公共电话拨通她手机以后，她大骂道：“好你丫喂不熟的，天天琢磨着做跟屁虫。我好不容易一个人到吉阳想会个老情人，你就追来了。快给我滚吧！我明告诉你，你找不着我。要是真在街上碰着你，看我不把你倒挂着当门帘。”

“别瞒我了。我知道你为啥来。刘澎不是一只能轻易捏死的蟑螂。”

电话那边沉默了片刻，她叹了口气，告诉我等在那里，会有车来接我。

没想到的是车把我送到了郊外的一个小洋楼，主人竟然是吴法天。

是吴法天先联系到师姐。他几年来和刘氏兄弟争夺花鹿山跳虎温泉的地块，郗盛品让他和师姐以及施法炎谈过在此投资建立东北亚会议中心的计划。这个远比刘派那个只依靠省内官员公款消费的腐败经济更有前途。刘氏兄弟的高兴大舞台在花鹿山的租期已满，刘澎已经黔驴技穷仍然无法说服郗盛品在续租合同上签字，看来刘氏兄弟将不可避免地要失去跳虎温泉的高兴大舞台这棵摇钱树。

除非……

“除非郗盛品死了。”我说。

“或许本来他也还很犹豫，不过因为郗市长又坚持调查含衮不明死亡的事情，刘澎心里已经恼羞成怒了。此前我对郗市长说过好几次，要小心刘澎，他总是一笑了之，说他不入地狱谁入地狱。我知道，他心里并不相信刘澎有那么心狠手辣。但我相信。”吴法天说。

“这是一起谋杀。”师姐说。从来没有看见她这么咬牙切齿的样子。

吴法天为了和刘氏兄弟斗争，也做了长远而充分的准备。去年调来的刑侦科长沈赫就是他的人。沈科长也和我们坐在一起，给我们分析案情。

他放在桌子上几张照片，我本来不想让师姐看到，她一把把我的手按住，然后一张张把照片摊开。

郗市长坐在副驾的位置上，被强烈变形的车门夹在车里，破碎的胸廓撑开皮肤，内脏也溅出前面的风挡。惨不忍睹。而当时给他开车的刘澎竟然毫发无损。

刘澎解释说，他当时停在那里，自己到街边小便，结果另一侧飞出一辆车……

整件事情，奇异的地方之一是刘澎没有带那个形影不离的保镖郑石环，尤其是深夜，刘澎从来不会不带这个贴身保镖的。

其次，通过摄像头观察，发现当时那个街口的红灯刚刚变绿，忽然又变红了，似乎是一直等着刘澎这辆车开过来，就让他们停在这里。

其三，刘澎说当时在松树后面小便，结果沈科长在一棵松树后面找到了刘澎的脚印痕迹、烟头，却没有发现土壤里有尿液残留。

我暗自惊讶这位年轻的沈科长还真有点专业精神，通过他的分析，一幅狠毒残忍的谋杀画面渐渐清晰了：刘澎故意找了个和郗盛品单独相处的机会，他拉着市长在一个路口“碰上了”人为制造的红灯，然后他借口说去小便下了车，一辆埋伏多时的卡车从街角冲了过来，几乎从车上碾了过去……刘澎则远远躲开，冷冷地看着。

沈赫为了躲避刘澎的耳目，把警力虚张声势地散开去追查肇事逃逸司机，但他和几个心腹去调查那种可以人为改变红绿灯的红外线发射装置。

沈科长说由于这种装置叫Opticon，国内比较少见，而且都是从国外进来的，通过全国公安系统的资料库很快锁定了几个目标，其中一个购买者就在长春，嫌疑最大，沈科长已经派干警去调查了。

现在我们能做点什么呢？我问师姐。

师姐转了转眼珠："你不是要去和老郗家人说节哀顺变吗？老郗的爱人和孩子要回四川老家，你代表我至少送到北京吧，老郗的儿子一直想去昌平的航空博物馆，你辛苦辛苦带他去看看吧。"

"那你一个人留在这里，我有点不放心呢！"

"得了吧。谁不放心谁啊。再说，施法炎明天就到，还带着一堆人呢。"

"我说呢。有大人物给你做后勤。"我有点泛酸。

"人家是来拍公审大会的，你小鼻子小眼儿的。那你不舍得走，你留下，我去送老郗的家人。"

我没辙了，还是物尽其用吧，我服从。

老郗的爱人比他小七八岁。儿子刚四岁，白净圆润得像宋朝的瓷娃娃，和他妈妈很像。

在飞机上，郗亮一会儿靠在他妈妈怀里，一会儿靠在我怀里。他似乎还不是特别明白丧父的巨大不幸，他把一本《哈利·波特》放在我手里，缠着我让我给他讲里面的故事。我说，这故事是给大孩子看的，小孩子看不懂。他说，爸爸给他买的，一直要讲给他听，现在我来给他讲。我只好把书合上，按照我看的电影给他讲，这孩子果然天资聪颖，至少似乎没把几个外国孩子的名字记混。我偷眼看老郗的妻子，她围着一条海蓝色的羊毛披肩，歪在那里睡着了。那美丽的面庞显得疲惫而无奈，双眉在浅睡中还蹙着。

到了北京住下后，老郗的爱人要去云居寺，她说那里曾经存放过佛祖舍利，许愿会比较灵。为了节省时间，我没有陪她去，我想这种悲伤她需要有时间一个人面对才好宣泄。我带着郗亮去航空博物馆。在纪念品店，我说要给他买一个歼-8的飞机模型，他看着我眼睛里闪着光，抓着我的手，嘴里不住地呢喃道：可是……可是……

可是什么啊？

可是我跟妈妈保证过，不要你买礼物。

那我们就欺骗妈妈一次，把模型偷偷放到行李箱里，等到了姥姥家拿出来，你就说你也不知道，是叔叔偷偷放的。

嗯……好的，可是……骗人是不好的。爸爸告诉我最坏的孩子是撒谎的孩子，说一次谎，鼻子会长这么多。他用小手比量着。

我说，那这样好了，妈妈不问你，你就不说；问你，就告诉妈妈真话。不过我可以跟你妈妈说一次谎，如果她问我的话。

他觉得暂时摆脱了自己的两难困境，高兴地把模型抱在怀里。忽然他问我，你为什么要撒谎呢？你不怕鼻子长吗？

我说，因为叔叔很喜欢你才撒谎。

很喜欢一个人就可以撒谎吗？

也不是经常，偶尔一次可以原谅。我说。

忽然间，我意识到了什么东西。

师姐这次留在那里难道真的是要和施法炎一起等着拍公审大会？

我不想则已，一想不禁在北京的烈日下出了一脑门子白毛汗。

这么个无厘头的说法我当时怎么就信了呢，她这几天留在那里到底做什么，吴法天要她过去到底商量些什么？难道只是通报沈科长那天了解到的案情？

会不会又是向我撒谎呢？“很喜欢一个人就可以撒谎吗？”郗亮无意间天真地提醒了我。

我马上拨师姐的电话，果然关机了。

我有点如坐针毡，恨不能马上就飞到吉阳去。

幸好，老郗的妻儿在北京呆了三天就走了。直到临走，这位沉默恍惚的妈妈都没有问她儿子有没有给我添麻烦。郗亮得逞似的对我小声说，妈妈还没有发现呢。

我送走了母子俩，立刻买了张去长春的机票。

打了车来到师姐住的酒店，天已经黑了，司机说这离市中心这么远，回去肯定空跑了，非要我再加十块钱。

生意真是惨淡，走廊里静悄悄的。风从窗外吹来，将薄窗纱撩起来，看起来有些瘆人。我打开房间的门，套间外面黑咕隆咚的，里间亮着灯。我正要走进去，忽然一双大手从后面过来把一小块毛巾按在我嘴上。顷刻间我就晕过去了。

原来那天晚上，吴法天、沈赫和师姐设计好了一个陷阱。

沈赫经过一番努力，搜集到了指证刘澎的有力证据，但他料到了局长和市政府里的很多人都和刘澎是一根线上的，绝不会轻易签发逮捕证。

这时只能靠施法炎出马了，他把法国电视台将要播出吉阳市长谋杀案的消息一放出去，吉阳市立刻就惶恐了。由市里到省里，一连串的权力链都惶恐了，这就好像一棵风中的树，树根摇一寸，树梢就得摇一米，站得越高，就越会感到坠落的压力，于是一个命令从上到下，顷刻间就传递到市里，要求市政府必须立刻严肃对待这一案件。

这消息也迅速就发到刘澎的手机上了。

而这意味着刘澎必定会孤注一掷，一不做二不休，师姐和施法炎就危险了。

而机会也就出现在这危险的时候，只有在这个时候才能发挥陷阱的效力，当然要有人做诱饵。

沈赫故意把师姐和施法炎下榻的地址告诉了局长。酒店天台上的夜视摄影机很快就拍到了节目。晚上八点，刘澎亲自督阵把车停在旅店后面，郑石环带着两个亡命之徒，就奔着师姐住的房间来了。待郑石环一潜进师姐的房间，身后两个腰里别着炸药的手下就被沈赫安排在两面房间里的干警用电枪放倒了。而郑石环还没等掏出他那把手枪就被氯仿给熏晕了。

刘澎同时也被在外围控制的沈赫给包围了。

据后来施法炎说，刘澎冷冷地看着沈赫说：“你现在放了我还来得及。”他这话曾经吓退了多少人，但吴法天和沈赫也都无路可退，吴法天掏出一颗血迹和锈迹斑斑的子弹对刘澎说：“谁放了你都来不及了，从你射出这颗子弹开始，你的命运就无可挽回了。”

事后师姐跟我讲这些的时候，我还没有消气。

“为什么要支开我？如果危险，那我应该留下来。如果不危险，那我留下来也无妨啊。”我说。

“你还说呢，你傻不愣登地跑回来，差点坏了我们的计划。再说郗盛品是我的朋友。”师姐温柔地看着我，把“我”字念得很重。

“所以你宁肯一个人冒这个险？”

“虽然是冒点风险，但为了朋友，这是义不容辞的。”她说。

“可是让我帮你分担不好吗？你还是不相信我……”

她忽然抱住我，在我的肩膀上说：“不是不相信，是舍不得，我怕一个闪失……”

吉阳市长谋杀案当年非常轰动，刘澎一年后在辽河边的一块草甸子上被枪决。

死者的血都是一样的怵目，但像郗盛品那样的人杰死一个不知多少年才能出来第二个，而像刘澎这样的人渣，似乎总是死一个，马上有一个连的人在争着接班。事实也是如此，吉阳市黑社会剩下的小帮派继续倾轧，刘派不久就在搬到新址的幸福公社宾馆门口挨了一刀，骑摩托的杀手扬长而去，刘派的脑袋骨碌碌追了几十米才掉进臭水沟。

不过在肃清刘澎行动中，沈赫也因为机智的侦破工作被调到省公安厅做了副厅长。这也是中国特色，在本职工作上一出色了就要离开本行了。所谓行行出状元。三百六十行是各不相同的，但状元的待遇差不多，涨工资、分房子、升职、提干，或被选为人大代表，就如同脱离火坑，或隐忍多年终于被扶正了一样。

九

师姐语录：你一失踪，我就知道你准在最麻烦的地方。

世界上最难的事情之一是化腐朽为神奇，就像现在面对每年几万篇博士论文，极少极少的导师想去做的。大多数情况是任腐朽为腐朽。

而吕导让我做的事情比化腐朽为神奇难得多，是化神奇为腐朽。

我的这篇论文是以明清之交的苏州和杭州这两座江南都市为个案，探讨文人的共同体意识，换句话说，就是晚明的“文坛”是怎么产生的。这篇论文花了我三年多的时间，跟熊士高和阿甘反复探讨，受益良多。在初稿完成的那个深夜，我第一次感到有种可以被叫做“成就”的东西，如果是在三百年前，案头将是几尺高的写满毛笔字的白麻纸。窗帘外，森立的楼宇刹那间如同群山，我站在绝顶，对群山说，我以学术之名，用真理重新雕刻你们！

发给熊士高之后，仍然忐忑了很久，因为我极其在乎他的评价。

当晚他就给我电话，我问他，是不是看不下去，需要大改啊？

他笑着说，是篇让人不看完就放不下的好论文，他希望他在芝加哥大学的学生马上摘译出来，发给美国《比较文学》的新年专刊。

我知道自己写得不赖，但没想到会那么好。我情不自禁地说：“熊老师，我不是在做梦吧？”

他说：“我看的时候还问我自己，我是不是在做梦，我还以为我们系的好学生要么去了美国转行搞计算机，要么去《南方周末》做花瓶型的愤青。你没有让我失望，加油吧。”

可是当我要给吕导看的时候，我忽然意识到，作为我真正的论文导师，我还从来没有和吕导谈过论文的事情呢。不是我不想，而是他每次总是找各种理由敷衍过去。或许他确实太忙了，为了打造他未来的吕门弟子，他招生如超生，带了二十多个硕士、十多个博士。我的论文连开题论证都省了，就是在办公室门口跟他说了几句，不知道他听没听明白，最后他就跟我说了一句：先写吧，韩国明星整容前啥样？再烂的论文肯定都能改出来。

论文完稿后，在扉页上，我说这篇论文是我给师姐唯一拿得出手的礼物，师姐笑着说：这论文可是要在学校图书馆里存档的，你以后要是变了心，这可是立此存照，狗仔学者到时候饶不过你的。

在前言里，我特别明确地说明了我在熊士高那里获得的指点，并且表示了我最深的谢意，而对吕导只是和一大串人名一起打包顺便感谢了一下而已。我在临发给吕导之前有点犹豫，我问师姐，我这样做会不会激怒吕导？

师姐说，那你要怎么做呢？编一段对吕导感激涕零的话，放在熊士高那段下面？

我想了想，觉得这种话我说不出，这不单单是我自己言不由衷，更重要的是对熊老师不公平，虽然熊士高不会介意这种事情，但博士论文一辈子也就一次，正如师姐说的，是要立此存照的，不论今后我鸟大鸟小，这毕竟是人生中仅有的几次必须对自己严肃的事情。

我对师姐说，我不能夸大吕导的作用。

师姐说，就等着你说这句呢。你别担心他发飙，打啥还得看那啥呢。

吕导没有发飙，而是发了很多“高见”。这更可怕。如果按这些建议修改，绝对是要化神奇为腐朽了。

我跟师姐一说，师姐笑嘻嘻地说，甭担心，你就一直绷着，拖到最后你就说没时间改，他还能怎么着？我就不信他能对自己的博士来真的，只不过是看着你把熊士高捧得跟亲爹似的，他这真正的亲爹有点醋性呗。更何况，还有我呢，他打啥还得看……

又来了，又来了。那我就耗着。但愿吕导这次自己打通任督二脉，不劳师姐你亲自出马斡旋。

过了年开学之后，同门的硕士博士们为了全力投入就业大战，之前都如同吃了泻药一样，十几万二十万字的论文喷薄而出。学生忙，老师比学生更忙，学生不愿意认真写，老师也不好意思认真改，于是在博士生产线上，一篇论文酝酿时是团草，成形的时候还是团草。整个中国学术的消化道就像没有任何消化功能的下水道。

我还在挺着，因为我几乎没有按照吕导的意见做任何改动，甚至标点都没有动。

吕导忽然打电话给我，让我把修改稿给他再看看，我只好发给了他。

没过几天，吕导忽然说要请我和师姐喝茶，顺便有个大事要商量。

是什么事啊？是不是真的怒了，要给我来一次狗血喷头啊？我惴惴不安地问师姐。

不会的，如果真要那样，一定秘密处决了，不会让我在一边看啊，哪有当着主人的面虐待那啥的。师姐说。

果然，一见面，吕导一脸的春光明媚，还对旁边的那位《文艺学研究》的主编老白郑重其事地引见我。

“小熊，我一直在心里认为你是我带过的学生里少有的聪明人。”

我有点蒙，这种美誉从来都是给余杭生或者师姐的，突然撒给了我，就好像一把跳蚤一样，让我浑身起疙瘩。

“聪明的人有个特点，就是知道怎么听从别人的建议，我仔细看了你给我的修改稿，很好，充分吸收了我的建议，学术质量上了不止一个档次，简直是脱胎换骨。”

这话真是够雷人的，见过说瞎话的，但没见过这么瞎的。吕导到底翻没翻过我的论文啊。

“老吕，你以前就是文学社会学的权威啊，这么多年还真以为你转行了，没想到偷偷传给博士了，真跟老手艺似的，秘传啊。这孩子的文章写得真是不错。既然你强力推荐，我同意发在下一期上，而且是重点论文。”那位杂志主编说。

我知道《文艺学研究》在我们这行那就是最牛的学术期刊，好多地方院校只要在上面发一篇文章，职称、房子立刻解决。所以，大内说这个期刊的编辑，都是牛鞭，到各地去参加会议，是主席台就座的。而其主编那不是一般的牛鞭了，简直可以说是牛魔王的鞭。不是有海归博士因为学校不能解决房子而跳楼自杀的吗？要是在这刊物上发一篇文章不就什么都解决了吗？说他们操着学者们的生杀大权也不为过啊。

我奇怪的是，吕导怎么会这么顶我呢？

我有种奇怪的预感，就如同网上的帖子，一旦被“置顶”之后，就等着挨电击了。

“哎呀，下期的重头文章不是老谭的吗？”吕导问。

“老谭的东西啥时候发不行？你的高足的大作一定要趁热。”

吕导立刻就暗示我做感激状。

总之那天的谈话，我整个处于心智失重的状态，不知道吕导到底是什么意思。只记得临走的时候，白总编意味深长地说：“第一次在学术界崭露头角，就有你们导师在前面这么提携，你前途无量啊。”

回家路上，我问师姐是不是觉得有些奇怪。

师姐也是若有所思的样子，她说，最近吕导也撺掇了一干所谓做文学社会学的人，发了一些文章相互吹捧，俨然把吕导作为这个领域的大家了。

对啊，刚才白主编还说了句吕导原来就是这方面的权威，我怎么不知道呢。吕导写过关于文学社会学的东西吗？我奇怪。

我印象里，好像就是在别人主编的一堆丛书里，有本《中国古代十大名妓》之类的。如果说青楼是古代社会的一个缩影，这也可以说是吧。师姐说。

别开玩笑了，这都能算，那我还说中国人发明的鞋拔子蕴含了阿迪达斯球鞋的人体工程学技术呢。

接下来的几个星期，吕导的这个幺蛾子弄得我心烦意乱。

不过由于正碰上熊老师被刺伤的大事，我也无暇顾及。

又过了些日子，一次老葛说，他刚在苏州参加了一个学术会议，听了吕导的发言，忽然觉得吕导其实很有料啊，原来还以为他是个学术混子，没想到俨然一腕儿啊。

我当然不好意思表示我的惊讶了，只好说，那是，我们吕导低调，不是烧麦，哪能把真材实料都挂在皮上。我顺便问，我们吕导讲的什么啊？

"晚明的双城记"，名字就挺高吧？讲的是明清之际，苏州和杭州文坛的形成，还引了很多国外的研究成果。我还以为你们吕导的英语顶多就是自动发声的儿童玩具水平呢。

我一听差点没叫出来。

我靠，吕导还真是没把我当外人啊，我花了三年时间绞尽脑汁写出来一篇论文，不声不响就成了他的研究成果了。

"他有没有提到这研究是跟谁合作的啊？"我问。

"没有啊，人家说自己三十多年不间断地研究，直到最近才开始出点东西。做学问就像怀孕，时间长了才能看出来嘛。"老葛说。

我觉得这事情严重了。

我立刻回家跟师姐说了这事情，并说要立刻找吕导问个明白。

师姐抱着肩膀靠在院子里的假山上，脸色很凝重。

我心想，吕导和师姐的关系也非比一般，是不是她也在权衡轻重？她已经毕业了，吕导没法难为她的，那她还在犹豫什么呢？

看见我一脸狐疑，她便问我："又在瞎盘算什么呢？难道我会站在他一边？"

"那我就放心了。其实问不问也没什么大不了的，别弄得我俩齐齐地被逐出师门就行。"我说。

"问当然要问了，这是必须的。不过我觉得首先要问问白主编，那篇文章是怎么署名的。"师姐说。

这个提醒实在太关键了，如果这篇文章署的是吕导的名，那就真的是生米做成了熟饭，到时候不但没人认为他是抄我的，反而会认为是我抄他的。

我拨通了白主编的电话，一问，果然是吕导在前，是第一作者。我终于明白那天白主编说吕导"在前面这么提携"是什么意思了，就是把名字署我前面。我当即正告说，我是本文唯一作者。

"你们搞什么嘛，让我来给你们断什么案子。那就先拿下来好了。"白主编很不高兴，没等我说话，就把电话挂了，我依稀听到他嘟囔道："连学生都搞不定了。"

我说要去见吕导，师姐说和我一起去。我摇了摇头，不行，这是我和吕导的事，你不要夹在中间。

"你说不夹就不夹了？你如果和他掰了，我还能装作一切没发生吗？"师姐说。

"那你是不是觉得我应该忍了呢？"我问，心想在这么严厉的考验下，师姐是不是也有些迟疑呢。

"忍个屁！这都忍了，真是维尼敲门——熊到家了。"

"那就好，攘外必先安内，只要咱们俩立场统一了，不管他是火云邪神还是狮吼功，我都得跟他摊牌了。但是你不要陪着。"

"真不要吗？"

“真不要。除了亲自上厕所之外，我总得有点亲自要面对的事情吧。”

吕导就泰然自若地坐在我对面。

“吕导，我跟白主编说了，把那篇文章撤下来了。”

“知道了。但还是会上的。我已经跟老白解释清楚了。”

什么？还要上？“那——署谁的名字呢？”我终于忍不住了，只好露骨地问他。

“当然署我的名字了，论文是我指导的，我还给你那么多修改意见。没有我，你那篇文章是惨不忍睹的；没有我的关系，别说是国内最好的期刊了，就是地方学校的校报都不理你的。你跟胡蝶这么久，为人处世的聪明还要多学啊。”

“可是，”我被他噎得有点口吃了，他竟然能这么大义凛然地说出这种歪理邪说来，“这篇文章是我的，就跟我的手和脚一样，别人帮我剪剪指甲不能就变成他的了。更何况，我根本就没按照你的意思做任何改动，真的，一个字都没改。您看到我的修改了吗？”

吕导镇定地冷笑着。“小熊，我给你一个你无法拒绝的建议。我现在已经是国内文学社会学的著名学者，今年国家就要评选新一轮的重点学科了，我会倾全系之力申报文学社会学，熊士高干不成的事情我能干成。到时候，我可以把你留下来任教，你知道我们系已经好多年不留本系毕业的学生了。但我留你，为什么？因为我会跟学校说，你特别优秀。熊士高当初跟我说要成立这个教研室，但根本就没你的份儿。关键时刻，你就知道谁是你真导师，谁真心疼你了。”

吕导的斗争经验的确是丰富啊，我如果再聪明点，在那一刹那肯定就会缴械了。要知道留在京华大学中文系任教是多么荣耀的一件事情，这可是现代中国众多大学者们曾经执教过的地方。更何况现在的就业是什么态势？全世界的海归都往回跑要在国内争夺一个教职，在这四海归一的局面下，土鳖们被打得落花流水，漂在社会上，北漂如今基本上都是高学历的北鳖了。吕导开出的诱饵的确是很难拒绝的，我在那一刹那也无语了。

吕导立刻趁热打铁："你怕我说话不算数，那好，咱们再约一次，你让胡蝶一起来。我在你师姐面前从来不放卫星的，更何况你俩——我早知道了。退一百步说，我也不是非你这篇文章不可，我在好几个会议上都宣读过这篇论文，的确非同凡响，出尽了风头。圈里的人都知道是我的研究成果。我现在就算跟人说这是你的，你知道人家怎么想吗？我告诉你，人家只会以为我这是在提携自己的学生。"

这话听得我一阵冷一阵热的。

看我憋了半天没说话。吕导又换上和悦的一张脸，探着身子过来，拍了拍我的肩膀："学术学术，只有学没有术也是不行的。学上，我相信你能自力更生，可是要说这个术，那你确实还得跟为师我好好学学啊。"

我猛地站起来，他撑在我肩膀上的手一滑，差点没从椅子上趴下来。

"吕导，这学术二字，术我是学不来，但至少还能做个学士，可是要没了这个学字，只能是个术士了。不管别人信不信那文章是我的，但我只能在我的论文上写我自己的名字。"说完我就转身而出。

就听见身后吕导阴沉地叫道："好，你要做学士是吧。很好，你不是已经拿过学士文凭了吗，那博士学位拿不拿就无所谓了。我成全你。"

他的话就好像追击而来的重拳，砸在我心上。

一出中文系大院，正看见师姐在草坪上等我呢。

在草坪上，我和师姐牵着手静静地走着，鸽子一样巨大的玉兰花被风一瓣一瓣翻掉。我跟她说谈话的后果是多么严重。我抓着她的手，心里还是感到有些哀伤："在这个大学里混了八年，本以为用个毕业证作为结束。可是连这个看来都没有了。鞋可以没帮没跟没鞋带，但不能没鞋底啊。"

"我可以证明，你就是这个大学最好的学生。胡适当年也没拿到哥伦比亚大学的毕业证。”

“呵呵。拿破仑是个矮子，但不是见到个矮子就是拿破仑啊。”我说。

“拿破仑是个英雄，因为他知道自己真正要什么，即便为此要放弃很多。”师姐说。

“那我要什么呢，现在我连学位都拿不到了，没有机会进入体制内，成了这个学术界的局外人了。”我说。

“你也说得太严重了，最终要靠实力说话，吕导自己能混多久还成问题呢。这次重点学科评选我系如果真的裸奔，他就得收拾收拾私奔去了。学术终究是要搭钱搭时间的，有人不是说哲学起源于闲暇吗，是地道的贵族学问。你命好，嫁给我，衣食无忧，正好可以把自己献身给学术。”师姐说。

“什么？我嫁给你，你不要太嚣张，我端的要娶你。”

可是要娶师姐，那不是只是说说的。我身无分文，原来和她拌嘴还能住学校宿舍，这一肄业，就只能住师姐那里了。在这条件下，说是娶，实际上还不是嫁吗？

那段时间大概是我最郁闷的时光。

五一之后，大多尘埃落定的同学们开始纷纷答辩。答辩就像出恭一样，关键在于事先的疏通工作，通则不痛，老师和评委的思想做通了，余下的工作就如同坐在马桶上一样痛快。这也是学生们和导师最亲密的时期。三天一送花，五天一喝茶，闲里偷忙去卡拉。

而我成了最大的看客。

去了拉美一年的大内回来了，大家伙又聚在一起了。

大内黑了也瘦了，但看起来明媚灿烂了，怎么看怎么有点拉美帅哥的味道了。

“我靠，你在那是劳改了，还是做男妓了，怎么被掏成一张相片了。”夏喜冕说。

“靠，只要你一提自己是Chairman Mao的子民，拉美妹妹们都不在乎用身体报答一下你们。就看你们身体怎么样了。我看……目前就你们这些肾亏男，虽然在动物学上的分类是博士，但是没几个能自勃的，基本都靠助勃吧。”

大内不在乎什么论文，也不在乎学位，在哈瓦那大学呆了半年之后，周游拉美，从Raggi乐队日夜不息的牙买加港口，到里约热内卢的张大千故居，从《春光乍泄》里的布宜诺斯艾利斯街头，到阴森幽暗的玛雅墓道，飘飘何所似，荡荡何所愁，活得痛快。但这不是每个人都能有的生活。他是个官二代，不论怎么起伏跌宕，他老爹上书房行走大人的积累在那里摆着呢，他生活的底线比很多人的梦想还高。

大内还是粗中有细的，他等到其他人醉得东倒西歪，床上桌下，疯疯傻傻，唱念做打都上来的时候，把我拉到宿舍楼后面的大槐树下。

“兄弟，你别太郁闷，老吕肯定最后还会让你答辩的，不信你再等半个月。他丫的心眼儿多得跟蜂窝似的，对自己有利的事，你让他杀人他也会考虑；对他不利的事，就是让他咽口唾沫，他也嫌浪费力气。你顶到最后，等他知道再逼你也没有意思了，他一定会妥协的，因为这是唯一双赢的选择。他是个政客，我太明白这一点了。”

我也不难过，偏偏就流出眼泪来：“就算他让我回去答辩，我也不去。我师姐说过，一群乌鸦选美能选出一个白衣飘飘的吗？让他请的一帮人来评审我的论文，还不如让杨二车纳姆给我打分呢。至少死得明白。”

“行啊，纯爷们啊。”

果然，离教务部颁布的答辩deadline还差三天的时候，吕导来电话说，他“精挑细选”了四个评委老师，对我的论文“比较宽容”，“原则上”已经放行了，要我好好准备一下。我一听就明白了，吕导的意思是虽然学位证你是能拿到了，但也要遭受一番他的雇佣兵的精神蹂躏，等这些精神打手完成了任务，吕导就出面对我加以安抚，捋捋毛，喂个仨瓜俩枣的。

我是不会忍辱求他的，未待他说完，就回道："这三天，同学的送行酒还喝不完呢，顾不上旁的。"

当真正解开这个心结，忽然发现这根本也算不了什么大的缺憾。

这些都不是人生中最核心的。

爱情才是人生的CPU，学位只是机箱、鼠标或键盘而已。

我很高兴地看到，小鱼和熊士高的爱情终于不再潜伏了。

虽然小鱼和熊士高已然同居的事情，我早就知道，但见到她我并未说破。这也有点奇怪，理论上讲这本来是光明正大的事情，他们的恋爱既不存在第三者，也不存在性贿赂，但不知怎么回事，就像地雷一样，大家只能心照不宣、绕道而行。

在中国，或许一日为师终生为父的古训有点骇人，搞得所有师生恋都像乱伦。

于是可以理解为什么鲁迅和许广平直到结婚之后，很多人才知道两人原来闷爱了好久，即便结婚了，很多原来的朋友都不忘射出几支冷箭来。

或许这种古怪的气氛让熊士高觉得不能忍受了，于是悍然公布和小鱼的订婚日期，好像要昭告天下，让明里暗里的议论失去遮蔽，对谣言最好的消毒方式就是公开。我当然支持磊落的熊老师。

在熊士高从屏风后面抱出明月花蕾般的小鱼时，我差点忍不住眼泪，幸好师姐正在罗马呢，否则又得揶揄我吃不着葡萄说是酸的。当然不是这么回事，我现在感到的不是酸涩，而是一种温暖和甜蜜，就好像看到自己的妹妹被幸福的花朵簇拥着一样。我也不知道这种心态是什么时候变化的，从假想的恋人变成了我假想的亲人。

我听见身后有女生说："看把她幸福的，高校版的灰姑娘。"

我没有回头，谁说的无关紧要。

当暗处的中伤被曝光到太阳下，就会变成嫉妒，但嫉妒的人并不会真正伤害别人，只会让自己变得可耻。毫无疑问，这些女生里有很多希望熊士高怀抱里的人是自己，尽管她们没有一个人真正像小鱼那样懂得如何爱熊士高；人群里的老师也一定有很多希望小鱼依偎的是自己，但我觉得，他们这样的想法大多出于虚荣而非爱。

在老师里我看见了吕导。

听师姐说，因为这一轮的重点学科京华大学中文系颗粒无收，校领导很光火，实际上已经定下了吕导明年任期一满绝无可能连任。他的政途已到了穷途末路，就像他曾经浓密的头发，如今竟然掉得厉害，露出一大脑门，演清宫戏直接戴辫子就行了。想想他当初逼我论文共同署名，其实并不是为了自己多发一篇文章，确实是为了给系里争夺评选重点学科增加筹码。

他看见了我，问我师姐怎么没来，我半开玩笑说，我失学失业，她得忙着挣钱养我啊。

吕导凄凄艾艾地看了看我，握住我的手："我当时给教务部写了封信，把你答辩的日期推了一年。你还有机会。我今年底就办提前退休的手续，我跟学校谈了，力推熊士高做下一任系领导，到时候他来主持你的答辩，也算正本清源了。"

吕导真是一个让我常常无语的人啊。

莫名其妙地让你绝望，莫名其妙地给你希望。

等宾客走得差不多的时候，我偷偷问小鱼，问她是不是回想起来，当初立志要追熊士高简直有点不可想象，好像白日梦。

她晃了晃脑袋，说她现在好像还有点晕乎乎的，好像生活里发生了一次强烈地震，之后总是余震不停，让她既幸福又恍惚。

但我暗想，师生恋里，生恋师倒还可以理直气壮，如果师恋生就有被口诛笔伐的危险了。老师里固然有些轻薄之徒，但多数而言，如果学生不送秋波来，老师顶多就是有点非分之想，而不大敢有非分之举。

最冤的是那种既没想过也没做过，却莫名其妙地被扯进莫须有的三角恋中的老师，被恋爱、被分手、被情敌，最后被净化。这事没发生之前，人们都会觉得"此事只应书上有，人间哪得几回闻"，而更震撼的是，这事儿发生在施法炎身上。

说他师生恋，这是个不难戳穿的谎言。他虽然生长在浪漫的法国，但和异性交往却很谨慎，在国内师姐大概是和他最密切的女性。师姐甚至怀疑他是不是性取向有问题，但没好意思直问。他在传媒大学任教，一学期十几次课，上课的时候来，下课就闪了，他和师姐的商业计划安排得密密麻麻，而且和师姐不一样，他似乎是个工作狂，不像师姐还有不可侵占的个人生活的时间，他一闲下来就去瑞士登山或者跟着职业自行车手绕着法国拉练。可以说，他没有时间恋爱。更没有时间和只旁听过几次课的萧瑟恋爱。照萧瑟笼统而混账的说法叫“好过”，实际上就是她求施法炎写过一封推荐信而被拒绝，施法炎不可能鲁莽地给一个他不了解的学生写一封申请法国最好传媒专业的推荐信。

但这个拒绝是致命的，萧瑟后来跟她新交的男友于淳诉说了她的“旧好”施法炎给她造成的爱情阴影，于是幼稚而偏执的于淳为了拯救女友对爱情的信心，为了净化中国的教师队伍，就在施法炎去洗手间解开裤子的时候，从后面掩袭上来，菜刀砍断颈椎的声音那么诡异。旁边小便池的几个老师和学生提着裤子或没提裤子跑出了厕所。于淳将自己的手和脸清洗干净，全不在意楼下传来警车的声音和杂沓的脚步声越来越近。当警察出现在洗手间门口，他已经站在窗台上，“你们记住今天！这肮脏的地方诞生过一个英雄。”然后纵身一跃从六楼跳下去。

当施法炎的助手告诉我们这个消息时，我和师姐正筹办着她构想的“一半是海水，一半是火焰”的婚礼。因为小鱼和熊士高已经告诉了我们婚期，师姐戏谑说不想让我口角流涎看着小鱼穿婚纱的样子，所以决定也在同一天举行我们的婚礼。眼见时间紧迫，师姐当机立断选择了夏威夷。听到施法炎的噩耗，我们正在夏威夷大岛的火山下试镜。冒着烟雾的火山和热带的太阳下面，我觉得师姐手心里的汗水很凉。

“我们还是回去看看吧。”我说。

师姐看着蓝得让人心碎的海水，双眼不知道是迷惘还是坚定。

“不回去了。”她说。

“他可是你最好的搭档……”

“他本是要来参加我们的婚礼的，那是他的愿望。我们在婚礼时留一把空的椅子，摆一盆鸢尾花。我们不能让他的愿望落空。”师姐说。

一场莫须有的师生恋变成了真实的失生恋，施法炎在几乎毫不知情的情况下莫名其妙而又如此尴尬地死了。我忽然记起师姐曾经讲过，南宫仁送过施法炎一个香囊，里面装的是“当归”。如果他真的早些回到法国去，就会躲过这一劫了。而送给小鱼的那个香囊里装的是“独活”。

阿弥陀佛，希望这个千万不要再有微言大义了。

可是……

我真的接到了李玄的电话。

“昨天熊士高在成都突然失踪了。小鱼看样子跟失心疯似的。我和大内几个人都在这里呢。”

为什么？

我如同膝跳反射一样不断问自己，就好像把自己的心放到缝纫机的针口下一样。

为什么他们历尽千辛万苦就要大功告成的时候，突然出现这种事情？

为什么偏偏又是在我和师姐要结婚的时候？

为什么李玄要打电话给我？

为什么我一听到这个消息就立刻无法控制自己，魂儿已经顺风乘水过了太平洋飞往成都了。

我跟师姐说，要回去看看。

“不行。后天就是婚礼，一切都安排好了。”师姐微笑着，平静地说。

“熊老师下落不明，小鱼说不定会疯掉，况且她还怀着孕……”

“你还爱她？”

“胡说。我发誓，我只爱你。”

“别发誓。誓言都有保质期。而且中国货的保质期通常还要除以二。”

“如果我真是负心人，我还愿意承受食言的恶果。”

“真可惜，我们的命好，就是太顺当太平静了，恰好一辈子都不会有刀架在脖子上考验你是不是负心人的机会。”

“那就更应该关心我们最好的朋友了，他们恰好又这么不幸。”

“你觉得你比别人在小鱼心里更重要?”

“我没那么希望。”

“别跟我嘴硬。你认为我看不穿你的心思?”

我直视着她一双杏核眼，她此时一副粉面含春威不露的样子。

但很快我就胆怯地避开。我明白，我确实是觉得自己对小鱼而言更重要。玩世不恭的大内和忧郁莫测的李玄，小鱼绝不会在他们的怀抱里银瓶乍迸。我总是隐约地感觉到，小鱼在我赶到她身边之前，一定期盼着我的安慰。但我发誓，这绝不是因为爱。所以，我反倒受了巨大的鼓舞，有恃无恐起来。

“师姐，你当然能看穿我。所以你看得到，我为什么回去。”

师姐木然了片刻，摊了摊手。

“如果她这次能自己撑住，你屁颠屁颠回去就是一厢情愿。如果她这次撑不下去，等着你回去给她一个肩膀让她顿足捶胸，那你就不应该回去。这是真正一个人直面生活的时候。这次她离不开你，以后永远也离不开你了。她得对自己的人生负责。你也一样。”

说完，师姐把她刚刚手工穿好的彩虹般绚烂的Lei扔向太平洋。

然后带着摄影师Sovia和一干人等朝凤凰树下的临时工作棚走去。

但我觉得，人和人不一样，女人和女人更不一样。并不是所有女人都像师姐那样，如同一棵巨大而绚烂的凤凰树，不惧任何风雨摇撼，兀自潇洒美丽。小鱼就像刚才师姐手里的那个夏威夷花环，应该被细加呵护戴在女人粉嫩柔滑的脖子上，如果一甩手抛进惊涛骇浪间，顷刻就分崩离析。但再脆弱的花环也有存在下去的理由。更何况还是我曾经深深爱惜过的。

我离开的时候，火奴鲁鲁的候机大厅里人流熙攘。

我孤零零地一个人频频向门口张望。没有师姐送别的远行竟然这么让我落寞忐忑。我在心里一次一次告诉自己：没事的，没事的。师姐也是女人，也会耍耍自己的脾气……即便她真的愤怒或失望，也终究会像以往一样宽容我的……即便她这次不宽容，但我只要一求她，她就会叹口气，捏捏我的耳朵说："老虎长不大当猫养啊。"想起我离开时跟她道别，她和Sovia谈笑风生地准备中午的波兰自助餐，连头都没回，那种冰度是前所未有的。

我这样值得吗？想起师姐的心如果真的亮出刀锋……那是我想都不敢想的。我只能不断告诉自己，我的心是诚实的……我绝不是心怀侥幸地把小鱼当成熊士高抛弃的战利品，更不是把师姐的痛苦当成毛毛雨。我知道，这一次真的有轻重缓急。对于我和师姐，或许只是命运的一小段弯路。可对于小鱼，很可能就是一步即决定天堂和地狱的悬崖。

一到成都，就给李玄电话。

"我不在成都了。"

"你在哪？"

"往九寨沟的路上，一个寨子，叫旺布。小鱼在一个藏医家。"

"怎么了？"

"流产了。"

那是一个很美丽的寨子。被绚烂如锦的高山杜鹃拥抱着，静静地躺在山坳里。一条美丽的瀑布从寨子边上分成几绺，落进脚下绿松石般的河水里。

一层和二层都住着病人。

小鱼躺在一个"套间"里面狭小的屋子里。每次我们进出都要经过外间，那里住着一个藏族女人和她的丈夫。他们刚生了一个孩子，两个人有说有笑，脸颊和眼睛都那么灿烂，好像满屋子开满莲花。可是掀开薄薄一片门帘，就是完全不同的世界。屋子里熬药的烟好像钻进小鱼的皮肤里，泛着冷冷的灰色。她偌大的眼睛空洞地看着我，好像猛然认出了我，但并没有任何表示。我轻轻握了握她的手。冰凉如金属。那是可以想见的。越是曾经炽热的爱情，烧尽后，那余灰必然更冰冷。我不指望，她一下子坐起来，冰雪消融。那不是我的力量。

“隔壁的小孩什么样子？”她木然地问。

“白白胖胖的，还没有变成高原红，像个小活佛似的。”我说。

“就知道是个男孩。”

我纳闷了：“你怎么会知道？”

“我的孩子离开的时候，他们的孩子正好来了。我觉得一定是他不想做我的孩子，就换到别人的肚子里去了。”

我不知道说什么好，若安慰她世间真有轮回吧，徒然增加她对人家孩子的渴望；若告诉她世间没有轮回，岂不让她心里熹微的火光彻底熄灭？这虚幻的安慰即便只是放在烟雾织成的篮子里，一天不飘散也好。

夜里，我和李玄在天台上，各披着一条毡毯，坐在一大堆晒干的藏红花上。

天上的星星繁密得让我惊讶。银河是如此的清晰明亮。

“真是辛苦你了，在这么一个深山老林里照顾小鱼。”我说。

“你是熊士高吗？有资格说这些话向我表示感谢。”

“你还拿熊士高做说辞，我要真是那可就好了。”

“你要是，那可就糟了。”

“为什么？”

“换了是谁，都是一定要出走的。”

“什么话？”

“还记得《俄狄浦斯》吧？俄狄浦斯知道了和自己同床的女人是他

亲妈，你说他除了出走还能怎样？”

“那是乱伦，跟小鱼和熊士高有什么关系？”我的心猛然提到了嗓子眼儿，李玄的话历来都不会没有由头的。

“你见过小鱼的母亲吗？”李玄问。

“没见过。她不是在上海吗？小鱼说她妈妈讨厌北京，所以从来不肯来看她。”

“她不是讨厌北京，她是讨厌在北京的那个旧情人。那个人恰好又在京华大学，恰好就在中文系，恰好依旧那么风流倜傥，恰好她的女儿也对她的旧情人生发了同样的爱慕，恰好……”

“行了——你瞎猜什么啊？”

“对啊，我只是猜测而已，但这猜测听起来合情合理。那天小鱼的妈妈来北京和女儿以及未来的女婿见面。她把小鱼支开之后就跟大熊暗示小鱼是他的女儿。够毒的吧？但我相信阿甘的判断，这更有可能是小鱼的妈妈对大熊的恫吓，就是为了报复老早前的始乱终弃而已。”

“当时阿甘也在场？”

“是啊，所以阿甘才判断小鱼的妈妈其实是恫吓，如果小鱼真是熊士高的亲生女儿，她怎么会让阿甘在一边旁听呢。没准儿她自己就先疯了，就是疯了她也不敢说出来。”

“这个未免玩得太大了。”我无法想见熊士高听到“真相”之后的反应，或许死的心都有了。难道她连自己的女儿都来这么狠的，“天哪。小鱼怎么受到了这个……”

“这就是恨到极点了，男人会去杀人，而女人会逼得你自杀。”

“那看来，熊士高即便能找到，也不应该找了。他俩从此就像物质和反物质一样，一遇到就会湮灭。”我本来还对帮助小鱼存有希望，以为只要找到熊士高就行了，可是没承想，这个难题是无解的。“小鱼的妈妈到底为什么要这样？”

“世间总有身不由己的爱和恨。这事能怪谁？”

这真是货真价实的悲剧。没有人犯什么不可饶恕的错误，却产生这么个不可饶恕的结果。

她这么做对于熊士高可真是致命的一击，他怀疑都不敢怀疑，逃避也无处逃避，就好像被摁在一张精神电椅上，从此再也别想下来了。

“小鱼怎么跑到成都来了？”我忽然想起来。

“她说她和大熊约好了去九寨沟拍婚纱照，所以她相信大熊一定在那里呢。”

“——大内他们呢？”

“他们毕竟是现实中人。”

想来也是。

“那你为什么一直陪在她身边。你就不是现实中人了？”

“我正等着可以放手的时候呢。我知道你会来的。”

“是啊。你该回去了。”

他淡然说：“我是该回去了，不过不是回北京，我去峨眉山见南宫仁。”

“你，莫非真要出家？”

“都云爱者痴，谁解其中味。我有点看透了。”

我看着李玄侧面精巧美丽的轮廓，在星光下有一层银色的边，还真有点佛相了。

小鱼似乎清醒过来了。

“你应该在夏威夷的。”她说。

“你好了之后我会回去的。”我说。

“我要找一辈子。你哪陪得起？”

“不能太偏执。”

“我没偏执。你或许不相信，我想过没有他的活法。可是最后发现还不如这样一天一天找下去有意思。”

“可是这样生活太痛苦了。”

“那胡蝶忽然不见了，你会不会去找她?”

我忽然一惊，脱口而出：“当然会。”

“我给你一个期限，期限一到，你就不许找了。你办得到吗?”

我看着她忽然觉得她似乎从极度孱弱和绝望中获得了一种力量。

我心酸地嗫嚅道：“办不到。”

“那——你就明白我的意思了。你回去吧。”

我坐在她对面的木墩子上，低下头，用手捂住自己的额头和脸。眼泪从手指缝里流出来。就像水渗出岩石。那远没有溪水澎湃，它没有声音，一滴滴，却都是被溶解了的岩石的心。

我拎着一只鸡和一把青菜，在集市上穿行。

前后的人都很多，都很拥挤，是朝哪个方向走更容易走出去？我的身体和心同样进退维谷。

忽然间手里的鸡拼命挣扎起来。一头山羊挣脱了主人的手在人群里横冲直撞，几条狗爬到集市摊床低矮的棚上朝着天狂吠。这时人们发现有一道紫红的阴晕横跨大半个天空，隐现于凌乱的云朵中。接着，我看见旁边盛满簸箕的栗子、榛子、核桃突然从摊床上蹦起来，棚上晒着的木耳和药材如同雨水从两侧倾泻下来，经轮抖动着，混乱地自己旋转起来，人们在我眼前忽然如同便携式DV拍摄的画面，歪歪斜斜起来，我看见近在咫尺对面的人和我站的地面不一样高，他在上升，如同在浪峰上，而我在下降，如同坠入浪谷，惊惶间左右顾盼时，发现本来狭窄的集市忽然间变得那么开阔，两边的摊床好像天上飘移的云彩向不同的方向挪去，挂满彩幡的经杆和电线杆朝四面八方倒下，水磨坊轰的一声崩塌在河流里，棕红色的藏寨屋顶哗啦一声塌落在人们脚下，好像一件硕大的藏袍忽然间没有了里面的汉子，一下堆委到地上。

我被人撞倒在满地菜叶和鸡毛的街市上。仰望着荡漾的天空、房屋、雪山、树木、鸡飞狗跳和人喊马嘶，觉得整个世界都好像薄薄一层转瞬即逝的涟漪。

这是我第一次碰到地震。却是这么狂野的地震。

我在大地时不时的痉挛中，跌跌撞撞地跑向那家藏医院。

我在面目全非的街巷间寻找着，发现废墟与废墟之间是那么难以辨认。

蓦然间在无数惊惶哭泣的面孔和身影尽头，发现一个纤弱的身形坐在废墟上。

不是她是谁。

我高兴得几乎要摔倒，却一瞬间发现声音已经嘶哑了。

她正一块一块把瓦砾拿起来，并扔得尽可能远。我看见她十个指头的血随着每次扔出去的石头在空中凝成一串珠子。

“你干什么？赶快跟我到平地上去。”

“有人埋在下边。”她说。

“那也没有办法。地震还没停。我们得保证自己的安全。”我说。

“不。我那时在楼下的院子里，听见我房间隔壁的孩子在哭，哭的声音很响。然后房子就趴下了，三层变成一层了。可是我能听见那小孩还在哭。就在下面。”

“别傻了。一定是你太想救那孩子就产生幻听了。”我想她刚刚流产，一定有些恍惚。

“你觉得我疯了？”

我急忙摇摇头，但心里真是有些这么想的。我拉着她，她不走。我用力，她就拽着露出瓦砾的一根木头。我急了，干脆把她抱了起来。她啪的一声，劈了我一个极其清脆的耳光。我惊呆了。她似乎也把自己吓到了。她摸了摸我的脸，手指上和着眼泪和血。

“求求你，我真的听见了。”

我把她放下来。不论真还是假，唯一能让她停止歇斯底里的方法就是去挖掘那个不可能活着的婴儿。我让她坐在那里，自己一块一块把碎块搬开。

“看，那是我屋门前挂着的牦牛骨风铃。”小鱼指着瓦砾间的一串破碎不堪的东西惊叫道。

“那孩子就在附近。”她高兴地爬过来。

我心里痛苦极了，知道挖出一个血肉模糊的孩子简直能让她哭个半死。可是就在一瞬间，我忽然听见一丝凄厉的哭声。

“你听你听，就在下边。”小鱼把耳朵贴在瓦砾上。

我也吓了一跳。

这可能吗?

成千上万斤的砖瓦石块木头压在上面，一个刚生下来没三天的婴儿竟然能活着。我保持着一点冷静，知道越是接近对这个婴儿来说就越危险，只要由于我俩的随意翻动而掉下来一块石头，即便就像饼干那么大一块，也可能要了这个小家伙的命。我叮嘱她不要动，我去找更多的人来帮忙。

我在满目疮痍的街上找那些没有受伤的人。幸运得很，正找到一个包工头。他带着十来个工人一路如飞奔到那堆废墟前。

我们惊讶地看到，在废墟之上，小鱼满手血污地抱着一个洁白如莲子的婴儿。

她苍白的脸上露出往昔的笑容。她怀抱里的婴儿停止了哭泣。就在那一刹那，我忽然觉得好像久虐的风暴已然平静，灾难已然停止。

我们顺着被夷为平地的村寨继续向山谷里跋涉。因为听说那里住着一家藏民养了几头山羊，每天都有新鲜的羊奶。那粉嘟嘟的孩子，小鱼已经给了他一个名字：朵朵。但愿这孩子就是沉到天际下的那朵云彩，躲过风躲过雨，躲过一切劫难和不幸。朵朵的啼哭让孱弱的小鱼似乎充满了不可思议的力量。湿滑泥泞的山路上，他俩四目相对的时间远比看路的时间多得多。我牵着她的衣襟生怕她顺着斜坡滑下去。住在山谷深处的泽真吉勇夫妇损失似乎不大，除了帐篷之外，家园里的一切都没有盖子。他的老婆徐婶却是个地道的汉人。

“刚生了孩子，一时半会儿没有奶也是正常的。回头让吉勇给你捉几只石鸡，很灵的。”徐婶说。

我刚想说，这孩子是我们救出来的，不是小鱼生的。

但小鱼却慢悠悠地摇着朵朵说：“是啊，吃了石鸡，你就能吃妈妈的了。”

看着她那副陶醉痴迷的样子，大概已经真的把这孩子视若己出了。

过了几天，吉勇从山下来说，已经有直升机来了，我们可以直接坐飞机去成都。

我们临走时带了一大瓶羊奶，对吉勇夫妇千恩万谢。

再次回到那已经成了废墟的镇子，比几天前离开时还惨痛。活着的人当初只是惊吓，现在惊吓之后，稍一寻思就恐怖万状。没有食物，没有水，没有电，没有住房，没有通讯，救援不知何时能来，准时而来的是冰凉的山雨、病痛和家人不在的噩耗，还有那些手脚残损、血肉模糊的伤号，垂死的人在滴滴漏漏的草棚下嘤咛呻吟，邻近的草棚里的人或许已经停止了呻吟和呼吸，两三具冰凉的身体遮着一片席子或一绺茅草……

上飞机的时候，我在下边朝着小鱼和朵朵挥了挥手，忽然，小鱼似乎明白了，她一把抓着我的袖子，大叫道：“你要跟我们一起!”

我使劲掰开她细细的手指，但令我惊讶的是，她不知哪里来的力气，好像她那柔弱的骨头忽然变成了细钢丝。旁边黧黑脸膛的军人干脆一把把我抱上了飞机。还没等我回头，飞机门已经哐的一声扣上。很快冷雨迷蒙了窗外的一切，几个盘旋，绝望的哭声终于被甩在我们脚下。

直升机并不平稳。里面是重伤的人和小孩。重伤的人已经失去了呻吟的力气，小孩子被恐惧塞住了喉咙，噤若寒蝉。只有小鱼和咿咿呀呀的朵朵有说有笑。

“你看，他现在看我的眼睛，就像油菜花对着太阳。”她说。

“我们一到成都就回北京吧?”我说。

“好的。一回北京你就回夏威夷。”

“我……？不知道还回得去吗？”我沉吟着，不敢去想几天前自己回来的决定是不是太冷酷。可是如果我不回来，现在小鱼能花朵般坐在我对面吗？

“我相信，她再见到我们一定会高兴。”

“我不信，不用想都知道，她这次绝不会原谅我了。”我麻木地靠在舱壁上，飞机在向辽阔而安全的成都平原下降，而失望阴沉的汁液却从我脚底上升，漫过我的头顶。小鱼轻轻把头靠在我的肩膀上，“至少——你还有我和朵朵”。

可是没想到，双流机场因为地震已经暂时关闭了。

我和小鱼只好被送到林业学院的临时难民营。里面很多和尚在做志愿救助人员。

下了一天的雨傍晚的时候终于停了。但云层依然厚重而压抑。

我一定要出去找个电话，不论是师姐山崩地裂般的愤怒，还是槁木死灰般的冷淡，我都要听到她的声音。我看见帐篷门口一个背对着我们的黄衣和尚刚刚挂了电话，一回头，竟然是南宫仁。剃净了头发的南宫仁如同剥去了最后一层朦胧云影的光风霁月。他笑了笑，朝不远处指了一指：“他正找你呢？”

顺着南宫仁的指头，看见李玄穿着白大褂正给一个半脸血污的小男孩包扎头部呢。

我走过去，和他紧紧抱在一起，直到湿透相互的肩头。

“你的头发一根没少，是带发修行吗？”我含着眼泪笑着问。

“我是尘缘未尽，还必须走完今世要走的路，”他说，“对了，我没想到你是逃婚跑来的。”

“你怎么知道我逃婚？”

“从旺布回来之后我去找南宫仁，在那儿碰见你师姐。地震后我们三个就一起赶来了。你可真行啊，你不是到现在还玩大劈腿吧，柔韧性太好了，橡皮人吗？”

“劈腿？此心可诛！她在哪里？”我不禁四处张望。

他递给我一张纸条，上面写着一个地址。“现在手机信号还没恢复，你去这里找她吧。她在蓉城医院做义护，还随身带来几大行李箱药品。成天盼望着能在伤员堆里发现你呢。”

我忽然感到从胸口到鼻子一股热流就要喷出来，急忙转过身去。

“你一个人静静吧，我去看看小鱼。”

我一人站在那里不知道翻腾了多久，直到李玄出来告诉我一个雷人的决定。

他说，他要和小鱼结婚。

为什么？你们并不相爱。

我们都不大可能爱上别人了，但似乎机缘到了，我们都需要帮助，一生的帮助。她好像同意了。

这决定太突然了。我喃喃道。

李玄看着满操场被疼痛碾压着的呻吟或无力呻吟的人。“突然？有地震突然吗？快去找你师姐吧，再不结婚就晚了。”

按照字条上的地址，我找到了蓉城医院楼后面的宿舍楼。

夜色里，今晚成都是那么黑。

在黑暗里，我撩起泥污斑驳的衣角拭去眼泪。

不知道这泪水是不是懊悔对她的伤害，但在今夜我从未如此坚信过，是爱让一切都对了。

我小心翼翼地穿过楼道里东倒西歪在沉睡中抽搐的人们，来到纸条上写的那个房间。屋门开着，一个下铺的蚊帐里传出恬静的歌谣声，微弱的手电光里几个小孩子的身影依偎在一个熟悉的身影周围，又听见那温暖的让我心碎的声音：“你们怎么越听越精神啊，天马上就亮了我可拦不住，再不睡觉就来不及了。”

图书在版编目（CIP）数据

师姐不是随便的人/未名湖听书著. －北京:作家出版社, 2011. 1

ISBN 978－7－5063－5646－6

Ⅰ.①师… Ⅱ.①未… Ⅲ.①长篇小说－中国－当代
Ⅳ.①I247.5

中国版本图书馆 CIP 数据核字（2010）第 228738 号

师姐不是随便的人

作　　者： 未名湖听书
责任编辑： 韩　星
装帧设计： 刘亚萍
版式设计： 陈　慧
出版发行： 作家出版社
社　　址： 北京农展馆南里 10 号　　**邮码：** 100125
电话传真： 86－10－65930756（出版发行部）
86－10－65004079（总编室）
86－10－65015116（邮购部）
E－mail： zuojia@ zuojia. net. cn
http：//www. zuojia. net. cn
印刷： 北京谊兴印刷有限公司
成品尺寸： 152×230
字数： 230 千
印张： 17.25
印数： 001－15000
版次： 2011 年 1 月第 1 版
印次： 2011 年 1 月第 1 次印刷
ISBN 978－7－5063－5646－6
定价： 28.00 元
